푸른비의 남미·중미 여행기

푸른비의 남미 · 중미 여행기

2024년 8월 15일 초판 1쇄 인쇄 발행

지 은 이 ㅣ 정순이
펴 낸 이 ㅣ 박종래
펴 낸 곳 ㅣ 도서출판 명성서림

등록번호 ㅣ 301-2014-013
주   소 ㅣ 04625 서울시 중구 필동로 6 (2, 3층)
대표전화 ㅣ 02)2277-2800
팩   스 ㅣ 02)2277-8945
이 메 일 ㅣ msprint8944@naver.com

값 15,000원
ISBN 979-11-94200-23-9

푸른비의
남미·중미 여행기

정순이

도서
출판 **명성서림**

2015

남미

43일

Peru

 Bolivia

 Chile

 Argentina

 Brazil

43일 배낭여행

남미

> 오랜 기다림 끝에 불쑥 떠오른 붉은 해.
> 눈이 부셨다.
> 이 세상의 모든 경건함을 모아 두 손을 합장하였다.

 페루

　드디어 남미로 떠나는 아침이다. 그동안 딸을 혼자 두고 몇 번인가 여행을 떠나기는 하였지만, 이렇게 긴 시간을 혼자서 밥해 먹고 학교에 다녀야 할 딸 아라를 두고 먼 길 떠나는 내 마음은 걱정과 염려로 복잡하였다. 평소에 아침잠이 많은 아라가 먼저 일어나 기도를 하자고 하였다. 남편이 저 세상으로 먼저 간 후, 우리 모녀는 아침마다 촛불을 밝히고 기도하는 게 일상이 되었다. 의지할 곳 없는 우리 모녀에게 기도는 많은 힘과 위안이 되었기 때문이다. 기도가 끝난 후 아라는 나를 껴안고 인사를 하였다. "아프지 말고, 혼자 위험한 곳다니지 말고, 엄마가 평소 보고 싶었던 곳들 잘 다녀오세요."라는 인사와 함께 작은 봉투를 하나 내밀었다. 평소에 엄마인 나를 오히려 자기가 엄마라도 되는 듯 항상 챙겨주고 염려해 주었던 딸이었지만, 오늘따라 더욱 내가 딸의 딸이 된 느낌이 들었다. 딸 아라를 더욱 세차게 끌어안고 볼을 비볐다. "엄마에게서 용돈을 얻어 쓰는 네가 무슨 돈이 있느냐. 네 돈 만 원만 항상 호주머니에 넣어 다니면서 널 생각할게. 나머지는 네가 쓰라. 미리 두 달치 용돈 네 통장에 이체하였고, 서랍장에 비상금도 넣어 두었다." 라고 말하는 내 눈에 눈물이 맺혔다.

　늦은 오후에 이륙하는 비행기이지만 마음은 아침부터 분주하였다. 베란다

화분에 물을 주면서 꽃들과 이야기 나누고, 며칠 전 깁스를 푼 다리를 마지막 점검도 할 겸 병원에 다녀오니, 어느새 정오 무렵이라 점심도 먹지 못하고 공항행 버스에 올랐다.

배낭여행을 하려면 체력을 길러야 한다고 하여, 주말마다 산으로 올랐는데 하산 도중 발목 골절을 당하였다. 마사토에 미끄러지는 순간, 가장 먼저 떠오른 남미여행을 갈 수 있을까? 하는 걱정이었다. 119구조대원에게 들것에 실려 내려오면서 부끄럽기도 하고 벌써 예약이 끝난 남미여행을 어떻게 해야 하나 하는 걱정이 앞섰다. 한 달 넘게 깁스를 하고, 담당 의사의 허락을 받기는 하였지만, 아직 이렇게 통통 부은 발목으로 장기간 여행을 하는 것을 주위에서 모두 걱정하였다. 남미여행에 대한 갈망은 한 달 동안 깁스를 하고 집안에서만 갇혀 지내는 나에게 가장 큰 위안이 되었던 것이지만, 막상 떠나려고 하니 나도 걱정이 되었다. 그 먼 나라에 가서 다시 아프면 혼자서 돌아올 수도 없고, 걱정되었지만, 담당 의사는 오히려 많이 걸어 다닐 것을 권하여 조금은 안심이 되었다.

우리가 타고 갈 에어 아메리카 항공. 여행 경비를 아끼기 위해 국적기 대신 이 비행기를 이용하였는데 미국 비행기이지만, 대부분의 손님은 한국인이었고, 기내 방송도 한국 버전으로 해주었고, 한국말을 하는 승무원들로 편안하였다.

기내 스크린에 나오는 달라스 포트워스까지의 거리 10999Km. 숫자에 약한 나는 머릿속으로 한참이나 동그라미와 덧셈 나눗셈을 해 보아야만 하였다. 4Km가 10리이니 거의 3만 리가 되는 거리로구나. 맞나? 문득 어린 시절 읽었던 동화책 〈엄마 찾아 삼만리〉가 떠 올랐다.

〈엄마 찾아 삼만리〉 동화책은 나에게 문학의 꿈을 키워 준 책이었다. 초등학생 시절 대여가 되지 않는, 학교 도서관에서 그 책을 읽고, 어둠이 내리면 다음 날 읽으려고 책꽂이 뒤에 살짝 감추고 나왔던 기억들.

희미하게 내려다보이는 강과 들판. 나는 비행기로 이틀을 날아서 도착하는 거리이지만, 어린 소년 마르코는 이탈리아에서 아르헨티나로 몇 달이 걸려 어머니를 찾아갔었으나 번번이 만나지 못하여 나를 안타깝게 하였다.

비록 다리도 제대로 펼 수 없는 좁은 좌석이지만, 이렇게 앉아서 남미로 갈 수 있음에 감사하여야겠다고 나 자신에게 주문을 외웠지만 역시 장거리 비행은 너무나 힘들었다. 과학 문명이 발달하였지만, 왜 순간이동 같은 것 좀 발명하지 못할까? 창밖으로 보이기 시작한 달라스 포트워스 공항. 바다 위에 반도처럼 뻗은 공항인 모양이다. 긴 비행 끝에 사뿐히 착륙하는 기장에게 감사의 손뼉을 보냈다.

공항에 내리니 역시 부자 나라 미국을 실감하게 하였다. 모든 게 반짝반짝 빛이 나고 부유해 보였다. 요즘 한국인에 대하여 비자가 없어지기는 하였지만, 역시 입국하기는 까다로워 한 시간 가까이 줄을 서서 기다려야만 하였다. 먼저 나온 일행들이 입국 심사를 통과하기를 기다리는 우리 일행들. 공항에서 환승을 위해 5시간을 기다려야 하였지만, 이곳 달라스 공항의 라운지는 좁고 곧 문을 닫을 시간이라 이용하지 못했다. 긴 시간을 기다렸으나 여행에 대한 기대감으로 지루하지 않았다. 면세점을 구경하는 사람들도 있었지만 나는 그냥 공항의 긴 의자에 누워 잠깐 잠을 자기도 하였다. 22시 달라스 공항을 출발하여 5462Km 떨어진 페루의 리마 공항에 8일 새벽 5시 도착. (만 오천리의 거리인가?) 공항의 벽면에 붙여진 아마존 밀림의 사진이 이곳이 페루임을 알려주었다. 지구의 허파인 아마존의 밀림지구에 대한 기대감으로 가슴 떨렸다. 이번 여행에서 꼭 가 보고 싶은 곳의 하나인 공중도시. 그동안 비밀에 싸였던 이 공중도시를 내가 가 볼 수 있겠구나. 돌로써 한 치의 빈틈도 없이 세워졌다는 공중도시는 어떤 모습일까?

　입국 심사를 마친 우리는 공항에서 2대의 스타렉스에 나눠 타고 예약된 리마의 신 시가지에 있는 아파트형 숙소로 향하였다. 이른 새벽이지만 리마의 도로는 배기가스로 흐릿하였다. 해안선을 따라 달리던 차는 유턴하여 아파트 앞에 내려주었다. 첫 숙소에 대한 기대가 컸지만, 아직 체크인 시간 이전이라 우리는 무거운 가방들을 낑낑대고 끌고 들어가 한 곳에 맡기고, 체크인 시간이 되기까지 리마의 심장부 아르마스 광장으로 향하였다. 남미에 대하여 첫인사를 나누는 마음으로 길을 나섰다. 바로 숙소 앞에 초대형 쇼핑센터가 들어선 복합빌딩이 있었다. 구시가지와 달리 이곳은 집값도 비싸고 물가도 가장 비싸다고 하였다. 페루의 첫 이미지는 경제 성장을 하는 나라구나 하는 생각이 들었다. 모두 4개의 아파트에 15명이 나누어 투숙하였다. 출발하기 전 예비모임에서 만든 제 1플렌에 의하여 룸메이트를 정하였다. 장기간의 여행을 고려하여 일주일마다 룸메이트를 교체하기로 하였다. 여자 9명이 한 주일씩 돌아가며 룸메이트를 바꾼다니 그것도 좋은 생각인 듯하였다.

　긴 비행으로 다리가 퉁퉁 부어 지팡이를 챙기고 일행들을 따라나섰다. 마음은 저만치 앞서가는데 걸음이 따라 주지 않았다. 일행을 놓치지 않으려고 깨금질을 하며 따라갔다. 우리는 거리 체험도 할 겸 대중교통을 이용하기로 하였다. 이곳의 지하철 역할을 하는 메트로 버스를 타는 승강장에서 코인으로 티켓을 사서 투입구에 넣으면 문이 열린다고 승무원이 친절하게 처음 가는 우리를 도와주었다. 이곳에서는 버스나 기차의 역 또는 승강장을 엑스타션이라고 하였다. 책으로는 아무리 외워도 입력이 되지 않았는데 현지에서 직접 익히니 기억이 잘 되어 나중에 현지에서 길을 물을 때에 엑스타션 단어를 이용하였다. 아르마스 광장을 가기 위해 엠바르크 역에서 내렸다. 중심가인 만큼 역사도 넓고 이용하는 사람도 많았다. 광장을 나가는 길이 멀어 일행을 따라가기가 힘들었다. 다리는 아프고, 걸음은 제대로 안 걸어지고, 지상으로 올라오니 처음 눈에 들어온 건물은 마치 스페인에 온 듯 지붕의 끝부분이 섬세한 레이스를 뜬 것 같았다. 아마도 스페인 식민지 시절에 지은 건물인 듯하였고 아르마스 광장의 넓은 도로는 달리는 차량의 행렬로 분주하였다. 나는 눈에 보이는 하얀 페인트칠을 한 건물, 밝은 파스텔 톤의 아름다운 외관의 건물 등을 사진기에 담기 바빴다.

산 마르틴 광장은 구 리마의 중심지로 1998년 유네스코문화유산으로 등재된 광장으로 중앙에는 페루의 해방 영웅 호세 산 마르틴 기마상이 서 있었다. 아르마스 광장, 일명 마요르 광장이라고도 불리는 데 둘 다 스페인어로 중앙광장. 대 광장이란 뜻이며, 발디비아는 16세기 산티아고를 건설한 스페인의 정복자로 남미의 곳곳에 그의 동상이 서 있었다. 우선 광장의 기마상 앞에서 기념사진부터 한 장 먼저 찍고, 기마상 아래의 글자를 읽어보니 산 마르틴의 나라라고? 여행을 떠나기 전 두 달 동안 독학으로 스페인어를 공부하였는데, 영어와 비슷한 글자가 많다는 생각이 들었다. 그러면 이곳은 아르마스 광장이 아니고 성 마르틴 광장인가? 이번 여행은 가이드의 설명이 없으니 그냥 내 마음대로 짐작하여야만 하였다. 이번 여행은 나에게 있어 첫 배낭여행이었는데, 배낭여행을 떠나기 전 그 도시에 대한 철저한 공부가 필요하다는 걸 새삼 깨달았다.

페루의 돈이 없는 우리 일행들은 우선 환전부터 하기로 하였다. 나는 출발하기 며칠 전 여행 경비를 쉽게 쓰기 위해 만든 외환 통장에서 2000$를 인출하였는데, 이곳에서는 구 100$ 화폐는 잘 받지 않는다고 하였다. 여태껏 한 번도 구권이 차별을 받는 것을 체험하지 못하였기에 당황하였다. 우리 일행들은 공금으로 사용할 100$와 개인이 사용할 100$를 환전하였는데, 이곳 페루의 화폐 단위는 솔이라고 하는데 1$에 약 3.8솔로 환전되었다. 치안이 불안한 이곳에서 우리는 대부분 미화 100$는 깊숙이 간직하고 다녀야 했는데, 지퍼가 달린 팬티에 돈을 넣고 다녀야 하니 가뜩이나 더 배불뚝이가 되었다. 광장 근처의 메인 골목에는 많은 기념품 가게가 즐비하였는데 이른 시간이라 아직 문이 닫힌 가게가 많았다. 나중에야 치안이 불안하여 셔터 문을 잠그고 영업을 하는 곳도 많다는 것을 알았다. 거리를 오가는 여인들은 대부분 나풀나풀 프릴이 가득 달린 치마를 입고 안에는 하얀 속치마를 입었는데 레이스 자락이 살짝 밖으로 보였는데 아름다웠다. 손으로 뜨개질을 한 스타킹을 신고 양말은 대부분 신지 않았다. 이곳 원주민 여인들의 체형은 대부분 뚱뚱하였다. 둥실한 배와 엉덩이를 감출 생각을 하지 않고 몸에 딱 붙는 스판 소재의 바지를 즐겨 입고 다녔다.

골목의 곳곳에 거리의 악사가 많았다. 잉카 제국은 관악기가 발달한 국가라는 생각을 하였다. 거리 곳곳에서 플룻을 연주하는 사람이 많았는데, 음색이 우리나라의 대금과 비슷하면서도 애절하였다. 골목 안의 호텔 입구에 여러 나라의 국기가 걸렸는데 태극기는 없었다. 얼마 전 한국의 대통령이 중남미를 방문하여 한국에 대한 이미지는 좋았지만, 아직 남미의 명소에 나부끼는 만국기 중 태극기는 찾아보기 어려워 아쉬웠다. 다음에 누군가가 국기를 가져가 만국기 속에 태극기를 꽂으면 좋을 듯하였다. 골목 안으로 들어서니 붉은 사암이 혼합된 외벽이 화려하게 장식된 라 마르세드 성당은 바로크 양식을 보여주는 대표적인 건축물로 정식 명칭은 '자비로운 성모의 바실리카 및 수녀원'. 석주들은 밀가루로 구운 도넛 빵 같았고 외벽의 장식들은 부드러운 밀가루 반죽을 비틀어 놓은 듯하였다. 이곳은 포로로 잡힌 기독교인들의 몸값으로 내어준 고대 수녀원의 부지 위에 건축된 건물로 1541년 목재로 지어졌으며, 18세기 하반기에 재건축되었다. 아름다운 문양으로 장식된 천장. 요한 2세의 동상, 화려하게 장식된 마리아 상이 여러 개 있으며 종종 결혼식도 열린다고 하였다. 남미 곳곳의 성당에는 이처럼 마리아상이 많았는데, 기독교 신자들이 천주교를 마리아 교라고 하는 것은 아마도 이렇게 곳곳에 위치한 마리아상의 영향이 큰 듯하였다.

광장에는 곳곳에 정복을 입은 경찰이 많았다

금강산도 식후경이라고 하였다. 비행기에서 제공하는 기내식으로 아침을 먹은 우리는 페루에 도착하여 아직 아무것도 먹지 못하여 뱃속이 헛헛하였다. 점심은 리마의 현지식인 세비체를 먹어 보기로 하였다. 세비체는 생선 초무침으로 활어를 잘 먹지 않는 이곳에서 익히지 않은 활어는 특별식이라고 했다.

우리가 주문한 세비체

어렵게 찾아간 식당에서 나온 세비체는 기대와는 달리 모양도 이상하였고 비릿한 게 영 입맛에 맞지 않았다. 생선과 새우를 초무침으로 하였는데, 특별식이라고 추천하여 주문은 하였지만, 손이 가지 않았다. 활어가 식중독을 일으킬지도 모른다는 생각이 들어 사진을 보고 다른 음식을 주문하였지만, 이것 또한 우리의 식성에는 맞지 않았다. 리마의 음식은 친해지기 어려울 듯하였다.

리마에는 바실리카 대성당을 위시하여 산토 도밍고 성당. 산 프란시스코 성당 등 유명한 성당이 많다고 하였지만, 스페인어를 모르는 우리는 누구에게 물어볼 수도 없어 답답하였다. 하얀 대리석 현관인 성당 입구에 성 아구스틴 성인의 성화와 미사 시간 알림표는 있었지만, 정작 필요한 교회명은 보이지 않았다. 안내문들이 걸린 게시판 앞에서도 까막눈이 따로 없었다. 다시 숙소로 돌아가기 위해 길을 되짚어 메트로 승강장으로 향하였는데 골목은 대체로 활기찬 모습이었지만, 가끔 거리에 우두커니 앉아 있는 청년들도 많았다.

2015. 10. 9. 금

첫날을 묵은 리마의 아파트형 숙소는 방이 3개 화장실 2개. 거실과 가재도구가 갖춰진 부엌과 세탁기도 있어 편리하였다. 첫날이라 밤늦게까지 소줏잔 기울이며 이야기 나누고 늦게 잠자리 들었는데, 이른 아침 준비하는 소리에 잠을 깼다. 부지런한 두 남자는 새벽 3시에 일어나 벌써 누룽지까지 끓여 놓았다고 하였다. 아침 5시 반에 공항으로 이동해야 하므로 당연히 아침밥은 먹을 생각도 하지 않았는데 성의가 고마우니 모두 식탁에 둘러앉았다. 입은 깔끄럽지만 구수한 숭늉을 마시니 한결 속이 개운하였다.

지난밤 퉁퉁 부은 다리는 밤새 얼음찜질을 하였더니 한결 가뿐하였다. 긴 비행의 피로를 풀 여유도 없이 아마존 체험을 나가야 했다. 아마존 지역은 브라질에 있는 밀림 지역으로 알고 있었는데, 이곳 페루에서도 아마존 체험을 할 수 있다고 하니 호기심이 생겼다. 남미여행을 떠나기 전 남미 배낭여행에 관한 책을 여러 권 읽었지만, 건성으로 읽은 탓인지 돌아서면 거의 하얗게 지워져 버리지만, 페루에서 아마존 체험을 한 내용은 읽었던 기억은 없었다. 단 며칠이 되더라도 내가 직접 체험해야 기억에 남는 모양이다.

큰 배낭은 아파트 창고에 맡겨 놓고 (다음날 다시 이 숙소에 묵을 예정이므로) 1박 2일 가벼운 차림으로 새벽길을 달려 국내선 공항에 도착하였는데, 놀랍게도 이른 아침 시간인데도 공항은 이용객들로 붐볐다. 남미 특유의 풍성한 주름치마를 입은 아줌마가 피곤한지 남편의 어깨에 기대 잠을 청하는 모습이 퍽 정겨워 보였다. 쌀쌀한 날씨인데도 스타킹을 신지 않고 맨 종아리를 그대로 드러내 놓았다. 마음씨 좋아 보이는 저 아저씨 발밑의 커다란 가방에는 무엇이 들어 있을까? 내가 미소로 인사를 하며 같이 사진을 찍고 싶다고 하니 수줍어하면서도 포즈를 취해 주셨다.

리마의 국내선을 기다리며

리마에서 2시간을 비행하여 이끼도스에 도착했다. 페루는 한반도의 약 6배 되는 면적에 25개 주, 1개 지역의 행정구역. 인구는 약 3천만 명으로 남한의 인구보다 작은 편이다. 이끼도스 공항은 신축한 건물인지 말쑥하였다. 공항을 나서니 훅 끼치는 열기. 이곳이 아마존 고온 다습한 열대성 기후임을 느끼게 하였다. 호텔에서 보내준 승합차를 타고 숙소로 이동하면서 바라본 거리의 모습은 수도 리마와는 전혀 다른 모습이었다. 나무 널판지를 덧댄 이 버스는 현대에서 만든 25인승 차였는데 운전대에 현대의 마크가 선명하였다. 아마도 한국에서 중고차를 수입하여 개조한 모양이었다. 운전석을 제외하고는 아예 유리가 없는 나무문으로 된 차였다.

우리가 도착한 곳은 아르마스 광장으로 가운데에는 하얀 기념탑이 있었고, 아이들과 청소년들이 탑 주변을 돌며 노는 모습, 현지인들이 탑 주변에 모여 앉아 아이스크림을 먹으며 담소를 나누는 모습을 보고 우리도 근처의 가게에 들어가 페루의 아이스크림을 맛보았다. 폭음을 내며 달리는 삼륜차를 보고 광장 앞의 교회로 들어가 보았다. 규모는 크지 않았지만 천장화가 섬세하게 그려져 있고 그 아래로 빙글빙글 선풍기가 돌고 있었다. 이곳도 역시 제단 앞에는 화려한 장식을 한 성모상이 있어 나도 무릎을 꿇고 성호를 그었다.

아르마스 광장에서 걸어서 기념품을 파는 민속시장으로 갔다. 어느덧 해는 뉘엿뉘엿 기울고 강물도 밤을 맞이할 채비를 하는 듯했다. 어제의 리마와는 너무나 다른 고온다습한 지역이지만 저녁 무렵 강 건너 들판을 달려온 바람은 시원하였다. 현지인들이 시원한 강바람을 쏘이기 위해 이곳을 찾는 모양이었다. 엄마 손을 잡고 나온 어린이들과 데이트를 나온 젊은이들. 여행 경비를 벌기 위해 직접 만든 액세서리를 가지고 나온 배낭 여행객들로 가득하였고, 풀어놓은 살찐 개들까지 몰려나와 강변을 어슬렁거려 무서웠다.

2015. 10. 10. 토

눈을 뜨니 아침 5시 반. 6시에 아침 식사. 9시에 아마존 지역으로 들어가는 버스가 온다고 하니 모처럼 아침을 느긋하게 보낼 수 있었다. 그동안 매일 새벽에 출발하여 시차를 느낄 여유도 없었다. 그게 새벽형인 나에게는 오히려 도움이 되었다. 여유롭게 아침 식사를 마치고 출발을 기다렸다. 1박 2일 아마존

체험 여행을 우리와 함께 할 현지 가이드는 작은 체구이지만 영어로 친절하게
설명을 해 주었고 싹싹하고 성실하였다. 내가 몇 마디 외운 스페인 인사말을
하였더니 무척 반가워하였다. 질서 없이 혼잡한 도로를 곡예하듯 달려 도착한
곳은 나나이 선착장이었다. 울퉁불퉁 고르지 않은 땅바닥에 크고 작은 다양
한 종류의 생선들이 널브러져 누워 있었다.

아마존 밀림 지역의 사람들이 모두 이곳에서 일상용품을 사 가는 듯 사람
들로 붐볐고, 선착장 주변은 크게 틀어놓은 확성기에서 나오는 노래 소리, 물
건을 사라고 외치는 장사꾼들의 고함 소리. 물건을 흥정하는 소리, 웃음 소리
들로 정신을 차릴 수 없었다. 이곳에도 역시 곳곳에 경찰이 배치되어 있었는
데, 우리 일행을 놓치지 않으려고 열심히 따라가면서도 주변의 이상한 물건들
을 파는 좌판 앞에서는 절로 걸음이 멈춰졌다. 토실토실 살이 찐 굼벵이를 파
는 곳, 여러 종류의 꼬치구이를 파는 곳도 있었다.

아마존 밀림 지역으로 가기 위해서는 배로 이동하여야 하는데, 우리가 탄
배에는 우리 일행 이외에 다른 관광객을 더 태우고 출발했다. 선착장에는 나
무로 만든 길쭉한 배들이 여러 척 정박해 있었는데 모두 행선지가 다른 듯하
였다. 우리가 탄 배 옆에 붙어있는 배에는 대부분 원주민이 타고 있었다. 배 위
의 원주민들은 피부색이 다른 우리가 신기해 보이는 듯 바라보았고, 어린이들
은 커다란 눈망울로 우리에게 시선을 떼지 않았다. 우리를 유심히 바라보는 어
린이들에게 무엇이라도 하나 선물하고 싶었는데 큰 배낭을 숙소에 두고 가벼
운 차림으로 나선 우리 가방에는 아무 것도 없었다. 가방 속에 립스틱이 있어
그거라도 원주민 여인에게 주었더니 손을 내밀어 받았다. 내가 입술을 손으로
가르키며 바르라고 하였더니 수줍어하면서도 고개를 끄덕였다. 드디어 우리가
탄 배는 누런 흙탕물 위를 유유히 흐르기 시작하였다.

우리가 체험을 떠나는 아마존 지역은 열대우림지역으로, 전 세계 모든 동물
과 식물 종의 10%가 서식하는 곳이다. 700만 평방m의 넓이에 브라질, 페루,

볼리비아, 콜롬비아 등 9개의 나라에 걸쳐있는 지구의 허파라고 할 수 있는 땅
이다. 페루의 아마존 분지는 페루 총 산림 지대의 57%를 차지한다. 아마존 강
의 길이는 6,992Km, 유역면적 705만 평방m로 세계에서 가장 큰 강이다. (나
는 미시시피강이 가장 긴 강으로 알고 있었는데....)

큰 눈으로 우리를 유심히 보는 어린이

아마존 이란 평소에 지구의 허파 역할을 한다는 정도를 알고 있었던 곳이
다. 얼마 전 TV에서 〈아마존의 눈물〉이란 프로를 상영하였지만, 늦은 밤 시간
이라 대충 졸다가 보면서 저런 곳에 가 볼 수 있으면 좋겠다. 이런 정도의 지식
만 가지고 있었던 내가 직접 그곳을 방문하게 된다니 기대가 되었다. 우리 일
행을 리딩한 인솔자가 만든 안내 책자에 의하면, 세계에서 가장 넓고, 생물 다
양성이 가장 풍부한 열대우림지역으로 전 세계 모든 식물과 동물 종의 10%가
서식하는 곳이며, 브라질, 페루, 콜롬비아, 볼리비아 등 9개의 나라에 걸쳐있다.
아마존은 1년 내내 고온다습한 열대우림기후로 연평균 기온은 섭씨 26도, 연
교차보다 일교차가 심하며, 강수량의 영향을 많이 받는다. 강우량은 2천~3천
mm에 달하며 지역에 따라 5천 mm가 내리는 곳도 있다. 밤은 아마존의 겨울

이라고 할 수 있을 정도로 일교차가 심하다.

롯지로 가기 전 아나콘다, 원숭이, 나무늘보를 볼 수 있는 농장으로 갔다. 우리를 태운 쪽배는 누런 황토물 위를 유유히 흘러갔는데 어느 지역에서는 물빛이 푸른 물길이 흘러 뚜렷한 경계를 이루며 흐르는 모습이 신기하였다. 아마도 저 푸른 물줄기는 원류가 맑은 아마존 지역에서 흐르는 물길인 것 같았다. 우리가 도착한 동물보호농장에는 몸뚱이가 어마어마하게 큰 아나콘다를 애완용으로 키우는 곳으로 관광객들이 아나콘다를 목에 두르고 기념사진을 찍는다고 하여 서양인 관광객들은 길게 줄을 서서 차례를 기다렸으나 나는 땅을 기는 긴 동물이나 벌레는 본능적으로 혐오감을 가지고 있어서 보는 것만으로도 징그러웠다. 작은 원숭이는 장난이 심하여 관광객의 안경을 빼앗아 간다고 하였다. 혹시 모자를 빼앗길지도 몰라 긴장하였지만, 그놈들의 노는 모습은 귀여웠다. 화려한 빛깔의 새는 앵무새라고 하였는데 그렇게 큰 앵무새는 처음 보았다. 동물보호농장에서 가장 관심을 끈 동물은 죽은 듯이 나무에 붙어서 계속 잠만 자는 나무늘보였다. 내 눈에 신기한 것은 이 농장에 있는 동물들이 사육사와 감정을 나누는 것 같았다. 아나콘다는 사육사의 명령에 따라 긴 몸을 구불거리며 연못 속에서 천천히 기어 올라와, 손님들과 기념사진을 찍고는 명령에 따라 물속으로 슬며시 사라졌다. 인간과 동물, 자연이 함께 소통하면서 사는 그들이 신비스럽게 보였다.

강물을 거슬러 도착한 강기슭에서 내려, 다시 작은 배를 갈아타고 롯지에 도착하였다. TV 화면에서 보았던 나무 위에 세워진 롯지가 오늘 우리의 숙소라고 하였다. 갈대를 엮은 지붕 아래 나무판자로 이어진 통로를 따라 여러 개의 방이 나누어져 있었다. 방에는 침대도 있고 샤워실도 있어 이 정도면 훌륭하다는 생각이 들었다. 벽면에 있는 커다란 창에는 유리는 없고 천을 늘어뜨려 시야를 차단하였는데, 바람에 커튼이 살랑살랑 흔들리는 모습이 퍽 로맨틱하게 보였다. 그러나 막상 들어가 보니 햇빛이 가득 들어와 실내 온도는 무덥고 습하였다. 살랑이는 커튼으로 들어오는 바람도 후덥지근하기만 하였다. 배낭을 던져 놓고 점심을 먹으려 밖으로 나오는데 나무판자로 얼기설기 덧댄 통로도 삐걱삐걱. 화면으로 볼 적에는 참으로 낭만적으로 보였는데, 막상 내가 그 롯지에 들어와서 하룻밤을 잘 생각을 하니 걱정이었다. 뷔페식으로 나온 음식은 거의 튀긴 음식으로 식욕이 사라져 손이 가지 않았다.

점심을 먹은 후 우리는 곧 밀림 체험을 나섰다. 현지 가이드가 긴 칼을 하나 챙겨서 우리를 앞장을 섰다. 해거름이지만 아직도 뜨거운 햇살에 등에는 땀이 흥건히 고이고, 사방에서 날아드는 모기떼들 때문에 걷는 것이 힘들었다. 칼을 들고 앞장선 가이드는 큰 나무 앞에 서더니, 나무에 상처를 내었다. 나무에서 하얀 액체가 나오는걸 가르키며 영어로 설명을 해 주었는데, 모기와 더위 탓으로 내 귀에 들어오지 않았다. 발목이 점점 붓고 하니 그냥 롯지에 남을 껄....하고 후회되었다. 걸음이 뒤처지니 발밑의 줄지어 물건을 나르는 개미 떼에게 눈이 갔다. 일행들은 앞서가고 나는 개미의 행렬을 보면서 생각에 잠겼다. 평소에 이런 자연과 하나 되는 생활을 해 보고 싶다는 생각을 하였는데, 하루도 지나지 않아 그냥 에어컨 바람이 씽씽 나오는 문명 세계가 그리워졌다.

롯지에 도착하기 바쁘게 우리의 성실한 가이드는 낚시도구를 챙겼다.

작은 배로 강을 건너 우리의 롯지로 가는 길

일행 중 낚시를 좋아하는 사람들만 한 척의 배로 나간다고 하였다. 낚시는 할 줄 모르지만 배 위가 롯지보다 시원할 것 같아 나도 동행하였다. 수초를 헤치고 물 위를 나아가니 정말 선선하여 살 것 같았다. 가이드가 닭고기를 잘라 낚싯대에 걸어주었는데 피라니아는 육식 물고기로 '강의 청소부'라고 할 정도로 식욕이 왕성하고 식인물고기라고 불리었다.

내가 낚싯대를 물 위에 드리우기 바쁘게 언제 물고 갔는지 빈 낚싯대만 올라왔다. 다들 손가락만 한 피라니아는 몇 마리 잡았는데 나만 허탕이었다. 나는 낚시보다는 그놈들의 빠른 행동을 보는 것이 더 즐거웠다. 물은 수초의 정화작용으로 안이 환히 비칠 정도로 맑았다. 수초 사이로 부레옥잠이 보랏빛 꽃을 피워 배 주변으로 떠다니는 걸 볼 수 있어서 이번 아마존 체험 중 가장 마음에 드는 시간이었다. 저녁을 먹은 후 일행들은 야간 정글 탐험을 나갔으나 나는 쉬기로 하였다. 다행히 일행 중 몇 분이 남아 함께 맥주를 마시며 이야기를 나누었다. 발전기를 돌려 전등을 켤 수 있는 곳이라 희미한 전등불 아래서 도란도란 이야기 나누는 시간도 참 한가롭고 정겹게 여겨졌다.

밤 11시에 잠자리에 들었는데 '후두둑 ~!!'지붕을 때리는 빗소리에 눈을 떴다. 시계를 보니 겨우 한 시간 남짓 잠을 잔 모양인데 더 이상 잠이 오지 않았다. 빗소리는 점점 세차게 들려오고 창문도 없는 천으로 둘러싼 커튼이 펄럭였다. 호르륵~! 새들이 서로 교신하는 소리에 하얗게 밤을 새우고 말았다.

아마존의 일몰 무렵

　밤새 바람 소리, 빗소리, 자연의 숨소리에 잠 못 이루고 뒤척이다 새벽녘에야 잠깐 잠이 들었나 보다. 눈을 뜨니 일행들은 벌써 일출을 보려 강가로 내려간 모양이었다. 허둥지둥 장화를 챙겨 신고 나가니 벌써 배는 강을 건너고 있었다. 소리쳐 나도 데려가 달라고 하였더니 고맙게도 가이드가 되돌아 왔다. 강가에 정박 중인 배를 타고 아마존 본류를 따라 거슬러 올라갔다. 가이드가 뱃전을 치며 휘파람을 부르니 작은 돌고래떼가 나타났다. 불그스럼한 흙탕물 사이로 분홍빛 돌고래의 유영은 신비스러웠다.

　구름 덮인 일출을 보고 다시 롯지로 돌아오니 아침부터 후덥지근하였다. 하루쯤은 문명 세상에서 벗어나 자연 속에서 체험해 보고 싶다는 평소의 생각이 얼마나 안일한 생각이었나 체감하였다. 가만히 있어도 줄줄 흐르는 땀. 끝없이 달라붙는 모기떼. 하루도 견디지 못하고 문명 세계로 돌아가고 싶었다. 지난 밤 늦게 도착한 서양 청년은 맨발로 롯지의 테이블에 앉아 여유롭게 책을 읽고, 해먹에 누어 흔들흔들 시간을 보내는데, 나는 왜 자연을 즐기기보다 이 상황에서 도망치고 싶은 걸까? 뜨거운 햇빛과 모기떼...그게 일상이 되어야 자연스러운 삶이 될 터인데, 자연을 거부하는 나 자신을 발견하고 새삼 놀라게 되었다.

롯지 아래의 강가

2015. 10. 12. 월

지난밤 이끼도스 공항에서 8시 10분 발 비행기가 지연되어, 더위와 모기 때문에 잠을 못 잔 나는 공항에서 한숨 자기로 하였다. 일행에게 내가 저 구석에서 자고 있을테니, 출발 전에 깨워달라고 부탁했다. 공항의 비좁은 의자에 누웠는데 그만 깊이 잠이 들었던가 보다, 눈을 떠서 주변을 살펴보아도 아무도 보이지 않았다. 스마트폰의 전원이 소진되어 전화기로 시간을 알 수도 없었다. 도대체 어떻게 된 건가? 내가 꿈을 꾸고 있는 건가? 설마 나를 버려두고 모두 리마로 떠나간 것은 아니겠지?

당황하여 배낭을 챙겨서 창밖을 내다보니 저 멀리 불빛 깜박이는 비행기가 서 있는 활주로에 한 무리의 사람들이 탑승하고 있는 모습이 보였다. "앗~! 안돼....나는 어떡하라고?" 머릿속이 하얗게 되는것 같았다. 이러면 안되지...침착해야지. 게이트 앞에서 줄을 선 사람에게 내 비행기 티켓을 내밀며 저 비행기가 리마행이냐고 물어보았다. 내 티켓을 확인한 남자가 지금 이 줄이 리마행이라고 하였다. 일행은 보이지 않고 혼자서 줄을 서서 기다리다 의심쩍어 다시 확인해 보았으나 대부분 또르르 구르는 스페인 말이라 알아들을 수가 없었다. 다행히 영어를 할 줄 아는 여학생이 Over there ....하며 손가락으로 가르켜 주었다. "아, 맞다. 공항 라운지~! ...." 섬광처럼 스치는 생각. 역시 예상대로 일행들은 그곳에서 식사하면서 기다리고 있었다. 내가 깊이 잠든 것 같아서 깨우지 않았다고 하였는데, 그래도 그렇지 서운함과 당황스러운 마음을 추스리며 나도 빵부스러기를 주워 먹었다.

9시 반에 이륙한 비행기는 경유지를 거치지 않고 리마에 2시간 후에 도착하였는데 숙소에 도착하니 새벽 1시. 숙소를 배정받고 침대에 누우니 마치 서울에 돌아온 듯하였다. 아침 식사 후 택시로 아르마스 광장으로 이동하였다. (왕복 30솔) 대통령궁 앞에 이르니 많은 관중 사이로 흐르는 군악대의 팡파르 소리. 11시 반부터 대통령궁 앞에서 교대식이 이루어진다고 하였다. 우리가 도착하였을 시각에는 그라나다 노래가 웅장하게 흐르고 있었다. 그 외에도 귀에 익숙한 노래들이 많이 연주되었는데, 팡파르가 울려 퍼지는 하늘 위 옅은 구름 아래로 비둘기 떼가 날개를 퍼덕이며 날아올랐다.

페루 대통령궁 앞에서

일행들이 대통령궁 근위대의 교대식을 보는 동안 나는 바실리카 성당을 보기로 하였다. 바실리카 대성당은 스페인 정복자 프란시스코 피사로의 지휘 아래, 1535년 피사로가 직접 주춧돌을 놓아 페루의 침략 역사가 담긴 곳으로, 1625년 준공된 후 지진으로 붕괴되었다가 재건하였다고 하였다. 피사로의 유해가 안치된 유리관과 많은 회화와 장식품 등 종교 박물관이 같이 붙어있는데 입장비 30솔. 성당 입장비 치고는 조금 비싸다는 생각이 들었지만, 소장된 전시품을 보니 그만한 가치가 충분히 있다고 여겨졌다.

티켓을 구입해 안으로 들어서니 검은 색과 흰색의 다이아몬드 모양의 대리석이 모자이크식으로 배열되어 스페인의 성당에 들어온 듯하였다. 입구로부터 작은 교회당이 여러 개 들어서 있었는데, 교회당마다 성인들의 성화와 성상 등이 들어서 있고 십자가에 매달린 예수와 성모 마리아, 제단을 장식한 화

바실리카 대성당의 교회당

사한 꽃, 사제의 제의와 성구. 나무의 가지처럼 장식된 돔형의 천장 아래의 자연 채광이 들어와 엄숙한 분위기를 연출하였다. '나를 이곳으로 인도해 주신 하느님 찬미 받으소서~!' 옷깃을 여미며 조심스레 제대 가까이 다가가서 여행이 끝날 때까지 일행의 안전과 집에 두고 온 딸 아라를 위해 기도했다. 일행들과 한 시간 관람할 것을 약속하였는데, 막상 들어와 보니 너무나 볼 것들이 많아 한 시간이 금방 다 지나가고 아쉬운 마음으로 성당 밖으로 나왔다.

점심 식사 후 각자 흩어져 시티투어 버스를 이용하기로 하였다. 마침 광장에서 출발하는 시티투어 버스가 있었는데 1인당 비용은 10 솔. 곧 출발한다고 한 버스는 광장을 여러 번 빙빙 돌면서 손님을 모았다. 우리는 시티투어 버스 2층으로 올라가 자리를 잡고 앉았다. 높은 곳에서 광장을 바라보는 것도 색다른 기분이었다.

페루는 다인종 국가로, 원주민 인디오가 전체인구의 45%를 차지하며, 인디오와 백인의 혼혈인 메스티소가 37%, 백인이 15%, 흑인과 동양인(중국계와 일본계)이 3%를 차지한다. 원주민은 몽골계라고 하였는데, 정말 우리 한국인과도 비슷해 보였다.

리마 아르마스 광장

지도상 남위 10도 근처의 지역이라 무척 더울줄 알았는데, 아마존 지역을 제외하고는 안데스 산맥의 영향으로 서늘한 편이었다. 위도상 열대권과 아열대권에 속하지만, 지역별로 큰 차이가 있어 리마는 반소매 차림으로 다니기는 조금 서늘한 느낌이 들었다. 우리가 탄 시티투어 버스는 산 크리스토발 언덕으로 향하였는데, 좁은 골목을 지나가면서 바라본 서민들의 주택은 너무나 열악하였다. 금방 쓰러질 것 같은 건물은 먼지를 가득 뒤집어쓰고 있었다. 언덕 위에 다닥다닥 붙은 금방 허물어질 것 같은 집들은 먼지를 가득 뒤집어쓰고 있어 폭격을 맞은 전쟁터 같았다. 폐허 같은 그곳에서도 서민의 삶은 이어져 누더기 빨랫감이 나부끼고 오두막 담장에 심은 부겐베리아가 붉게 타고 있었다.

크리스토발 성인은 가톨릭 성인으로 어린이를 목마하고 강을 건너는데, 강속으로 들어 갈수록 점점 어깨 위의 어린이가 점점 무거워 나중에야 예수의 현신이라는 걸 알게 되었다는 뱃사람들의 수호성인이며, 지난 발트 3국 여행시 목공예 공원에서도 귀에 익었던 성인의 이름이다. 멀리서도 보이는 예수상이 있어 브라질 리오의 코르도바도를 연상하게 하였다. 언덕 위의 십자가의 크기는 높이 20m, 폭 7m의 거대한 크기로 리마의 구시가지를 바라본다고 하였는데 서민들의 애달픈 생활을 바라보는 예수님의 마음은 어떤 마음일까?.... 혼자서 상상해 보았다.

산 크리스토발 언덕에서 구시가지를 내려다보고 있는 현지인들

2015. 10. 13. 화

새벽 5시 기상, 오늘 아침 식사 당번은 내 차례여서 어제 저녁 슈퍼에서 사온 우유와 빵, 사과로 아침을 해결하였다. 6시에 로비로 모여 택시로 고속 터미널로 이동하였다. 터미널 대합실 안에는 아침 이른 시간인데도 버스를 기다리는 사람들로 붐볐다. 겨우 앉을 자리를 찾아 앉고 내 옆의 사람에게 "부에노스 디아스~!" 하고 아침 인사를 건넸더니 이 사람 좋아 보이는 뚱뚱한 아저씨 무척 반가워하였다. "요 소이 꼬레아나."라고 하였더니, 다정하게 포즈를 취해 주면서 같이 사진도 찍었다.

우리가 이용한 고속버스는 CRUZ DEL SUR. 페루의 고속버스는 대부분 이 상호를 달고 있었다. 아마도 자본력이 있는 서양인이 차린 회사인 것 같았다. 8시에 출발하는 페루의 고속버스는 2층 버스로 안전해 보였다. 마치 비행기에 탑승하듯이 짐을 일일이 검색대를 통과시켰다. 장거리 이동이니 안전을 위한 조치인 듯하였지만 조금 번거로웠다. 우리 일행은 2층 좌석을 배정받아 앉았는데 뒤편에는 화장실도 딸려있었다. 우리나라의 우등버스보다 더 안락하고 시설이 좋은 듯하였다.

7시간을 이동하는데 도중에 휴게실이 없는지 한 번도 세우지 않았다. 버스 안에서 승무원이 커피와 도시락을 나누어주었지만, 비닐에 쌓인 샌드위치는 뻣뻣하여 먹을 수 없었다. 가다 보면 우리나라처럼 휴게실이 있으려니 기대하였지만 없는 모양이었다. 서울에서 고향 마산으로 가는 4시간도 언제나 지루하게 느껴졌는데, 태평양 연안을 달리는 7시간의 주행시간은 창밖의 풍경을 바라보느라 그렇게 지루한 느낌이 들지 않았다. 새로운 풍경을 바라보니 페루의 속살을 더듬어 보는 기분이었다.

리마의 버스 대합실에서 곁에 앉은 남자.

아침 8시에 출발한 버스는 오후 4시쯤에 나스카에 도착하였다. 다시 경비행기 탑승장까지 이동하니 해는 살짝 서쪽으로 기운 시각이었다. 사실 페루에서 가장 보고 싶었던 것은 나스카 평원의 그림이었다. 여행기에서 보았던 평원의 그림들은 마치 외계인이 와서 그린 그림 같았다고 하였는데, 드디어 그 수수께끼 같은 그림을 볼 수 있다는 생각에 마음은 흥분되었다. 이곳에서는 안전을 기하기 위해 퍽 신경을 많이 쓰는 듯하였다. 무게의 균형을 맞추기 위해 한 명씩 몸무게를 측정해야만 하였다. 무거운 사람과 가벼운 사람의 균형을 맞춰서 탑승하는 모양이었다. 뚱뚱한 걸 숨기고 싶었지만, 이곳에서는 여지없이 드러나는 셈이다. 몸무게 측정 후 여권에 입국 도장까지 받아서 대기하였다.

　나스카는 페루의 남부 나스카강 유역에 전개되는 오아시스의 중심지로 해발고도 700m. 건조한 기후 덕분에 그림이 남아 있다고 하였다. 이곳은 9세기경 가장 번영하였던 프레 잉카의 유적이 남아 있어, 남아메리카 고고학 연구의 중심지가 되고 있다고 하였다. 나스카 라인이라고 불리는 그림은 지상에서는 그 형체를 볼 수 없다. 건조한 지역의 표면의 자갈을 긁어내고 가벼운 흙이 드러나도록 솔질하는 방식으로 그려진 지상회화는 이 지역의 독특한 기후 덕분에 긴 세월의 흐름 속에서도 남아 지금 우리가 볼 수 있다고 하였다. 나스카 라인은 누가 무엇을 목적으로 하여 그린 그림인지 아직 밝혀지지 않아 더욱 우리에게 신비로움으로 다가왔다.

하늘에서 내려다 본 나스카 라이

　우주인이 내려와 그린 그림이라고 하기도 하고 고대인들의 천체관측과 점성술과 관련이 있다고 추측하기도 한다. 무게 균형을 맞추어 두 명의 조종사와 마리아라고 하는 외국 여성과 함께 모두 6명이 탑승하였다. 프로펠러 소리가 너무 요란하여 헤드셋을 써야만 하였다. 처음 타 보는 경비행기라 설렘과 함께 약간 긴장되었다. 조종사는 우리가 한국인임을 알고는 서툰 한국어로 오른쪽. 왼쪽~! 외치면서 원숭이, 벌새. 개라고 외쳤는데, 그 발음이 우스꽝스러웠다. 내가 앉은 좌석은 왼쪽이어서 왼쪽 그림만 바라보고 멀리 시야를 두라고 하였는데 흥분하여 잊어버렸다. 머리가 어지럽고 구토 증상이 나타나 더 이상 아래를 내려다볼 수 없어 제대로 사진도 찍을 수 없었다. 하늘에서 바라보는 그림은 생각만큼 거대한 그림은 아니었다. 벌새와 개, 꼬리를 감은 원숭이 등을 보았는데 기대만큼 신비스러운 그림은 아니었다.

2015. 10. 14. 수

새벽 4시 닭 울음소리에 눈을 떴다. 마치 어린 시절의 고향으로 돌아온 듯 포근한 마음. 편안한 잠자리로 모처럼 깊이 잠이 들었나 보다. 새벽이 오기까지 가만히 누워서 그동안의 여정을 돌이켜 보았다. 주변의 걱정을 뒤로하고 집을 나선지 딱 한 주일이 지났건만, 평소 시간이 너무 빠르게 여겨진 것과는 달리, 마치 한 달을 보낸 듯 길게만 느껴졌다. 아마존의 모기떼와 무더위, 나스카 사막기후, 낯선 숙소와 음식 등 변화된 환경에 적응하는 게 젊을 때와는 달리 쉽지는 않은 모양이다.

창이 환해지는 걸 보고 정원에 나가 신선한 공기를 깊이 마셨다. 아침 7시, 로비의 식당에서 과일 위주의 아침 식사를 하고,(모처럼 마음에 드는 아침 식사.) 9시, 8인승 승합차로 나스카 시내에서 30킬로 떨어진 고대 무덤이 있는 차우칠야 공동묘지로 길을 떠났다. 건조한 사막 지역이 끝없이 펼쳐졌다. 국토의 면적이 한반도의 6배에 달하는 광활한 지역이지만, 안데스 산악지대와 아마존 지역, 황량한 사막지대를 빼고 나면 경작을 할 수 있는 지역은 얼마 되지 않는 듯 보였다.

풀 한 포기 자라지 않는 먼지 풀풀 나는 사막 지역을 달리니 공동묘지가 나타났다. 잉카인들의 무덤인 이곳은 12곳의 지하무덤을 보호하고 있었는데, 모래 위로 군데군데 하얀 뼈와 두개골이 방치되어 있어 무척 놀라웠다. 방치된 것이 아니고 금을 그어놓고 자연상태로 보존하는 모양이었다. BC400년~AD600년 사이에 형성된 무덤 지역으로 길이가 3Km, 폭이 200m라고 하였다. 지하무덤에는 발견 당시의 모습으로 미이라들이 웅크리고 있었다. 사막 지역이지만 얼깃설깃 엮어진 지붕 아래에 서니 바람이 시원하였다.

푸석한 머리를 하고 무릎을 쪼그린채 앉아있는 미이라들을 바라보니, 지금 이렇게 웃고 울고 하는 내 자신의 근원은 무엇이며, 얼마 후면 저런 모습으로 돌아가야 한다는 생각에 마음이 착잡하였다. 할아버지는 열심히 우리를 끌고 다니면서 설명을 해 주셨지만, 나는 고고학 학자도 아니고 미이라를 보는 것이 유쾌하지도 않아. 다리가 아프다는 핑계를 대고 먼저 주차장으로 돌아와 쉬었다. 서늘한 바람이 불어와 촉촉이 밴 내 등의 땀을 식혀주었다.

미이라

우리를 실은 차는 삭막한 광야를 달려 와카치나에 도착하였다. 와카치나는 거대한 모래 언덕에 둘러싸인 오아시스 마을로 마을의 주변은 빙 둘러 높다란 언덕 위로 황금색 모래 언덕인데 오아시스 마을은 초록빛 나무가 바람에 살랑이는게 신기하였다. 우리는 일상생활 속의 아름다움은 잘 느끼지 못하지만, 가끔 화면 속의 사막을 걷는 낙타의 무리를 보면 사막을 동경하였다. 바람이 불어와 모래가 날리는 모습도 아름답게 여겨지고, 부드러운 모래 언덕이 만든 곡선을 보면 숨이 멎을 듯 환호성을 지른다. 그러나 막상 그 모래 언덕에 서면 불어오는 바람에 미세한 알갱이가 사정없이 눈과 입으로 들어와 금방 그곳을 떠나고 싶어진다.

우리는 숙소에 딸린 식당에서 점심을 먹고 5~6명씩 조를 만들어 버기카(샌드 지프)를 타고 모래사막의 체험을 하러 떠났다. 버기카는 모래 언덕을 종횡무진 달려 저절로 악~! 하고 비명을 질렀다. 금방 모래구덩이로 파묻힐 듯 내려가기도 하고 전속력으로 모래 언덕 위를 달리기도 하였는데, 바람이 심하여 단단하게 동여맨 스카프가 날리고 눈을 뜰 수도 없었다. 렌즈에 미세한 모래 알갱이가 끼이면 고장이 날 것 같아 모래가 만든 완만한 곡선의 아름다움을 사진기에 담을 수 없어 안타까웠다. 언덕 위에서 샌드 보드를 타고 내려오는 것은 위험할 것 같아 망설이다가 용기를 내어 타 보니, 의외로 재미가 있어 몇 번이나 탔다. 사막의 선셋을 볼 수 있는 시간에 맞춰 서둘러 모래 언덕을 올랐다. 몇 년 전 이집트 일주 여행시 사막 투어를 하면서 바라본 일몰처럼 장관은 아니었지만, 일몰의 순간은 언제나 장엄하고 신비로웠다. 하루를 마감하는 석양을 바라보며 한없이 겸허한 마음이 들었다.

와카치나의 일몰

2015. 10. 15. 목

아침 5시에 일어나 식사시간이 되기까지 오아시스 마을은 한 바퀴 돌아보았다. 주변에는 여러 개의 호스텔이 있었는데 부겐베리아가 활짝 핀 숙소 앞에 마치 이집트의 항아리처럼 생긴 도자기가 세워진 숙소가 눈길을 끌었다. 주변에 살찐 개들이 어슬렁거려 도망치듯 숙소로 돌아왔다.

아침 식사 후 한 바퀴 더 마을을 돌았는데 모래 언덕 아래의 마을은 중국 돈황의 오아시스처럼 보였다. 바람이 불면 모래가 마을까지 덮어 버릴 것 같았지만 마을과 사막 언덕은 분명하게 구분이 되어 있었다. 아침 일찍 모래 위의 서양인 커플은 버기카를 타고 언덕 위로 올라가 마치 스키를 타듯, 샌드 스키를 타고 내려 갔는데, 모래를 두려워하는 우리와는 달리 모험을 즐기는 듯하였다. 역시 그들의 젊음이 부러웠다. 미세한 모래 먼지가 두려워 이렇게 멀리서 사진 두 장을 찍고는 깊숙이 넣고 꺼내지 못하였다. 모래 언덕이 만들어 내는 숨막힐 듯 아름다운 곡선을 찍지 못하여 안타까웠다. 대신 오아시스 마을의 작은 연못과 주변의 나무가 어우러진 장면만 찍고 들어왔다.

오아시스 마을

우리 일행은 짐을 챙겨 버스를 타고 이동하여 바예스타 해상공원으로 향하였다. 바예스타는 144개의 무인도로 이루어진 군도로 남미의 갈라파고스라고 불린다. 바다사자, 물개, 돌고래, 펭귄, 펠리컨, 플라멩고, 콘도르 등 다양한 동물들을 볼 수 있는 곳으로 동물 보호구역으로 지정되어 있다. 해상국립공원 관광을 마친 후 우리는 다시 버스로 4시간을 달려 페루의 수도 리마로 되돌아오니 베이스 캠프로 되돌아온 듯하였다. 방을 배정받고 모두 함께 리마의 명소 미라 플로레스 언덕으로 갔다. 미라 플로레스(꽃을 보다)라는 뜻으로 절벽 위에 세워진 전망대 역할을 하는 아름다운 해안 마을을 표현한 지명이었다.

이 지역은 해안 충적 단구 지역으로 해안이나 해안선 가까이 해저 지층이 융기한 곳으로 높이가 100m나 솟아 있는데, 굳지 않은 충적층은 비교적 최근에 솟구침이 진행되었다는 증거라고 하였다. 그 높은 절벽 위에 호텔이 있어 보는 사람으로 하여금 아찔한 느낌이 들게 하였다. 높은 절벽 위에서 현지인들은 다양한 스포츠를 즐기고 있었다. 그곳에 일명 '사랑의 언덕'이 있다고 하여 퍽 궁금하였는데, 사랑하는 남녀가 끌어안고 진하게 키스하는 장면의 동상이 세워져 있었다. 동상 주변에는 현지의 커플들이 동상과 같은 모습으로 서로 끌어안고 사랑을 속삭이는 장면을 볼 수 있었다. 정말 '사랑의 언덕' 이라고 할 만한 장소였다.

사랑의 언덕에서
사랑을 나누는 커플

새벽 4시에 기상하여 누룽지와 라면으로 아침을 먹고 아직 어둠이 걷히지 않는 새벽 5시 10분 택시를 타고 공항으로 이동하였다. 8시에 이륙한 쿠스코행 국내선에 탑승하여 아래를 내려다보니 안데스산맥 사이로 좁고 구불구불한 강과 도로를 잇는 선들이 희미하게 보였다. 리마에서 남동쪽으로 떨어진 쿠스코는 거리상 먼 거리는 아니지만, 안데스산맥으로 가려져 있어 육로로 이동하려면 20시간이 넘게 걸린다고 하였다. 비행기로는 한 시간 정도의 거리를 배낭여행객들은 육로를 이용한다고 하니, 다시 한번 돈의 위력을 느끼게 하였다.

쿠스코는 페루 남부 안데스산맥 해발 3399m 지점의 있는 분지로, 한때는 인구 1백만 명이 거주한 잉카 제국의 수도로 '쿠스코'는 케추아어로 '세계의 배꼽'을 뜻한다고 하였다. 그리스에도 세계의 배꼽이란 곳이 있다고 하였는데, 무엇을 의미하는지 모르겠다. 잉카인들은 하늘은 독수리, 땅은 퓨마, 땅 속은 뱀이 지배한다고 믿었는데, 이러한 세계관에 따라 도시 전체가 퓨마 모양을 하고 있다고 하였다. 해마다 6월 말에 열리는 태양제는 남미의 3대 축제로 태양 신전은 흔적만 남아있지만, 잉카 제국을 보기 위한 세계의 관광객들로 항상 붐빈다. 투숙하기 전에 먼저 볼리비아 대사관으로 향하였다. 볼리비아는 황달병 검역 사본을 제시하는 등 비자 신청이 까다로운 지역이라고 하여 긴장하며, 한가한 주택지 안에 있는 볼리비아 대사관에 들어서니 벽에 붙은 유우니 사막의 사진이 먼저 눈에 들어왔다. 다행히 우리 일행은 무사히 볼리비아 비자를 받았다.

쿠스코의 골목

볼리비아 비자 신청에 대한 걱정으로 잔뜩 긴장하여 잠시 잊었던 고산증 증세가 숙소에 도착하니 나타났다. 낮은 지대에서 갑자기 높은 지대로 이동하면 산소 부족으로 생기는 증세다. 머리가 아프고 조금만 움직여도 숨이 찼다. 두통, 저체온증, 구토, 메슥거림 등의 가벼운 증상이 있지만, 심하면 혼수상태에 빠지기도 하고, 민감한 사람은 적응못하고 다시 낮은 지대로 내려가야 한다고 하였다. 숙소에서 두어 시간 정도 누워있으니 조금은 진정이 되는 듯하였다. 휴대용 산소통과 고산증약을 살 겸 아르마스 광장으로 나갔다.

분수가 흐르는 예쁜 골목을 나서니 넓은 광장이 나타났다. 이곳이 고대 잉카인들의 수도임을 증명하는 듯 광장 주변에는 고색창연한 건축물들과 현지인과 관광객들로 붐볐다. 숙소에서 고산증에 특효라는 코카 잎 차를 마시기는 하였지만, 빈속이라 우선 점심부터 먹기로 하였다. 광장을 거슬러 골목으로 들어가 꾸이 요리로 이름난 식당에 들어갔다. 집에서 기르는 토끼처럼 생긴 쥐로 전통방식으로 요리하였지만, 선뜻 손이 가지 않았다. (이 요리는 이 식당에서 제법 비싼 요리인데 우리는 선입관에 아무도 먹지 않았다.)

아르마스 광장의 학생들

늦은 점심 식사 후 광장 주위의 토산품과 수공예품을 파는 가게를 둘러 보았는데, 잉카의 냄새가 풀풀 나는 원색의 상품들이라 관심있게 보았다. 아까 가면서 눈여겨보았던 베틀을 짜고 있는 원주민에게 다가갔다. 내가 관심을 보이자 하던 일을 멈추고 이것저것을 열심히 펼쳐 보였다. 이곳 사람들은 대단히 높은 색채감각을 갖고 있는 듯하였다. 그들이 만든 모든 것의 색상이 내 눈에는 아름답고 조화롭게만 보였다. 낙타 문양이 들어간 올이 굵은 러그가 마음에 들었다. 가판대에 진열된 그 색상 배합이 아름다운 러그를 가르키며, 이곳에 오기 전 열심히 공부한 스페인어로 "콴또 꾸에스타?" 물었더니, "씽 꾸엔따 $"(50$) 손가락을 다섯 개 펴 보였다.(6만 원 정도) 깎아 달라고 했더니, 자신의 갈라진 손끝을 보이면서 힘들게 짰다고 하여. 조금 비싼 느낌이 들었지만, 큰맘 먹고 50유로를 주고 러그를 샀다.

광장에는 머플러와 모자 등 물건을 들고 다니면서 호객을 하는 행상도 많았는데 모두 색상이 화려하였다. 가방이 작고 아직 남은 일정이 길어 기념품을 사지 않으려고 하였으나, 이곳이 가장 기념품 가격이 저렴하다고 하여 나도 몇 개 샀다. 곳곳에 노점을 단속하는 경찰이 있어 경찰의 눈을 피하여, 우리는 행상인의 보따리를 들고 골목 안으로 따라 들어가서 알파카로 짠 머플러를 샀다. 골목 안에는 집시들의 모여 사는 마당 넓은 가옥이 있었다. 오후 햇살이 포근히 내리는 그곳에서 알파카, 라마 등이 풀을 뜯고, 콧물이 찔질 나오는 어린이들이 천진하게 놀고, 아기를 업은 아낙이 이웃 사람들과 정담을 나누며 뜨개질을 하고 있었다.

길에서 점심식사를
하는 현지인들

　지난밤, 방 안의 전기난로가 작동되지 않아 몹시 추웠다. 간단히 씻고 자리에 누웠는데, 내 룸메이트는 어느새 깊은 잠이 들었는지 숨소리 쌔근쌔근하였다. 이런저런 생각에 뒤척이다 잠이 들었는데 잠을 깨니 아직 새벽 3시. 잠을 깨니 더욱 추워 오리털 잠바를 꺼내 입고 자리에 누웠다. 얼기설기 나무판자를 덧댄 문틈으로 싸늘한 기운이 들어왔다. 더 이상 잠을 오지 않고 머리가 아파 일어나 앉아 있었는데, 새벽은 왜 그리 더디게 오는지.... 집 떠나면 고생이라더니, 고산증까지 겹치니 더욱 힘들었다. 보일러를 틀면 금방 후끈후끈해지는 내 집이 그리웠다. 이게 바로 돈 주고 고생을 한다는 여행이구나....

　아침 6시 반, 코카 잎 차와 빵으로 된 간단한 식사를 끝내고 8시 승합차로 다음 행선지로 출발하였다. 광장을 벗어난 차는 곧 산동네를 힘겹게 올랐는데, 어제 숙소의 창으로 저 산동네는 어떤 동네일까? 궁금하였던 그곳을 넘어갔다. 산동네에는 허름한 집들이 다닥다닥 붙어있었는데 이곳이 바로 원주민들의 삶을 엿볼 수 있는 동네구나 하는 생각이 들었다. 아침 시장이 열리는 그곳에는 커다란 등짐을 진 아낙과 남정네들이 큰소리로 물건을 팔고 사는 모습이 보였는데 그곳에 차를 세우고 싶었다. 산동네를 지나니 안데스의 산자락에 포근히 안긴 들판이 나타났다. 겨울에서 봄으로 가는 길목의 그 들판의 색상이 그렇게 아름다울 줄이야.

쿠스코 교외의 시장

쿠스코에서 마추픽추로 가는 길에 우리는 전통수공예품을 제작하는 과정을 볼 수 있는 마을에 들렀다. 촌장을 비롯한 마을 사람들이 공동으로 운영하는 작업장 같았다. 환한 웃음으로 따뜻한 차를 대접하며 환영하는 인사를 받았다. 자연의 열매나 광물에서 채취한 염료로 물감을 들이는 과정을 보여주고 자연에서 채취한 세제로 세탁하는 모습을 보여주었는데, 그 과정을 보는 동안 신기함과 함께 구매 욕구를 느끼게 하였다. 이 모든 과정을 거친 수공예품이라고 하니 더욱 마음을 끌었다. 입구에서부터 내 눈길을 끌었던 가방을 가리키며 값을 물으니 120솔이라고 하여 100솔로 깎아 달라고 하니 흔쾌히 좋다고 하였다. 속으로 '좀 더 에누리를 할 걸...'하는 마음이 들었다.

아기를 업은 여인은 내가 산 가방을 보더니 자기가 직접 만들었다고 하면서 벽에 걸린 보랏빛 스웨터를 권하였는데 베이비 알파카로 만들었단다. 디자인과 색상이 마음에 들어 그것도 사고 싶었다. 가격이 250솔. 우리 돈으로 10만원 상당으로 꽤 비싼 편이었지만, 내가 괜스레 제작과정에 마음이 혹하여 그다지 필요하지도 않은 물건들을 구매하였다. 제법 쌀쌀한 날씨인데도 여인들은 모두 양파처럼 부푼 스커트 아래로 뜨개질한 레그 워머를 신고 있는데 맨발들이었다. 머리에는 오똑 동그란 모자를 올려놓고 있었는데 떨어지지 않고 머리 위에 붙어있는 모습이 재미있고 신기하였다.

자신이 만들었다는 가방을 산다고 좋아하였던 여인과 함께

다시 일행을 태운 승합차는 마추픽추로 향하였다. 겨울에서 봄으로 향하는 안데스 산맥은 긴 잠에서 깨어나는 듯, 붉은 속살 사이로 연둣빛 새싹들이 비집고 올라와 누르스럼한 비탈진 언덕의 색상이 말로 표현하기 어려울 정도로 아름다웠다. 눈 덮인 높다란 산 위로 구름은 변화무쌍하게 흐르고 누렇게 덮인 시든 풀숲과 붉은 황톳빛 흙이 만들어 내는 그 조화로운 색상과 언덕이 만들어 내는 완만한 곡선에 마음을 빼앗겨 내 눈길은 계속 창밖을 향하였다.

버스가 멈춘 곳은 언덕 아래 계단식 밭이 형성된 모라이였다. 모라이는 쿠스코에서 북동쪽으로 40Km 떨어진 계단식 경작지. 해발 3600m 위치한 경작지로 마치 원형경기장을 연상하게 한다. 사람의 손으로 일군 것이라는 게 믿기지 않을 정도다. 과거 잉카인들이 감자, 옥수수 등의 품종 개량을 위해 조성한 농업기술 연구단지라고 추측하는데, 가장 아래층에서 윗부분까지 높이 140m. 총 24개의 계단으로 온도 차가 15도가 난다고 하였다. 발아래 동심원을 그리며 형성된 경작지도 신비스러웠지만, 나는 그보다 주변의 정경이 더욱 마음에 들어 나지막한 언덕길을 걸었다. 멀리 평화로이 풀을 뜯는 소 떼와 간간이 모습을 나타내는 알파카. 안데스 산맥의 자락이 너무나 포근하여 어머니 품속 같았다.

모라이

모라이의 부드러운 언덕과 살랑이는 바람을 뒤로 하고 우리를 태운 버스가 도착한 곳은 살리네라스 염전. 언덕 아래로 잔설이 남아 있는 듯 하얗게 보이는 계단식 염전이었다. 여태껏 바닷물에서 채취한 염전만 보았던 내 눈에 산 위에 염전이 있다는 사실이 눈으로 보면서도 믿기지 않았다. 살짝 흰 눈이 밭에 내린 것 같기도 하고 밭고랑에 설탕 가루를 뿌려 놓은 것 같기도 하고 하얀 캔버스를 가득 늘여놓은 것 같은 산 위에 만든 염전이었다.

쿠스코에서 50킬로 떨어진 이곳은, 해발 3000m 지점에 있는 염전으로, 오래전 바다였던 이곳의 해저 바닥이 융기하여 산 위로 형성되었으며, 지하에서 뿜어져 나오는 짠 소금물을 작은 통로를 통하여 약 2000여 개의 계단식 연못으로 서서히 들어가도록 만들어졌다. 건기에는 한 달 동안 약 700 Kg의 소금을 생산한다. 잉카인들의 지혜와 땀이 배어있는 이 염전을 보기 위해 세계의 관광객들이 찾아온다고 하였다. 좁은 통로를 따라 걸어 내려가 보았다. 등 뒤로 따스한 햇살이 내려와 살짝 더웠다. 비탈진 밭둑을 걷는 게 힘이 들어 등에 땀이 밸 정도였다. 농로 옆으로 흐르는 맑은 물을 손가락으로 찍어 맛을 보니 몹시 짰다. 이 살리네라스는 바다가 먼 이곳 안데스 산중의 사람들을 위한 하느님의 선물이라는 생각이 들었다.

살리네라스 염전

    페루 레일을 타기 전 마지막으로 들렀던 오얀 따이 땀보 마을. 작은 마추픽추라고 할 수 있는 곳으로 가파른 계단을 올라가야 했다. 우리가 어렵게 예약한 페루 레일의 시간이 3시 37분. 늦어도 2시 45분까지 버스가 있는 주차장까지 와야 한다고 당부하였는데도 몇 명의 일행이 늦게 도착하여 버스로 급하게 달려 도착하였다. 역에 내려 스틱을 잡았더니 스틱을 연결하는 고리를 버스에 두고 내려 다시 돌아가 찾는 동안에 일행을 놓쳐 버렸다. 기차역의 방향이 어디인 줄 몰라 당황해하다가 행인에게 나도 모르게 "엑스타숀?'하고 물었더니 (그 와중에 어떻게 스페인어로 엑스타숀 단어가 떠올랐는지 신기했다.) 방향을 가르쳐 주어 급하게 다리를 절룩이며 걸어가는데 뒤에서 누군가 스틱을 떨어뜨렸다고 소리치면서 내 손에 스틱을 쥐어 주었다. (친절한 페루 사람들 영원히 잊지 못할 것이다).

    페루 레일은 마추픽추 입구의 마을 아구아 깔리엔떼스까지 연결된 철로로 운행요금이 만만치 않았지만, 서비스와 시설이 좋은 관광열차였다. 쿵쿵 뛰는 마음을 진정시키며 창으로 보이는 계곡을 바라보니 안데스 산맥의 멋진 능선과 철길을 따라 흐르는 우루밤바 계곡이 한눈에 들어왔다. 젊은 배낭족들은 이 우르밤바 계곡을 2박 3일 일정으로 트레킹 한다고 하였다. 나도 체력만 된다면 트레킹을 하고 싶은 마음이 들 정도로 계곡의 풍광이 빼어났다.

친절한 페루 레일의 승무원

2015. 10. 18. 일

    새벽 5시 기상, 호텔에 딸린 식당에서 간단하게 아침을 먹고 6시에 짐을 챙겨 로비에 맡기고 마추픽추로 가는 셔틀버스 주차장으로 향했다. 숙소 근처에 마추픽추로 가는 셔틀버스 정류장이 있었는데, 아침 6시인데 벌써 셔틀버스를 기다리는 행렬이 줄을 이어 있었다. 이렇게 이른 시간에 벌써 마을 위까지 길게 이어지는 줄을 서야 할 것이라고는 생각도 못했다. 우리 일행들이 다리 아픈 나에게 승차장 근처에 앉아서 기다리라고 하여 덕분에 편하게 버스에 탑승하였다.

마추픽추는 남미에 대하여 알지 못했던 어린 시절부터 들었던 이름이다. 수수께끼와 신비에 쌓인 공중도시이니 누구나 한번 가 보고 싶은 염원으로 이렇게 이른 아침부터 긴 줄을 서서 기다려서 가는 곳인 모양이다. 인원과 출입시간에 제한되어 있으니 일찍 서두르지 않으면 쉽게 갈 수 없는 곳이었다. 다행히 셔틀버스 운행횟수가 많아 길게 이어진 줄에 비하여 그렇게 긴 시간을 기다리지는 않았다.

마추픽추의 신령스러운 산봉우리

마을을 벗어난 버스는 곧 좁고 가파른 산길을 오르기 시작하였다. 두 대의 버스가 교차하기 쉽지 않은 좁은 길이어서 가슴이 조마조마하였다. 멀리 구름을 머리에 인 안데스 산자락이 막 잠에서 깨어나는 듯하였다. 뾰족하게 치솟은 산의 스카이라인을 바라보니 이곳은 신의 영역인 듯하였다. 엷은 구름에 덮였다가 살짝 모습을 드러내는 봉우리들을 바라보며 아래를 내려다보니 낭떠러지 가파른 벼랑길에 아슬아슬한 길이었다.

속세의 인간이 신들의 영역에 발을 디밀어 넣는 것 같은 기분이 들었다. 산봉우리를 감고 흐르는 구름, 막 긴 겨울잠에서 기지개를 켜는 골짜기, 길섶의 맑은 풀꽃, 빽빽한 푸른 숲, 신령스러운 기운이 서린 영봉들. 나를 이 신령스러운 곳에 올 수 있게 해 주신 하느님께 무한한 감사를 드리고 싶었다.

마추픽추를 배경으로

마추픽추는 쿠스코에서 북서쪽으로 약 $80km$ 떨어진 곳 우르밤바 계곡지대 해발 2280m 정상에 자리 잡고 있다. 2개의 뾰족한 봉우리 사이 말안장 모양의 지역에 위치하기 때문에 스페인 침략자들에게 발견되지 않았으며, 1911년에 와서야 예일대학교의 히람 빙엄에 의해 발견될 당시 마추픽추는 세월의 풀에 묻혀 있던 폐허의 도시였다. 콜럼버스의 신대륙 발견 이전에 세워진 도시로서 세상과 격리되어 거의 사람의 손이 미치지 않은 채 신비로움을 간직한 수수께끼의 도시였다. 면적은 13km^2이고 신전 하나와 3,000개가 넘는 계단과 연결된 테라스식 정원으로 둘러싸인 성채가 하나 있다. 서쪽의 시가지에는 신전, 궁전과 주민들의 거주지 구역이 있고, 주위는 성벽은 외부의 공격을 피하기 위해 정교하게 쌓아 올린 도시다. 그 당시 기술로 거석을 어떻게 이곳으로 옮겨왔는지 신비스럽다.

　학창시절, 지리 시간 교과서 속에서 마추픽추를 보았을 적 언젠가 이곳을 내 눈으로 직접 보고 싶다는 꿈을 꾸었는데, 지금 내 눈앞에 높은 영봉을 두르고, 하얀 구름 속에 모습을 드러내는 이 공중도시를 바라보니 그야말로 가슴이 벅찼다. 와이너픽추 가파른 돌계단은 폭이 좁아 다리가 아파도 쉴 공간이 없을 것 같았다. 나는 다리도 아프고 좁고 가파른 곳은 도저히 내가 갈 수 없을 것 같아, 몇 사람과 함께 남아서 일행이 돌아올 때까지 기다리기로 하였다. 돌 위에 앉아서 봉우리를 감싸고 흐르는 구름도 바라보고, 빛의 반사에 따라 다른 색상으로 변하는 산들을 여유롭게 바라보았다. 반듯반듯 두부 자르듯 네모난 돌들을 쌓아 올린 벽들은 정교하여 종이 한 장 들어갈 빈틈도 없었고, 돌계단은 맑은 햇살 아래 방금 씻어 놓은 듯 정갈한 모습이었다. 500년의 세월이 흐르는 사이 지붕은 사라져 버려도 반듯한 골목에서 지금도 그 시대의 사람들의 숨결을 느낄 수 있었다.

공중도시

어제는 새벽부터 서둘러서 마추피추와 와이나피추 보았다. 호텔에 맡겨놓은 짐을 찾아 다시 페루 레일로 오얀따이 땀보 도착. 다시 쿠스코로 돌아오는 차 안에서 아름다운 저녁노을을 볼 수 있었다. 베이스캠프에 해당하는 쿠스코 숙소에 도착하여 맡겼던 빨래를 찾았다. 이곳은 물 사정도 좋지 않고 빨래를 말릴 수 있는 공간이 없어 그동안 쌓아 두었던 빨래를 숙소 근처의 무게를 달아 서비스해주는 빨래방에 맡겼다. (10솔) 향긋하고 뽀송뽀송한 세탁물을 받으니 마음 까지 뽀송뽀송해졌다.

지난 밤에는 난로를 켜고, 양말까지 신고 잤더니 한결 거뜬하였다. 아침 공기는 마치 한국의 가을 날씨처럼 약간 싸늘하고 하늘은 청명하였다. 세계에서 가장 높은 위치에 있는 호수로 가기 위해 6시 아침 식사를 하고 7시 숙소를 출발하여 8시 출발하는 뿌노행 버스를 타기 위해 서둘렀다. 이번 여행에서는 공항에서 숙소로 이동하는 것이 가장 힘들었다. 배낭여행이니 숙소까지 택시를 이용해야 하는데 짐 싣는 공간이 좁아, 다른 사람들이 가져온 캐리어 두 개를 넣으면 손잡이 배낭은 넣을 공간이 없었다. 상대적으로 부피가 작은 내 캐리어는 무릎 위에 올려놓고 가야 하니 이중으로 더욱 힘들다는 생각이 들었다.

안데스 산 위의 구름

쿠스코에서 뿌노까지의 거리는 버스로 8시간의 거리였다. 우리나라처럼 휴게소가 발달 되지 않아 버스 안에서 모든 것을 해결해야 했다. 버스 뒤에 화장실이 있고 점심대용으로 쥬스와 빵을 제공해주었다. 고속버스회사 운영은 원주민이 아닌, 돈 많은 서양인이 하는 듯하였다. 8시간의 긴 이동시간이 지루할까 걱정하였는데, 창밖의 안데스 산의 모습을 바라 보느라 전혀 지루함을 느끼지 못하였다. 어느 화가가 이렇게 아름다운 채색을 할 수 있을까?....하는 생각을 하며, 부드러운 녹색과 갈색, 황색이 서로 조화로운 들판을 바라보니 우울했던 마음이 밝아졌다.

들판 사이로 실개천이 흐르고, 유유히 풀을 뜯는 소와 알파카 무리, 그 뒤로 마을이 나타났다 사라지고 구름도 느릿느릿 흐르고 있었다. 황토밭 사이로 가끔 농부가 자전거를 타고 지나가는 모습도 정겨웠다. 모두가 안데스 산자락에 포근히 감싸 안긴 듯 평화롭고 여유로웠다.

시장에서 수레를 끌고 가는 여인

거의 하루를 버스속에서 시간을 보내고 오후 4시. 티티카카호 서안에 있는 호수의 도시 뿌노에 도착하였다. 해발 3870m에 위치한 뿌노는 숨쉬기 어려운 황량한 고원을 뜻한다. 페루의 남동부에 위치한 뿌노는 인구 10만 명 정도의 작은 도시로 알파카 등 모피의 집산지이며, 1668년 스페인의 카를로스 2세에게 경의를 표해 산 카를로스 데 뿌노 라는 이름으로 건설되었으며, 스페인 식민지 시대의 대성당 등의 유물이 남아있다고 하였다.

아르마스 광장 근처의 호텔에 들어가 방을 배정받고, 약간의 휴식을 취한 후 저녁을 먹기 위해 아르마스 광장으로 나갔다. 날씨는 늦가을처럼 싸늘하였고 간간이 빗방울도 날렸다. 따뜻한 국물이 먹고 싶어 골목을 어슬렁거려 보았지만 쉽게 찾을 수 없었다. 이곳은 해발이 높은 지역이라 대부분의 음식이 설익게 나온다고 하여, 화덕에서 구운 피자가 그나마 나을 것 같아 피자집으로 들어갔다. 웨이터가 안내한 2층으로 올라가니 어두컴컴한 실내에 붉은 등이 밝혀져 있어, 따스한 느낌을 주니 제법 분위기는 좋았지만, 공기가 몹시 탁하였다. 따뜻한 국물 대신 야채 스프로 속을 달래고 바삭한 피자를 먹으니 마치 고흐의 〈감자를 먹는 사람들〉 그림 속의 사람들 같다는 생각이 들었다.

뿌노에서 저녁 식사를 한 식당

뿌노에서 볼만한 곳으로 추천된 재래시장을 구경하기 위해 나갔다. 이곳에서는 다양한 감자의 종류를 볼 수 있다고 하였는데 보이지 않았다. 혼잡한 시장 안에 예수상이 있어 종교가 일상생활이구나 하는 생각이 들었다. 사과, 바나나, 토마토 등 싱싱한 과일을 사서 숙소로 돌아왔다. 가랑비를 맞아서 그런지 따뜻한 침대에 누웠지만, 마음은 횅뎅그레 하였다. 여행은 일상생활에서 벗어나 고요히 나를 찾는 시간이라고 하였다. 그동안 바쁘게 살아온 나를 돌아보고 명상에 잠기게 하는 시간이라 하였다. 잠들지 못하는 밤, 이런저런 생각을 떠 올리다 새벽에야 설핏 잠이 들었다.

뿌노의 대성당

2015. 10. 20. 화

쿠스코와 마추픽추 등을 거치면서 어느 정도 적응을 하였다고 생각했지만, 뿌노에서도 약간의 고산증세로 머리가 아프고 숨 쉬는 것이 힘들었다. 지난밤 숙면을 취하지 못하여 더욱 힘들겠다 생각하며 그동안 여행 안내서를 보고 기대하였던 티티카카 호수에 도착하였다.

티티카카호수는 페루와 볼리비아 국경지대에 있는 면적 8,135평방m의 호수로, 해발 3810m, 최대수심 281m. 안데스산맥의 알티플라노 고원 북쪽에 있는 남미 최대의 담수호이다. 배가 다닐 수 있는 호수 중에서 세계에서 가장 높은 곳에 위치한다고 하였다. 선착장에서 관광객을 태운 페리호는 하얀 포말을 일으키며 곧 출발하였다. 눈부신 햇살이 쏟아지는 반짝이는 호수의 물살을 가르면서 달리니 찌뿌둥하던 몸과 아픈 머리도 다 나은 듯하였다. 갈대 사이로 헤엄치는 물새들을 보며 이곳을 여행하는 나 자신은 참 행복한 사람이구나 하는 생각이 들었다.

바람이 제법 세차서 선실 안으로 들어오니 지난 밤 잠을 설친 탓에 졸음이 밀려 왔다. 잠깐 졸다가 창밖을 보니, 물 위 누런 갈대로 엮은 수풀 위에서 알록달록 원색 옷을 입은 사람들이 손을 흔들었다. 흐릿한 눈에 마치 분홍치마, 노랑 저고리를 입은 꼭두각시 같아 눈을 비볐다. 꼭두각시 인형처럼 보이는 사람들은 우로스 섬에서 생활하는 원주민 여인들로 섬으로 찾아온 관광객을 환영하는 인사로 손을 흔들었다.

분홍, 연두, 노랑. 원색의 옷을 입은 우로스 여인들

잉카 시대 이전부터 존재해 온 긴 역사를 가진 우로스 섬은 '물 위에 떠있는 마을'이다. '타타로'라는 독특한 식물 줄기를 엮어 물 위에 띄어 만든 인공섬이다. 외세의 침입을 받으면 연결된 끝을 풀어 섬 전체를 끌고 피신한다고 하였다. 호수의 물고기를 낚아 생활한다고 하였지만, 지금은 관광수입에 의존하는 듯하였다.

얼핏 보니 물속에 잠긴 타타로의 두께가 엄청났다. 시간의 흐름에 따라 물

속에 잠긴 풀이 썩으면 그 위로 새로운 풀을 계속 덧 올려 습기를 피하는 모양
이었다. 아이들은 타타로 풀로 만든 섬 위에서 공부도 하고 놀이도 하였다. 어
른들은 어업도 하고 기념품을 만들어 관광객에게 팔아 일상생활을 하는데 그
들의 표정은 여유롭고 느긋하였다.

　동그란 모양의 모자 아래 쫑쫑 땋은 두 갈래의 검은 머리와 원색의 의상이
내 어릴 적 소꿉놀이를 하기 위해 손으로 만든 헝겊 인형같다는 느낌이 드는
그 여인들의 환영을 받으며 섬에 올라간 우리는 그곳 촌장의 섬에서 생활하는
방식에 대한 설명을 들은 후, 알록달록 기념품을 구입하였다. 그들의 생활 집기
가 들어있는 집안을 구경하고 같이 기념사진도 찍었다. 그들의 환송을 받으며
떠나는 배 안에서 앨리스의 신기한 나라를 구경하고 오는 기분이 들었다.

우로스섬의 노젓는 여인

　우로스 섬의 주민들의 환송을 받으면서 우리를 태운 페리는 다시 햇살에 영
롱하게 부서지는 물방울을 튀기면서 호수를 거슬러 올라갔다. 티티카카는 호
수라고 하기에는 너무나 광활하여 바다라는 생각이 들었다. 한참을 거슬러 도
착한 곳은 남자들이 뜨개질하는 곳으로 알려진 타킬레 섬.

타킬레섬은 해발고도 4,050m에 위치한 작은 섬이다. 6개의 마을이 잉카 시대처럼 공동생산, 공동분배를 하며 살아간다. 타킬레 사람들은 양과 알파카 등을 이용하여 의생활을 해결한다. 실을 짜는 것은 여성의 몫, 베틀로 무언가를 만드는 것은 남자의 몫이다. 이들은 대략, 7, 8살이 되면 이러한 삶을 시작해 평생 실을 짜고 엮으며, 아름다운 호수를 벗 삼아 항상 실타래를 돌리고 뜨개질을 한다. 남자들의 필수품인 코카잎을 넣는 주머니 추스파, 허리에 감는 파하도는 여자가 손으로 떠서 마음에 드는 남자에게 선물하면서 구혼을 한다고 하였다.

타킬레 섬에 오르니 맑은 햇살이 등 뒤로 내리쬐어 아늑하고 따스한 기운이 느껴졌다. 길목에 원주민 여인들이 앉아서 정담을 나누면서 뜨개질을 하고 있고, 방목하는 양 떼 사이에 가족들이 햇살을 즐기며 한가롭게 모여 살고 있었다. 골목을 돌아서면 눈에 들어오는 쪽빛 호수를 뒤로한 마을은 그대로 한 폭의 그림이었다.

타킬레섬의 양떼

누렇게 변한 잡초들 뒤로 키가 큰 방풍림들이 줄지어 서 있고 멀리 보이는 돌담으로 쌓은 밭들은 올망졸망 서로 기대어 누워 있었다. 군데군데 버섯처럼 솟아 있는 집들은 맑은 햇살과 바람에 씻겨 말갛게 보였다. 등뒤로 따뜻한 햇살을 받으며 걸으니 마치 제주도 올레길을 걷는 것 같았다.

언덕 위에 올라가니 넓은 운동장을 가진 전시관이 있었다. 뜨개질하는 남자들이 파는 물건들과 사진이 전시되어 있었다. 마을 전시관의 옥상에 올라가 마을과 호수를 내려다보니 수면 위로 햇살이 반짝반짝 반사되어 눈이 부셨다. 호수 위를 건너 숲을 거슬러 올라온 부드러운 바람이 내 볼을 부드럽게 스쳤다.

전시관에서 이곳 섬 주민 남자가 뜨개질한 색상 배합이 아름다운 장갑을 한 켤레 사고 마당으로 내려서니 돌담에 기대어 선 한 무리의 젊은이들의 맑은 웃음소리가 내 발길을 끌었다. 그들의 단체 사진을 찍어주며 어디서 왔느냐고 물었더니 멕시코에서 왔단다. 나도 그들과 함께 사진을 찍으면서 그들의 웃음에 전염이 되고 싶었다.

멕시코 청년들과 함께

다시 마을로 내려와서 따뜻한 수프와 생선튀김으로 점심을 먹었다. 노란 수프 안에 자잘한 씨앗이 들어있는데 이곳의 특산물 퀴노아라고 하였다. 퀴노아는 안데스 산맥 일대에서 재배되는 명아주과 식물로 단백질, 칼슘의 함량이 높아 요즘 각광 받는 웰빙식품이라고 하였다. 오래만에 입에 맞는 음식으로 충분히 먹고 나니 나른하여 잠이 쏟아졌다.

햇볕에 노곤히 앉아있는데 쿵작쿵작 울리는 음악 소리. 이곳 섬 주민들이 우리에게 공연을 펼치며 환영 인사를 한다고 하였다. 전통 악기를 연주하며 남녀가 한데 어울려 빙빙 돌며 노래를 부르며 춤을 추었다. 별 흥은 나지 않은 공연이었지만 어린이까지 동원된 그들의 공연을 보고 마음 훈훈한 우리는 모두 주머니를 열었다.

우로스섬의 민속공연

타킬레섬과 우로스 섬 관광을 마지막으로 페루의 일정은 모두 끝났다. 8일 새벽에 리마에 도착하여 거의 2주간을 페루에서 보낸 셈이다. 그동안 고산증과 설익은 음식 등으로 많이 힘들었지만, 힘듦을 감수할 만큼 페루라는 나라는 매력이 있는 나라였다. 잉카제국의 영화를 뒤로 하고 스페인의 침입에 맥없이 무너진 나라. 스페인의 지배에서 벗어난 지금도 여전히 스페인의 문화를 간직하고 있다. 스페인의 통치가 우리나라를 지배한 일본과는 달리 문화정책을 한 탓일까? 아니면 한글처럼 국어가 없어 아직도 스페인어를 사용하기 때문일까? 물론 스페인어를 사용하고 대부분의 국민들이 가톨릭으로 개종한 탓도 있지만, 나는 무엇보다도 페루 사람들의 체념과 순종의 민족이기 때문이 아닐까 하고 생각하였다. 슬프고도 순수한 눈빛을 바라보면 나 자신도 물들여 순수해질 것 같았다. 우리는 페루의 마지막 밤을 아쉬워하며 멋진 공연을 하는 식당을 예약하였다. 적도에 가까운 지역이라 아열대 기후와 비슷할 거라고 생각하였으나, 어제에 이어 오늘도 가랑비가 흩날리고 늦가을 같은 쌀쌀한 저녁이었다.

내일은 볼리비아로 입국하니 오늘 밤 남은 페루의 돈을 다 사용해야 했다. 상가의 진열된 상품은 의외로 값이 비싸 골목의 시장을 들어갔다. 입구의 점포와는 달리 안으로 들어가니 우리나라 동대문시장처럼 산더미로 물품을 쌓아놓고 도매로 파는 가게들이 많았다. 며느리 털모자, 손자의 털모자를 사고 나니 앙증스러운 장갑이 보였다. 남은 잔돈을 보이며 이게 전부인데 장갑을 달라고 했더니 순순히 고개를 끄덕였다.

예약된 식당에 들어가 먹은 어린 송아지 스테이크는 육질이 부드러웠다. 식사를 끝낸 후 밴드의 연주에 맞춰 무용수들이 등장하며 공연이 시작되었다. 기타와 북의 요란한 리듬에 이어 연주되는 애잔한 펜 플룻의 선율. 우리는 모두 그 선율에 매료되어 시선을 연주자에게로 향하였다. 스물다섯쯤 될까? 판초를 걸친 그 청년은 다양한 종류의 플룻을 연주하였는데, 마치 악기가 그의 분신인 듯 자유자재로 악기를 바꿔가면서 연주를 하였다. 연주 도중 잠깐 보내는 눈빛이 어쩌면 그렇게 애잔하고 영롱한지..... 우리는 모두 숨을 멈추고 그 청년의 악기 선율과 눈빛에 매료당하여 버렸다.

음악의 힘이란 다른 예술보다 가장 영혼을 쉽게 끌어당기는 것 같다. 우리는 그 애잔한 영혼을 울리는 선율을 듣는 동안 그동안 거칠고 빡빡하였던 일정들이 부드럽게 위안을 받는 듯하였다. 숙소에 돌아와서도 오랫동안 그 펜 플룻 선율이 내 귀에 머무는 듯하였고 그동안 힘들고 지친 영혼을 일깨우고 다독이는 듯하여 잠을 뒤척였다.

식당의 연주

볼리비아

2015. 10. 21. 수

새벽 6시에 짐을 챙겨 과일과 빵으로 간단하게 아침 식사를 하였다. 7시 볼리비아의 라파스로 출발하는 버스를 타기 위해 터미널에 도착하였다. 우리가 예약한 버스는 손님이 많아 그 뒤의 쿠스코에서 출발하는 버스에 탑승하였더니, 손님이 적어 두 좌석을 차지하고 라파스로 갈 수 있었다. 국경도시 뿌노에서 라파스로 이동하는 거리는 거의 9시간이 소요되었다. 거의 한나절을 창가에 기대어 차창 밖의 풍경을 바라보며 이런저런 생각을 하였다. 그 넓은 국토를 가진 나라들이 어쩌면 이렇게 가난하게 살고 있을까? 경작지는 거의 보이지 않고 잡초들이 누렇게 시든 들판이 이어졌다.

자연은 언제 어떤 곳에나 서로 조화를 이루며 아름다운데, 어설픈 인간의 문명이 스쳐 간 곳은 조악하고 생경스럽게 보였다. 도로변에 나부끼는 비닐봉지와 함부로 내버린 플라스틱 빈 병들이 그 아름다운 자연을 훼손하는 것이 마음 아팠다. 가끔 나타나는 마을의 담장이나 허물어진 벽의 커다란 페인트 글씨로 적힌 게이꼬. 도널드 등등의 고딕체 글씨를 보고 그게 무엇인지 물었더니, 내년 대통령 총선에 출마하는 사람들의 이름을 선전하는 것이라고 하였다. 어떤 통치자가 당선되든 가난한 국민의 눈물을 닦아 주는 자가 되기를 간절히

기도하였다.

차창으로 바라본 국경 근처의 모습

　드디어 도착한 볼리비아의 입국 심사 장소. 볼리비아가 가장 입국이 까다롭다고 하여 잔뜩 긴장하였다. 좁은 입국심사대 앞에 길게 줄을 서서 기다렸는데 정복을 입은 공무원이 우리 일행 중 한 명을 불러 따라오게 하였다. 입국심사를 끝낸 우리는 모두 걱정하면서 그 사람이 돌아오기를 기다렸다. 한참이 흐른 후 나타난 그는, 공무원이 사무실로 데리고 들어가서는 지갑에서 지폐를 꺼내 보여주면서 돈을 요구하더라고 하였다. 나라가 가난한 이유는 이렇게 공무원들이 부패하였기 때문이 아닐까? 입국 장소에서 공공연하게 공무원이 외국인에게 돈을 요구하는 나라. 우리가 팬티 안 속주머니에 미 달러를 넣고 다니는 이유가 바로 이런 이유 때문이었다. 나는 손으로 복대와 팬티 안 달러를 더듬어 보고는 안도의 한숨을 쉬었다.

　흔들리는 버스 속에서 반쯤 감은 눈으로 높은 언덕을 넘으니, 아~! 하고 저절로 감탄사가 터져 나왔다. 산등성이 아래로 빼곡히 들어선 인간들의 세상.

촘촘히 들어선 집들이 장난감을 쌓아놓은 듯하여 눈을 비볐다. 볼리비아 전 국민의 80%가 중서부 지역에 모여 살고 그 중 라파스에 가장 많은 인구가 집중되어 있다는 설명서를 읽기는 하였지만, 이렇게 높다란 산등성이까지 성냥갑 같은 집들이 들어서 있으리라는 생각 못하였기에 그 광경을 바라보니 절로 한숨이 나왔다.

산꼭대기까지 빈틈없이 빼곡이 들어선 주택들

구시가지에 숙소를 정한 우리에게 저녁 시간까지 자유시간이었다. 룸메이트는 피곤하다며 한숨 자겠다고 하여 홀로 시장으로 나가 보았다. 길치인 나는 길을 잃지 않으려고 주변의 모습을 사진을 찍으면서 걸었다. 가능한 한 방향으로 갔다가 그대로 되돌아 오기로 마음 먹었다. 시장의 모습은 60년대 내 고향 함안의 시골 장터로 되돌아 가 보는 것 같았다. 간이 식당 안에는 오래만에 만난 사람들끼리 정담을 나누고 있었으며, 생필품을 사러 나온 시골 사람들과 상인의 외침으로 시끌벅적하였다. 아기를 업은 아낙네, 감자 몇 알을 펴 놓고 앉은 할머니의 모습이 정겨웠다. 마치 시간여행을 하는 듯 재미있었다.

장터에 널려 있는 모양이 큰 고추와 다양한 종류의 감자. 수북이 쌓아놓은 여러가지 약초 등이 우리의 시골 장터와 너무나 흡사하여 더욱 정감이 갔다. 길거리에서 파는 도넛을 한 봉지 사서 슬슬 숙소로 돌아가려고 하였다. 분명 올라간 길을 되짚어 내려왔는데 광장에 서 있는 동상이 다르다는 생각이 들었다. 머리를 갸우뚱하며 한참을 내려와도 낯선 풍경만 이어지고 호텔은 보이지 않았다. 당황하여 근처의 가게에 들어가 내가 찍은 광장의 사진을 보여주며 물었더니 다른 곳이라고 하면서 열심히 설명을 해주었지만, 내가 스페인어를 모르니 알아들을 수가 있나.... 근처의 여행사에 가서 물었더니 다행히 말이 통하였다. 이곳 사람들은 너무나 친절하고 정이 많은 사람들이었다. 내가 길을 잃고 몇 군데의 가게에 들어가서 길을 물으면, 그들은 한결같이 하는 일손을 멈추고 말이 통하지 않는데도 열심히 설명을 해 주었다.

우리의 시골장터와 비슷한 풍경

2015. 10. 22. 목

새벽 4시에 눈을 떴다. 호텔이라고 하기에는 너무나 열악한 환경이었다. 건물이 노후하여 제대로 창문이 닫히지 않았는데, 틈 사이로 바깥의 온갖 냄새와 바람이 들어와 밤새 매캐한 매연에 시달렸다. 숭숭 벌어진 틈 사이로 쌀쌀한 찬 공기도 들어와서 자다가 수면 양말과 오리털 점버를 입고 누웠다. 잠이 오지 않아 한국 시간을 확인하니 오후 3시. 중간고사 시험 기간인 아라와 통화를 하였더니 감기 기운이 있어 고생한다고 하였다. 미루지 말고 지금 당장 의원에 가서 진료받고 약 처방받아 잘 챙겨 먹으라고 당부하였다.

아라가 유치원 시절부터 전 세계를 떠돌아 다녔으니 이제 아라도 그냥 엄마가 떠나면 떠나는 모양이라고 생각하고 있었지만, 이번에는 중간시험 기간을 피해서 갔으면 좋겠다는 말을 내비쳤다. 엄마가 없으면 마음이 안정되지 않는다나 어쩐다나....하였다. 이제 너도 스스로 앞가림하여야 한다고 큰소리치고 나왔지만, 아라에게 늘 미안한 미음이었고 아직 손길이 필요한 아이를 너무 방치하는게 아닌가 하는 자책감이 들었다. 내 친구는 그런 나를 보고 아라를 방목한다고 하였다.

호텔 근처의 풍경

오늘은 일행들과 함께 단체로 시티투어를 예약하였는데, 이곳 운수업의 파업으로 취소되었다. 우리는 걸어서 시내 구경을 나갔다. 어제는 혼자 시장에 나갔다가 길 잃어 고생하였기에 오늘은 잘 따라 다니겠다고 생각했는데 잠깐한 눈파는 사이에 일행의 행방을 놓쳐 버렸다. 아직 골절된 다리로 걸음을 건는 게 부자연스러워 자꾸만 걸음이 뒤쳐졌는데, 매연이 심하여 가방에서 마스크를 찾아 쓰는 동안 일행의 행방이 묘연하였다. 앞에 가는 자주빛 점버가 우리 일행의 모습을 닮아 급히 뒤따라 가보았으나 다른 사람이었다.

이리저리 일행을 찾아다니다가 그만 포기해 버렸다. 호텔의 주소를 가지고 있으니 혼자서 시내 이곳저곳을 기웃거려 보는 것도 좋은 경험이 될 듯하였다. 조바심치며 찾던 것을 포기해 버리니 오히려 마음이 편안해졌다. 광장에는 일거리가 없는지 젊은 남자들이 우두커니 앉아 있는 모습을 볼 수 있었다. 거리의 오가는 사람들 모습. 커다란 보따리를 등에 메고 가는 여인, 한 무리의 여학생들의 모습 등 그들의 일상생활의 모습을 곁눈질로 보며 광장을 거슬러 올

라가니 저만치 우리 일행의 대장 모습이 보였다. 뒤늦게야 내가 없어진 것을 알고 이곳에서 기다렸다고 하는 말에 얼마나 반갑고 고마운지....

라파스 거리의 원주민 여인

볼리비아는 국명은 독립운동의 영웅 시몬 볼리바르의 이름을 따서 국명이 되었다고 하였다. 이곳은 안데스 지역 최고의 문명지로 잉카제국의 영토였으나, 300년 에스파냐의 지배를 받았으며 1825년 독립하였다. 행정 수도는 수크레이지만 라파스가 정치 문화 경제의 중심지라고 하였다. 볼리비아 중심부에 위치한 수도 수크레는 도시 전체가 유네스코 세계유산으로 등록될 만큼 아름답고 역사가 깊은 도시라고 하여 이번에 우리 일행들은 관광버스를 대절하여 그곳을 다녀오려고 하였지만, 운수업 관계의 파업으로 그곳을 가보지 못하여 아쉬웠다.

라파스는 티티카카호에서 흘러내리는 라파스 강 연변에 전개된 분지로 높은 단구의 윗부분과 하류부의 낮은 곳에 원주민의 주택이 있고, 그 중간 무리요 광장 시의 중심에 대통령 관저, 대학, 박물관, 호텔, 극장 등이 있으며 백인

지구도 근처에 있다고 하였다.

　일행들을 다시 합류하여 양옆으로 스페인식 건축물이 즐비한 거리를 지나 골목으로 들어서니 노인들이 삼삼오오 모여 앉아 햇볕을 즐기는 모습이 눈에 들어왔다. 볼리비아는 중남미 전체에서 평균 수명이 가장 짧은 국가 중의 하나라고 하였는데, 우리나라도 몇 년 전에는 평균 수명이 짧아 노인들이 귀하여 환갑잔치를 크게 하고 존경을 받았듯이, 이곳에 거주하는 인디오는 연장자로써 대접을 받고 사는 것 같았다.

골목에서 쉬고 있는 노인들

　우리가 들어갔던 골목 끝에 우리의 시선을 확 끌어당기는 반가운 한글이 보였다. 어느 화가의 개인 갤러리였다. 작가에 대한 정보도 없으면서 한글이 있으니 우선 화랑으로 들어갔다. 얼마 전 한국에서 강의를 하였다는 볼리비아 최고의 화가 마냐니의 화랑 겸 화실이었다. 안데스의 색채를 느낄 수 있는 강한 인상의 그림과 조각들이 있었다. 사실 남미에는 세계적인 유명한 화가들이 많았지만 마냐니라는 화가의 이름은 처음 듣는 화가였다.

　멕시코의 디에고와 프리다 칼로, 콜롬비아의 보테르 등의 그림을 볼 수 있을까....기대를 하였지만 이번 여행에서 그들의 그림은 볼 수 없어 아쉬웠다. 우리에게 알려진 화가는 아니지만, 라파스에서 남미의 화가 그림을 볼 수 있는 좋은 기회라는 생각이 들었다. 때마침 작가가 화실에 있어 우리는 그를 만날 수 있었다. 작업복 차림의 소탈해 보이는 인상의 화가는 우리를 반갑게 맞이해주었고, 일행들에게 즉석에서 스케치를 그려 선물을 해 주기도 하였다. 그에게 내 명함을 건네며 나도 그림을 그리는 사람이라고 인사하고, 그의 디자인이 들어간 열쇠고리를 사고 싸인도 받았다.

마냐니 화가와 함께

　　미술가의 거리를 돌고 난 후 라파스의 시내를 한눈에 내려다볼 수 있는 케이블카를 타기로 하였다. 케이블카는 이곳에서 시내버스처럼 서민들의 발 역할을 하는 교통수단인 듯하였다. 요금도 우리나라의 시내버스 정도의 요금으로 탑승할 수 있었다. 볼리비아는 중남미 전체 국가 중 11위의 인구 (약 일천만 명.)로 인구밀도가 가장 낮은 편인데 대부분 서남부 지역에 집중되어 살고, 특히, 라파스와 산타쿠르즈에 밀집되어 살고 있다고 하였다. 산꼭대기까지 빼곡히 들어선 집들이 라파스의 주택난을 설명하는 듯하였다. 볼리비아의 정식 국명은 볼리비아 다민족국으로, 인디오가 55%로 가장 많고, 혼혈인 메스티소가 30%, 에스파니아인 및 기타 백인이 15%로 이루어진 다민족 국가이다. 백인은 대부분 도시에서 상업에 종사하는 사람이며 이곳의 부를 자치하고 있다.

케이블카 안에서 내려다보는 라파스 시내는 아스라하게 보였다. 산동네에서 사는 원주민의 삶은 고달프겠지만, 케이블카에서 바라보는 산동네는 그림처럼 아름답기만 하였다. 산 위의 동네에 내려 마을을 한바퀴 돌아 보았다. 그 위에도 나름의 시장이 있었고 행선지를 외치며 손님을 모객하는 사람들의 외침. 이런 곳에서도 사람이 살까 싶은 반쯤 무너진 주택. 공사장에서 놀이하다 우리를 신기한 듯 바라보는 어린이들도 있었다. 동네를 한 바퀴 돌고 빼곡하게 들어선 산동네와 아득하게 바라보이는 비탈진 동네를 보며 그들의 일상이 좀 더 나은 날들이 오기를 빌었다.

빼곡하게 들어선 산동네

2015. 10. 23. 금

볼리비아는 국토면적이 한반도의 5배에 달하지만, 경작 가능한 지역은 국토의 2%에 불과하다. 목초지가 약 24%, 산지가 국토의 절반이 넘는 53%로 안데스 산맥 중 폭이 가장 넓은 곳에 위치. 남위 10~30도. 위도상 열대기후 지역이지만 고도에 따라 온대성 기후와 열대성 아열대성 기후. 동부의 밀림지대로 나뉜다. 칠레와의 국경지대는 옥시덴탈 산맥이 남북으로 뻗어있어 해발고도 6000m가 넘는 고산들이 있어 연평균 기온은 섭씨 10도 정도로 낮다. 연교차는 비교적 적으며 강수량도 적고, 12월~3월이 우기에 속한다. 대부분 불모의 땅처럼 황폐해 보였지만 다행히 광산지대가 있다.

라파스 근교에 있는 달의 계곡은 달의 표면과 닮았다고 하여 붙여진 곳이다. 모래가 풍화작용에 의하여 굳어진 지형으로 마치 달의 표면처럼 기괴한 형태의 암석들이 많았는데 칠레의 달의 계곡에 비하여 규모는 작으나 빛의 반사에 따라 암석의 색상이 다양하며, 오밀조밀한 광경이 더 아름다운 곳이라고 하였다. 건조한 지역이어서 군데군데 먼지를 뒤집어 쓴 나무가 몇 그루 서 있고 철로 만든 라마가 한 마리 세워져 있었는데 돈키호테의 비쩍 마른 말과 터키의 트로이 목마를 연상하게 하였다. 모래가 굳어서 만들어진 암석이라고 하였기에 더욱 신비스러운 달의 계곡. 일행들과 떨어져서 계곡을 걸으면서 햇볕과 맑은 공기를 깊숙이 들여 마셨다. 곳곳에 선인장이 자라고 있는 척박한 모습은 정말 달의 계곡을 걷는 것 같았다.

달의 계곡

2015. 10. 23. 금

라파스 공항에서 1시간 남짓 비행하여 우유니 사막 근처의 공항에 도착하였다. 죽기 전 꼭 가 보아야 할 곳으로 우유니 사막을 꼽고 있는 곳이니 기대가 컸다. 공항에 도착하니 우리의 짐들은 다음 비행기로 온다고 하였다. 다행히 공항에서 숙소까지 배송해 준다고 하니 숙소로 향하였다. 숙소 근처는 사람이 사는 동네라고 하기에는 황량하기 그지 없었다. 그래도 숙소에 히타도 있고 라파스의 호텔처럼 문틈으로 바람도 들어오지 않으니 한결 나았다.

저녁을 먹기 위해 마을을 한 바퀴 돌았더니 다행히 한국 음식을 파는 식당이 있었다. 서툰 한글체로 김치볶음밥. 라면 있어요 라고 쓴 쪽지를 단 문을 열고 들어갔다. 이런 머나먼 곳에도 한국 음식을 파는 한국인이 있다니 반가운 마음으로 들어갔더니 기대하였던 한국인 주인은 아니고 이곳 현지인 아주머니였다. 딸이 한국 대사관에 근무하여 한국과 인연을 맺게 되었다고 하였다. 태극기를 가지고 와서 우리와 함께 기념사진을 찍자고 하여 흔쾌히 기념사진을 찍었다.

우유니 공항에 착륙한 아마조네스 비행기 앞에서

저녁 늦게 짐이 숙소에 도착하여 대충 씻고 짐을 정리하였다. 내일은 새벽 4시에 일출을 보기 위해 나가야 하니 일찍 잠자리에 들었다. 알람 소리에 잠을 깨고 3대의 짚차에 나눠 탄 일행들은 어둠을 가르며 들판을 가로 질러 달렸다. 잠이 들깬 우리는 마치 새벽일을 떠나는 사람들 같았다. 새벽 검은 하늘에는 주먹만한 별들이 손을 치켜들면 닿을 것만 같았다. 그때 가늘게 들려오는 피리 소리, 〈외로운 목동〉. 대장님이 스마트폰에 저장된 노래를 열어서 잠든 영혼들을 깨웠다. 우리는 러브스토리, 나타샤 월츠 등을 들으며 꿈길 같은 새벽 길을 달려갔다.

캄캄하던 창밖이 청보라색으로 바뀌면서 점점 별빛이 옅어졌다. 어둠이 빛에게 자리를 내어주는 순간, 바닥이 하얗게 보였다. 우리는 모두 환호성을 질렀다. 말로만 듣던 소금사막이었다. 장미빛으로 변하는 동쪽 하늘을 바라보며 우리는 숨을 죽였다. 오랜 기다림 끝에 불쑥 떠오른 붉은 해. 눈이 부셨다. 이 세상의 모든 경건함을 모아 두 손을 합장하였다. 나를 이곳으로 인도해 주신 하느님 찬미 받으소서. 바깥은 귓볼이 얼얼하도록 차가웠지만, 마음은 불처럼 뜨거웠다.

우유니 소금 사막의 일출

우유니는 볼리비아 포토시 주의 우유니 서쪽 끝에 있는 소금으로 덮인 사막이다. 세계 최대의 소금사막으로 '우유니 소금호수'로도 불린다. 해발 3650m 높이에 위치한 이 염전은 선사시대의 염수호 중 일부였다고 한다. 넓이 12000 평방m로 한국의 경상남북도를 합한 넓이라고 하였다. 지각변동으로 솟아올랐던 바다가 빙하기를 거쳐 2만 년 전 녹기 시작하면서 이 지역에 거대한 호수가 만들어졌는데, 비가 적고 건조한 기후로 인해, 오랜 세월이 흐르는 동안 물은 증발하고 소금 결정만 남아 형성되었다. 소금 총생산량은 최소 100억 톤으로 추산. 두께는 1m에서 120m에 이른다고 하였다.

소금사막 가기 전 짚차가 머문 곳은 마치 영화의 세트장 같은 황무지였다. 황량한 들판에 고철이 된 기차들이 버려져 있었는데, 그게 묘하게도 넓은 사막 지역과 조화를 이루어 마치 신비의 세계에 들어선 듯하였다. 모래사막 위로 길게 이어진 선로와 고철 덩어리처럼 보이는 폐기관차 뒤로 펼쳐진 파란 하늘은 어찌나 아름다운지 절로 탄성이 터졌다.

사막 위의 폐기관차 박물관

이번 남미 여행 비자 신청 시 가장 까다로운 국가가 바로 볼리비아였는데, 황달병 예방 접종 카드가 필수여서 한국에서 어렵게 예방 접종도 하였던 것은 이곳에 세계의 모든 사람이 가장 가고 싶은 우유니 소금사막이 있기 때문이었다. 소금사막에 살짝 물이 고이고 그 위에 반영된 사진은 누가 찍어도 환상적인 그림이 된다. 우리를 실은 짚차는 다시 하얀 모래바람을 일으키며 길도 없는 사막을 달렸다.

파란 하늘 아래 구름은 유유히 흐르고 달리는 차 안에서 바라보는 끝없이 펼쳐진 하얀 빛 들판. 높은 고산지대에 이렇게 넓은 소금사막이 있다는 게 눈으로 보면서도 믿어지지 않았다. 사방 어디를 둘러보아도 끝이 보이지 않는 광활한 하얀 소금밭이 햇빛에 반사되어 눈이 부셨다. 조금 전 폐기관차 박물관에서도 어쩐지 현실감이 느껴지지 않고 가상세계에 들어선 느낌이 들었는데, 이곳은 더욱 현실감이 느껴지지 않고 다른 위성에 발을 딛고 있는 것 같았다. 반사된 빛에 눈이 부셔 눈을 꼭 감으니 내가 꿈속에 들어와 있는 것 같았다.

우유니 사막에서

지난밤 우리는 우리가 잠든 밤사이에 비가 억수같이 내리기를 내심 바라며 침대에 들었다. 12월에서 3월까지가 우기인 만큼 우리의 소망이 이루어질까 믿지는 않았지만, 혹시 기적이 생겨 소금밭에 빗물이 찰랑찰랑 고이기를 기도했지만, 건기인 10월 말이라 비는 전혀 내리지 않았다.

여행 안내서나 화보에서 보았던 하얀 소금사막 위에 그림처럼 반영된 모습은 볼 수 없어도 신발을 신은 채 소금밭을 걸을 수 있어서 좋았다. 비현실적인 광경 앞에서 관광객들은 다양한 포즈를 취하면서 사진을 찍었다. 우리 짚차의 배불뚝이 운전사 아저씨의 녹색 스웨터는 언제 씻은 건지 올이 보이지 않을 정도로 때가 묻어 있었다. 그래도 사람 좋아 보이는 미소를 지어 보일 때는 정이 가는 사람이었다. 아저씨는 차 안에서 소품을 꺼내 여러가지 포즈를 취하게 하여 사진을 찍어 주셨다. 많은 사진을 찍은 경험으로 얻은 사진이어서 아저씨 덕분에 무척 재미있는 사진을 얻을 수 있었다. 우리 여행의 식사 담당이기도 한 아저씨가 요리한 샐러드와 돼지 양념구이도 일품이었다.

점심 식사후 휴식을 약간 취한 후 우리는 다시 하얀 소금 들판을 달렸다. 이곳은 지각변동으로 솟아올라 고원지대가 되었지만, 사방이 소금사막이니 그냥 낮은 들판같은 느낌이 들었는데, 우리의 짚차가 멈춘 곳은 커다란 선인장이 가득한 섬이었다. 사방이 바다가 아닌 소금사막인데 어부의 섬이라고 불리는 까닭은 그 옛날 이곳이 바다였기 때문일까?

이곳의 높은 지대에 올라서면 주변의 경관을 내려다볼 수 있었다. 키가 큰 선인장 사이를 들어가면서 커다란 가시에 찔릴 것 같아 조심조심 피하여 걸었다. 화장실을 사용하고 싶었지만 이곳에 단 한 군데 있는 화장실은 전혀 청소가 되어 있지 않아 도저히 이용할 수가 없었다. 다른 사람은 어쩌나 하고 살펴보았더니 모두 요령껏 선인장 사이에 앉아 자연 방뇨를 하고 있었다. 우리도 몰래 구석진 곳으로 가서 실례를 하였는데, 지금 생각하니 자연훼손을 한 것 같아 미안하고 부끄럽다.

여행을 떠나면 모두가 순수한 동심으로 돌아가 친구가 되는 모양이었다. 한 무리의 오토바이를 타고 온 동호인들이 기념 사진을 찍으면서 낯선 동양인인 우리에게도 합류하라고 하여 나도 함께 기념촬영을 하였다. 또 현지 멋지게 차려입은 아가씨들도 우리와 함께 사진을 청하여 어깨동무를 하고 사진을 찍었다.

오토바이 동호인들과 함께

2015. 10. 25. 일

볼리비아는 관광자원은 풍부하지만, 자본이 부족한 탓으로 여행 인프라 여건이 부족하였다. 우리가 예약한 숙소는 국립공원 안에서 가장 조건이 우수한 숙소라고 하였지만, 전혀 난방시설이 되지 않았다. 초저녁에만 잠깐 전기가 들어올 뿐 곧 전등도 다 꺼져버리고 사방의 벽과 바닥이 소금인 방 안에 3개의 침대가 놓인 방에서 자야 했다. 소금사막은 밤이 되자 기온이 뚝 떨어져 몹시 추웠지만, 그냥 자신의 보온 침구와 체온으로 버텨내야만 하였다. 침낭을 준비해 왔지만, 짚차의 지붕 위에 올려놓아 무용지물이 되었다. 침낭을 초저녁에 내려 놓아야 하는데 깜박하였다. 아무리 추워도 체면이 있지, 불도 없는 늦은 밤에 침낭을 꺼내 달라고 할 수가 없었다.

하루 밤인데 밖에서 자는 것도 아니니 참을 수 있으리라 생각하였다. 그러나 아무리 잠을 청해도 점점 뼛속까지 스며드는 추위로 잠을 이룰 수 없었다. 내가 잠들지 못하니 밤의 시간은 어찌나 느리게 흐르는지? 이곳저곳에서 잠꼬대하는 소리, 코골이 소리. 이가는 소리 등 모든 소리에 예민해졌다. 눈을 감고 누웠는데, 밖이 점점 밝아오는 것을 보고 살그머니 밖으로 나가보았다. 머리는 고산 증세처럼 지끈지끈 아팠다.

소금사막에서의 우리 숙소가 있는 마을

아침을 먹은 후 바로 즉시 사막을 달렸다. 이곳은 따로 차로가 있는 게 아니고 그냥 운전사의 감각에 따라 달리면 넓은 황무지가 모두 길이 되는 듯하였다. 앞서 달리는 차량에서 내뿜는 먼지로 앞의 시야가 가려졌다. 차가 멈춘 곳은 수분이 거의 없는 붉은 흙으로 덮인 황무지 같은 곳이었다. 하느님이 최초로 인간 세상을 창조하셨을 당시의 모습이 이러지 않았을까? 성경 속에서 하느님이 하늘과 땅을 갈라놓았을 태초의 신비로운 땅 같았다. 나는 광활한 그곳에서 인간의 죽음과 삶에 대한 근본적인 의문이 문득 떠 올랐다.

화산작용이 활발한 이곳에는 아직 불을 뿜는 활화산도 있었다. 척박한 사막을 달리던 우리는 군데군데 멈추어서 햇빛의 반사에 따라 시시각각 변하는 안데스 산자락을 바라보는 즐거움을 누렸다. 햇빛과 구름의 작용으로 산의 빛은 짙은 초록에서 연녹색 빛의 물감을 칠해 놓은 듯하였다. 어느 화가가 저런 아름다운 산의 색을 만들 수 있으랴.....

활화산을 바라보며

프랑스에서 온 청년들과 라구나에서

라구나 베르데는 볼리비아와 칠레 국경에 걸쳐 우뚝 솟아 있는 리칸카부르 화산 기슭에 위치하고 국립 동물 보호구역에 속한다. 멀리서 바라보였던 활화산의 이름이 바로 리칸카부르 화산이다. 라구나 베르데의 베르데는 초록색을 의미하니 초록의 호수라는 뜻. 호수 주변 풍경은 순수한 소금 결정으로 덮여 있으며, 그 아래에는 방대한 지하 호수들이 숨어 있어, 우기에는 (12~3월) 그 물이 지면으로 올라온다고 하였다.

해발 4300m에 자리 잡고 있으며 빼어난 경관을 자랑한다. 청녹색의 아름다운 색상은 이 지역에 매장되어 있는 마그네슘, 칼슘, 납, 비소 등의 광물 성분으로 그렇게 보인다. 길이는 3.7km이며 폭도 2.3km에 달한다. 면적은 5.2평방 km이며 둘레는 10km에 이른다고 하였다. 나는 호수보다 멀리 안데스 산을 등 뒤로 두르고 완만히 펼쳐진 구릉 지대와 이곳저곳 봉긋 솟아오른 조그만 활화산에 더 관심이 갔다. 두려움이 많은 나는 증기를 뿜는 활화산 근처는 무서워 접근 못하였지만, 갈색에서 연녹색으로 그라데이션을 이루는 곡선이 참 아름답게 여겨졌다.

조금 더 달려 마치 화성에라도 착륙한 듯, 기이한 형태의 바위들이 누런 황무지같은 평원 위에 드문드문 서 있는 곳에 도착하였다. 바람의 풍화작용으로 깎인 돌들의 형상이 마치 거대한 수석을 보는 듯하였다. 국립 공원안에 위치한 숙소를 가기 전 라구나 콜로라도에 도착하였다. 세계적인 희귀종인 제임스 홍학을 볼 수 있는 지역이라 하였는데 피곤하여 그냥 숙소에 들어가서 눕고 싶었다. 어제보다 나은 잠자리를 기대하였으나 오늘이 최악의 숙소인 듯. 이곳에서는 2층 침대가 놓인 다인실을 사용하여야만 하였다. 잠이 오지 않아 밖으로 살그머니 나갔더니, 어제보다 더 크고 환한 보름달이 지친 나를 부드럽게 위로해 주었다.

볼리비아에서의 마지막 밤을 보내고 새벽 4시 반에 아침 식사. 5시 출발. 이틀을 잠을 못 자고 고산증에 시달리고 나니 어서 화산지역을 벗어나고 싶었다. 우리 패키지여행의 마지막 코스는 활화산 체험이라고 하였다. 새벽 찬 기온에 사방에서 뿜어져 나오는 연기는 가상세계에 온 듯하였다. 워낙 겁이 많은 나는 무서워서 하얀 연기가 뿜어져 나오는 곳에 가기가 두려웠다. 멀찍이 서서 분출하는 연기를 바라보고 먼저 차 안으로 들어가 앉아서 바라보았다. 일행들은 연기가 솟구치는 곳에 다리를 넣어 보기도 하고 물병을 넣어 보기도 하였다. 화산 분출지역에서도 나는 머리가 깨어질 듯 아프니 그냥 어서 이곳을 떠나고 싶다는 생각뿐이었다.

우리는 다시 드문드문 암석이 서 있는 광야를 달렸다. 눈에 보이는 흙무더기는 스페인의 초현실주의 화가 달리가 영감을 얻어 작품활동을 하였다고 하였지만, 내 눈에는 달리보다는 모네의 일출 연작을 연상하게 하는 곳이었다. 조금 더 달리니 노천 온천수가 분출하는 곳에 도착하였는데 이곳에는 서양에서 온 젊은이들이 주변에 옷을 벗어 놓고 온천을 하였지만, 나는 번거로워 따뜻한 물에 발만 살짝 담갔다. 짧은 시간이었지만 온천의 효과로 한결 개운하였다.

노천 온천탕에서 온천을 즐기는 서양인들.

칠레

드디어 칠레의 국경지대에 도착. 여태껏 먼지가 풀풀 날리는 도로와는 달리 아스팔트 매끄러운 길이었다. 입국장에 도착하니 볼리비아와는 너무나 다른 환경이었다. 대부분 백인인 직원들은 입국 심사도 신속하게 처리하고 친절하였다. 국경 지역에 있는 산 페드로 데 아따까마는 관광객이 주민보다 더 많은 도시. 숙소인 루카호스텔에 도착하니 아직 이른 시간이라 체크인이 되지 않았다. 짐을 카운터에 맡기고 점심부터 먹기로 하였는데 물가가 엄청 비쌌다. 골목으로 나가 보았더니 많은 관광객이 달의 계곡으로 가기 위해 여행사 앞으로 모여 들었고 우리도 여행사의 한 상품을 사용하기로 하였다. 약속된 시간에 버스에 올라탔다.

내 옆에 스페인 그라나다에서 왔다고 하는 체구가 작은 여인이 앉았는데, 혼자서 사진을 찍기 위해 여행을 하는 중이라고 하였다. 스페인어가 이곳의 공용어이니 물론 언어가 통한다고는 하지만, 혼자서 여행을 하는 여인이 퍽 당차고 용감해 보여 대단하다고 칭찬하였다. 그녀는 가방에서 물병을 꺼내 물을 먹으면서 자신이 먹던 물을 나에게 먹겠느냐고 내밀었다. 그러잖아도 목이 말랐는데 어떻게 눈치를 챘을까? 물을 준비하지 않은 나는 초면이지만 체면불구하고 여인의 물병을 받아 물을 마셨다.

스페인 그라나다에서 온 여인과 함께

　우리 버스의 가이드는 우리를 위해 영어로도 설명을 해 주었지만 역시 힘들었다. 알아들을 수 있는 단어는 몇 마디뿐....대충 짐작으로 알아차려야만 하였다. 600m 안팎의 분지 모양을 이루고 소금의 퇴적층으로 덮인 지역이 많다. 지하수 미터에는 2~3m의 초석층이 퇴적해 있다고 하였다. 사막 주변에 구리, 은, 코발트, 납, 철, 니켈 등 광물이 풍부한 지역이다. 볼리비아와 경계가 불명확하여 분쟁이 계속 되었으나, 1884년 발파이소 조약의 체결로 칠레의 영유권이 확정되었다고 하였다.

　달의 계곡은 달의 표면을 걷는 것과 같이 느껴진다고 하였는데, 마침 우리가 도착한 시간은 해질무렵이라 더욱 환상적인 모습이었다. 서쪽으로는 원시적인 사막 너머 붉은 노을 사이로 막 해가 떨어지고 동쪽으로는 높이 치솟은 안데스 산위로 보름달이 떠오르는 순간이었다. 마침 오늘, 음력 9월 보름은 남편의 생일이기도 한 날이라 마음이 복잡하였다. 이런 환상적인 장소에 내가 오게 된 것도 남편의 도움이 크다는 생각이 들었다. 달을 향하여 두 손을 모아 기도하며 남편의 영원한 안식을 빌었다.

서쪽으로는 해가 떨어지고 동쪽으로는 달이 떠오르는 신비한 순간

2015. 10. 27. 화

지난밤 달의 계곡에서 보름달을 보고 숙소로 돌아오는 길에 마을의 광장에는 무슨 축제가 열리는 듯하였으나 이틀 동안 잠을 제대로 못잤기에 일찍 들어와서 잤다. 눈을 뜨니 새벽 4시. 한국과는 12시간의 차가 나니 26일 오후 4시. 이곳은 인터넷 사정이 좋아 아라에게 보이스톡을 신청하였으나 연결되지 않았다. 아, 지금쯤 아라는 무대에 오를 준비를 하고 있겠구나. 며칠 전 통화에서 오늘 오후에 교내 무대에서 피아노 독주를 한다고 하였다. 예술대학 피아노과에 재학중인 아라는 오늘 교내 행사에서 연주한다고 하였는데 내가 가 보지 못하니 미안스러웠다. 딸이 피아노 독주를 하는데도 꽃다발을 챙겨주지 못하여 몹시 미안하였다. '아라야. 편안한 마음으로 연주 잘 해. 그동안 준비 한대로 하여라. 엄마도 멀리서 기도할께. 홧팅!' 카톡을 보내고 샤워를 하려고 하였으나 물이 전혀 나오지 않았다. 새벽 5시 공항으로 이동하여야 하는데 어쩌나......

집 떠난지 20일이 지났으니 슬슬 집이 그리워졌다. 새벽 일찍 일어나 짐을 싸는 것도 지겹게 여겨졌고, 매일 국제거지처럼 떠돌아다니는 것도 이제 그만

하고 싶어졌다. 고슬고슬한 쌀밥을 퍼서 딸하고 머리를 맞대고 먹는 아침 밥상
도 그리워졌다. 이른 시간 숙소 앞에 대기한 승합차를 타고 공항으로 이동하였
다. 차창으로 보이는 보름달이 우리가 탄 차를 계속 따라 오는 듯하였다. 지금
쯤 피아노 연주를 하고 있을 딸을 위해 기도하였다. 둥근 달 속에 남편의 얼굴.
딸의 얼굴을 그렸다 지우곤 하였다.

새벽에 도착한 칠레의 깔리마 공항 서쪽으로 넘어가는 보름달

　　1시간 정도 달려서 도착한 깔리마 공항. 이른 시간인데도 많은 이용객들로
공항은 활기찬 모습이었다. 대부분 원주민인 현지 노동자들이 동양인인 우리
에게 관심을 보이는 듯하였다. 짐을 맡기고 라운지를 찾아가 간단하게 아침 식
사를 하였다. 국내선 비행기를 타고 산티아고까지 약 2시간이 소요되었다. 안
데스 산맥을 넘어 육로를 이용하면 27시간이 소요된다고 하였다. 차창으로 내
려다보는 안데스 산은 중첩된 산들의 물결이 이어져 있었다. 나즈막한 산들의
구릉 너머로 멀리 하얀 눈으로 덮여 있는 높은 산도 있었다.
　　산티아고에 도착하여 우리가 예약한 아파트형 숙소에 들어갔다. 산티아고
아르마스 광장 근처에 위치한 아파트형 숙소는 고급형 아파트로 입구에 커다

란 철문이 닫혀있고 신분을 확인한 후에야 입장을 허락하였다. 척박한 환경에서 돌아오니 도시의 안락함이 더 친근하게 여겨졌다. 짐을 맡기고 걸어서 산티아고에서 소문난 한국식당으로 향하였다. 길눈이 어두운 나는 돌아가는 길을 기억하기 위해 꼼꼼히 눈에 담으면서 걸었다. 한국식당의 경상도 출신의 주인 아저씨는 이것저것 챙겨주시고 여행을 하려면 잘 먹어야 한다고 하시면서 사양 말고 필요하면 더 청해라고 하셨다.

2015. 10. 28. 수

칠레의 정식 명칭은 칠레공화국으로 남미의 남서부에 위치하며, 북쪽으로는 페루. 북동쪽으로 볼리비아. 동쪽으로 아르헨티나와 국경을 접하며, 서쪽으로는 태평양, 남쪽으로는 남극해에 면하여 있고, 무엇보다는 지형이 좁고 길쭉하여 학창시절 지리 시간에 쉽게 기억 속에 남아있어, 다른 중남미국가에 비하여 익숙한 국명이다.

16세기 초까지는 잉카제국의 영토였으나, 1520년 마젤란에 의해 발견되었고, 1540년 발디비아 장군이 정복 전쟁을 시작한 이후 270년 동안 에스파냐의 식민지였다. 1810년 독립하였고 수도는 산티아고이며 한반도의 3배 크기의 면적에 백인, 및 혼혈인, 마뿌체족 등 약 1700만 명의 인구를 가진 나라이다. 독립 후 약 100년 동안 영국의 경제 지배를 받기도 하였지만, 초석의 개발로 유래한 볼리비아. 페루를 상대로 한 태평양전쟁에서 승리함으로써, 볼리비아 일부 지역을 획득함으로써 경제적 번영의 시대를 열었다. 제1차 세계대전 이후 구리산업을 중심으로 미국 자본이 진출하였다. 세계공황에 기인한 사회불안을 배경으로 인민전선 정부가 발족하였고, 그 후로도 공산정권을 유지하다가 1950년대 들어선 사회주의 독재정권. 1970년대에는 급진사회당. 1990년대에 들어 민주 선거를 통한 정권이 들어섰다. 공용어는 에스파냐어, 전인구의 89%

가 로마가톨릭을 믿는 가톨릭국가이다.

오래간만에 아파트형 숙소에 들어서니 마치 내 집으로 돌아온 듯하였다. 어제 밤에는 모처럼 밀린 빨래도 씻고 넓고 안락한 침대에서 잠을 편안하게 잘 잤다. 도로에 면한 숙소여서 아침 일찍 창밖으로 자동차의 소음이 들렸다. 베란다에 나가니 한국의 가을처럼 서늘하여 두 팔로 몸을 감싸고, 아래를 내려다보니 아침 일찍 출근하는 사람들의 모습이 보였다. 이렇게 산티아고에서의 일상이 시작되는 아침을 맞이하는구나. 혼자서 어제 남은 과일로 아침을 먹고 9시에 로비에서 모여 승합차로 아름다운 벽화로 유명한 산티아고의 근교 도시 발파이소로 향하였다. 지난밤 모두 편안하게 잤는지 한결 건강하고 여유로운 모습이었다.

발파이소로 가는 도중 도시 근교에 위치한 와인 농장에 들렀다. 비옥한 토지에 포도나무가 조성된 그곳의 지명이 카사블랭코. 카사는 집. 블랭코는 하얀색이니 하얀 집이란 뜻이다. 낯익은 지명이어서인지 어쩐지 친근한 느낌이 들었다. 창 밖의 풍경은 여태껏 우리가 지나온 페루와 볼리비아와는 다르게 비옥해 보이는 초록의 숲과 농경지, 목장으로 잘 꾸며진 모습이었다. 와인 농장은 정원이 잘 가꾸어져 중세시대의 성 같은 느낌이 들었다.

발파이소 가는 길의 와인 농장

와인을 시음한 후 나른한 기분으로 다시 버스에 올라 비냐 델 마르로 향하였다. 비냐는 스페인어로 포도주, 마르는 바다이니 바다의 포도주라는 뜻일까? 칠레의 대표적 휴양도시로 아름다운 공원과 해안을 끼고 있어 부유한 사람들의 별장과 호텔이 많은 도시로 물가도 비싸다고 하였다.

도시 입구의 공원은 많은 관광객들이 찾는 명소인 모양이었다. 잘 가꾸어진 잔디밭에 비스듬히 커다란 꽃시계가 돌아가고 있었고 그 시계를 배경으로 하여 기념사진을 찍는 사람들이 가득하였는데 바람이 심하여 나는 건너편 작은 공원으로 들어가 보았다. 무슨 박물관도 있었지만, 문이 닫혔는지 조용하였다.

주변은 휴양도시답게 고급스러워 보이는 주택들이 많았다. 화장실에 가고 싶은 우리는 근처의 기념품 가게를 찾아 들어갔다. 손으로 만든 액세서리들은 모두 예술작품이라고 하여 가격이 무척 높았다. 구경하는 척하면서 우리는 한 명씩 교대로 화장실을 사용하였다.

꽃시계

휴양도시답게 해변에는 값비싼 고급 레스토랑도 많았다. 우리 일행들도 모처럼 고급 레스토랑에서 우아하게 점심을 먹기로 하였다. 성처럼 생긴 입구로 들어가니 커다란 유리 너머로 바다가 한눈에 들어왔다. 문 앞의 웨이터가 일행을 반갑게 맞이하여 안내를 해 주었다. 역사와 전통이 있는 레스토랑인 듯 많은 손님들이 식사를 하고 있었다. 웨이터들은 우리 일행들과 바디렝귀지로 서로 인사를 나누고 화기애애한 분위기 속에서 기념사진도 서로 찍어주면서 즐거워 하였다. 와인을 곁들인 바다요리를 주문하였는데, 사실 맛은 알 수 없었다.

레스토랑 종업원과 칠레의 유명성악가

비냐 델 마르에서 10Km 떨어진 발 파라이소에 도착하였다. 파나마 운하가 개통되기 전 남미에서 가장 큰 항구였다는 발 파라이소. 지금은 그렇게 호황을 누리지는 못하지만 군사 시설이 남아있다고 하였다. 항구에는 점심 후 휴식을 취하는 부두 노무자들이 우리에게 관심을 보였다. 항구 주변의 노점상에서 파는 여러가지 물품이 재미있었다. 항구를 따라 길게 기념품 가게가 늘여 있었는데 다양한 상품보다 나는 수학여행 나온 학생들이 더 관심이 가서 말을 붙여 보았는데, 세계 어디를 가나 청소년들은 언제나 떠들고 장난을 좋아하며 명랑한 것 같았다. 우리는 금방 친해져서 같이 어울려 사진도 찍고 즐거워하였다.

수학여행 나온 학생들과

발파라이소는 칠레 제2의 대도시로, 칠레의 수도인 산티아고(Santiago)에서 100*km*쯤 떨어진 태평양 연안에 있는 발파라이소는 지리적으로 만과 좁은 해안 평야, 일련의 언덕들로 구성되어 있다. 세계문화유산은 바다와 첫 번째 언덕 사이에 있으며, 바로 이곳에서 초기 도시가 발전했다고 하였다.

부두에서 기념품도 사고 기념사진을 찍은 우리는 다시 길을 나섰다. 유럽의 나라를 여행하다 보면 거리에 온통 낙서가 많아 눈살을 찌푸렸는데, 이곳 남미도 유럽의 영향을 받아서인지 빈 곳이 없을 정도로 벽과 셔터에 낙서가 그려져 있었는데 이곳에서는 그것도 그라피티로 일종의 예술인 모양이다. 전에 이탈리아 여행시 가이드는 그런 것을 그라피티 예술이라고 하였던 것 같은데, 한국의 거리에서 그런 것을 볼 수 없는 내 눈에는 예술이라고 하기보다는 국가의 체제와 기성세대에게 불만을 품은 사람들의 반항심과 저항심을 표현한 것 같게만 보이니 이것도 일종의 고정관념인지 모르겠다.

세계 어느 곳에서나 부두 근처의 지역은 환경이 열악한 것 같은데 이곳도 골목에서 비린내와 술취한 사람들의 방뇨로 지린내가 진동하였다. 그런 곳의 벽에 낙서처럼 그려진 그림도 있고, 와 하고 탄성을 지르게 하는 멋진 벽화도 있었는데 아마도 전문적인 화가의 솜씨 같았다.

중심 광장

해안지역이 좁은 이곳 사람들은 자연히 언덕 위에 거주하고 있는 모양이었다. 이곳 언덕에 사는 사람들을 위한 엘리베이터가 여러 곳에 설치되어 있는 모양인데, 우리는 그중 가장 역사가 오래된 엘리베이터(일명 푸니쿨라)를 탑승하기로 하였다. 순서를 기다리는 관광객이 많아 우리도 그들 뒤에서 차례를 기다려서 탔다. 100년 전에 만들었다는 엘리베이터는 지금 운행된다는 게 믿어지지 않게 낡았다. 언덕에 녹슨 레일이 걸려 있고 검은 기름때가 가득한 체인으로 연결되어 있었다.

운행하는 남자는 대기실에 비틀즈 영상을 크게 틀어놓고 노래를 따라 부르고, 나무판자를 덧댄 낡은 공간에 들어서니 도중에 멈추어버리지 않을까 걱정이 되었다. 언덕에 오르니 발 파이소 항구가 한눈에 들어오고 바람이 불어 시원하였다. 일행들이 기념사진을 찍고 시원한 음료수를 사먹는 동안 나는 계단을 올라가 보았다. 전쟁기념관. 박물관 같은 곳이 있어 티켓을 사려고 하였더니 무료입장이라고 하였다. 이곳저곳을 구경하고 입장비 대신 칠레의 군함이 그려진 배지를 하나 사서 내려왔다.

박물관을 보고 내려오니 승합차가 기다리고 있었다. 언덕을 내려가는 길은 푸니쿨라를 타지 않고 승합차로 네루다 기념관으로 갔다. 골목이 어찌나 좁은 지 곡예 운전을 하는 듯하여 가슴이 조마조마하였다. 그 골목을 벗어나자 안 도의 숨과 함께 베스트 드라이버를 향해 손뼉을 쳐 주었다.

시인 네루다의 이름은 전부터 익히 들었지만, 그가 칠레 사람인 것은 전혀 몰랐다. 시를 좋아한다는 내가 네루다가 인도의 시인이라고 생각하였다는 게 부끄러웠다. 인도의 타고르 시인의 시가 워낙 우리에게 잘 알려졌기 때문이었 을까? 미안하고 부끄러운 마음으로 그의 기념관을 한 바퀴 둘러 보았다. 뒷날 검색해보았더니, 파블로 네루다(1904~1973)는 1971년 노벨문학상을 수상한 칠레의 시인으로 '마추피추의 산정'과 '스무 편의 사랑의 시와 한편의 절망의 노래' 등이 유명하다고 하였다.

기념관 전시실에 비치된 네루다의 작품들

전시관을 한 바퀴 둘러보고 집 앞의 베란다에 나서니 푸른 바다가 한눈에 들어왔다. 주변의 열악한 집들과는 너무나 대조적인 이런 전망 좋은 곳에서 네 루다 시인은 작품을 구상하였을까? 대충 구경을 한 후 밖으로 나왔더니 일행 들이 보이지 않아 나무 그늘에서 한담을 나누고 있는 노인들 가까이 갔더니 앉으라고 자리를 권하였다. 한국에서 왔다고 하였더니 호감을 보이며 말을 건 네왔지만 알아들을 수가 있나? 그냥 방긋 웃으면서 기념사진을 찍자고 하였더 니 포즈를 취해 주셨다.

기념관 주변에도 알록달록 기념품을 파는 가게가 많았다. 관심이 가는 모자와 솔을 파는 가게도 많았지만, 생각 외로 무척 비쌌다. 조그만 기념품이라도 하나 사고 싶어 발파라이소 벽화가 그려진 도자기를 하나 샀다. 돌아오는 길에 어제 맛있게 먹었던 숙이네 집에 가서 김치찌개를 주문하여 저녁을 먹었다.

한담을 나누는 노인들과 함께

2015. 10. 29. 목

눈을 뜨니 아직 캄캄하여 다시 잠을 청하여도 쉽게 잠은 오지 않았다. 딱딱한 빵 한 조각으로 아침을 대신하니 쥴리아가 내 방문을 두들겼다. 오늘은 산티아고의 마지막 날로 전 일정이 자유롭게 보내는 날이다. 자타가 인정하는 길치인 내가, 말도 통하지 않는 이곳을 어떻게 다녀야 할지 걱정스러웠지만, 곁에 쥴리아가 있으니 한 번 도전해 보기로 하였다. 먼저 시내 안내지도를 구하여 입구의 경비원에게 제일 가까운 곳을 물었더니, 숙소 바로 뒤에 루치아 언덕이 있다고 가르쳐 주었다.

산타 루시아 언덕은 에스파냐 출신의 침략자 발디비아가 칠레 정복을 위해 군사 요새를 쌓았던 곳으로 주변 지역이 한눈에 들어오는 언덕 위에 있었다.

요새의 주변으로 작은 마을이 형성되기 시작하여 지금의 산티아고 구시가지를 이루게 된 유서 깊은 곳이라고 하였다. 지진, 홍수, 대화재 등 여러 차례의 재해로 파괴되었으나 기후가 양호하고 경치가 아름다워 많은 관광객이 찾는다고 하였다.

산타 루치아 언덕으로 올라가는 계단

　산타 루치아 언덕 아래의 도서관으로 가고 싶었으나, 쥴리아가 시간이 없으니 박물관, 미술관으로 가자고 하였다. 한국이었다면 각자 보고 싶은 곳을 보고 1시간 후 이곳에서 만나자고 약속을 하였을 텐데 혼자가 되는 게 두려워서 그냥 따라 주기로 하였다. 칠레의 중부지역에 위치한 산티아고는 지중해성 사막기후로, 사계절이 뚜렷하고 여름은 고온건조, 겨울은 온난다습하다고 하였다. 겨울에 눈이 내리지 않지만, 산맥에서 불어오는 바람의 영향으로 체감온도는 매우 낮은 편이며, 지금이 활동하기 좋은 계절인 셈이다.

　근처에 미술관이 있다고 하여 물어물어 갔더니 11시부터 개관한다고 하였다. 개관 시간을 기다리는 동안 주변 시가지를 한 바퀴 돌아보기로 하였다. 거리의 시민들은 대부분 혼혈인과 백인으로 페루와는 다른 이미지였다. 동네 안의 빈터에는 가판대를 설치하고 막 물건들을 펼치는 사람들이 있었다. 주말이 아닌데도 이곳에서는 벼룩시장이 열리는 모양이었다. 옛날 책이나 레코드 파는 곳도 있고 오래된 그릇을 파는 사람도 있었다. 은제 촛대나 사기그릇을 파는 곳에 눈길이 가서 이것저것 만져 보았다. 전 인구의 89%가 로마가톨릭 신자, 11%가 개신교라고 하였으니 이곳에도 곳곳에 조그만 교회와 성당들이 들어서 있었다. 이름을 알 수 없는 성당이 있기에 문을 살짝 밀어 보았더니 쉽게 문이 열려 안으로 들어가 성체조배를 하였다.

마을의 작은 교회

미술관 주변을 한 바퀴 도는 사이에 시간이 흘러 11시에 다시 미술관을 찾아갔다. 미술관의 정식 명식은 MAVI. 무엇의 약자인지는 모르겠다. 입장권이 이곳 돈으로 1000$인데 안으로 들어가니 넓고 쾌적하였다. 전시된 작품은 거의 현대 작가의 작품인 듯. 지금 명성을 남긴 예술가들은 항상 한 세대를 앞서 간다고 하였다. 평범한 사람보다 시대를 앞서가는 현대 예술인들의 세계는 항상 이해하기 어려웠다. 내가 기대한 칠레의 회화와 조각은 아니었지만, 칠레의 수도 산티아고 현지의 그림을 보았다는 것만으로도 만족하였다.

미술관에서 보아도 무엇을 의미하는지 알 수 없었던 우리는 고개를 갸우뚱 거리며 아르마스 광장을 향하여 걸었다. 많은 시민들이 바쁘게 우리 곁을 스쳐가는 길목에 서 있는 장미빛 성당을 가리키며 행인에게 물었더니 라 마르세더 성당이라고 하였다. 나는 천주교 신자로서 해외여행을 가더라도 성당이 있으면 그냥 지나치지 않고 들어간다. 다행히 동행하는 줄리아도 천주교 신자라서 함께 문을 밀고 들어가 성체조배를 하였다.

라 마르세더 성당

아르마스 광장에 도착한 우리는 먼저 주변의 페스트푸드점에서 점심을 먹었다. 현지식 점심을 먹고 싶었지만 돈도 아낄 겸 시간도 절약하기 위해서였다. 점심을 먹고 나오니 광장에는 아까보다 훨씬 많은 사람들이 나와서 햇빛에 앉아 여유로운 시간을 보내고 있었다. 광장 주변에 많은 건물들이 서 있었는데 우리는 먼저 박물관부터 들어갔다. 현장학습을 나온 이곳의 청소년들이 우리를 보고 손을 흔들며 반가워하였다. 이곳은 무료입장이어서 더욱 기분이 좋았다. 이곳은 국립박물관이라고 하였는데 생각보다 규모도 작고 소장품도 적어 이곳 외에 다른 곳에 규모가 큰 국립박물관이 있을 것 같다는 추측을 하였다.

인터넷 검색해보니 산티아고박물관은 1769년 건립되었으며, 식민시대 최후의 영화를 결집한 산티아고의 대표적인 콜로니얼 건축으로 생각보다 오랜 역사를 지닌 건물로 식민지 시대부터 1925년까지 산티아고 시의 변천을 볼 수 있다고 하였다. 콜럼버스 이전 예술박물관은 1981년 개관하였으며 아즈텍, 마야, 잉카 등 콜럼버스의 신대륙 발견 이전 중남미 문명 유물 3,000여 점을 소장하고 있다. 1805년 건립된 박물관 건물은 신고전주의 건축양식으로 식민지 시대에는 세관, 독립 직후에는 국립 도서관으로 이용되었다고 하였다.

현장학습 나온 선생님과 학생들

전시된 그림은 대부분 이곳을 정복한 스페인의 군대를 찬양하는 듯한 그림들이었다. 대형 초상화와 원주민의 생활 모습을 그린 그림은 있었지만 내가 좋아하는 풍경화는 몇 점밖에 전시되어 있지 않아 아쉬웠다. 이곳의 젊은이들이 낯선 우리를 보고 호기심을 가지고 반가워하였다. 이곳에서 한국에 대한 이미지가 좋은 듯 한국에서 왔다고 하니 엄지손을 추켜 세우며 좋아하였다. 내가 같이 기념사진을 찍자고 하니 밝게 웃으며 포즈를 취해주는 젊은이들이었다.

　남미의 큰 도시는 모두 스페인의 영향을 받아 도시의 중심부에는 문화와 상업의 중심지 아르마스 광장이 있어 그곳에서 시민들은 휴식을 취하기도 하고 만남의 장소로 사용되고 있다. 이곳 산티아고에도 아르마스 광장을 중심으로 모든 건물이 연결되어 있었다. 산티아고의 아르마스 광장은 녹지공원으로 구시가지의 마포초강과 오이긴스 거리 사이에 있는데, 역사적 정치적으로 산티아고의 중심지이다. 유럽식 카페와 다양한 길거리 공연이 연중 열려 관광객의 발길이 이어진다. 광장에는 거리의 화가들이 그림을 그리고 판매하기도 하였다.

　우리가 그곳에 도착하였을 적에도 성악가의 공연이 있어 나도 발길을 재촉하였다. 끝무렵인지 축배의 노래를 끝으로 그들의 공연이 마무리되어 아쉽기만 하였다. 공연이 끝난 후 그들의 목소리를 담은 시디를 판매하여 나도 한 장 사고 그들에게 사인을 해달라고 하여 소중하게 잘 보관하여 집으로 가져왔다. (안타깝게도 집에서 on을 하였는데 전혀 소리가 나지 않았다) 거리의 공연을 끝으로 우리는 안내도에 나와 있는 곳으로 가보기로 하였다. 영어 스피킹이 미숙하여 망설여졌지만, 곁에 함께 하는 줄리아가, "벙어리도 여행을 한다"는 말로 격려를 하여 무조건 부딪혀 보기로 하였다. 아르마스 광장 곁에 지하철 표지가 있어 지하로 내려갔다.

산티아고 아르마스 광장

여행사 페키지 여행을 할 적에는 그 도시에서 지하철을 탈 경우는 거의 없었기에, 언젠가 기회가 되면 꼭 지하철을 한 번 타 보고 싶었었다. 그러나 막상 지하철을 타려고 하니 길치에다 방향치이니 두려웠다. 서울에 이사 왔을 적에도 몇 번이나 실수하였는데 정말 탈 수 있을까? 아르마스 광장에 붙은 지하철 표지판을 보고 계단을 따라 내려가니 통로를 따라 상가가 형성되어 있고 많은 사람이 바쁘게 왕래하였다. 먼저 우리는 산티아고를 높은 곳에서 전망할수 있는 타워로 가기로 하였다. 그런데 그 타워가 있는 역이름을 알 수 없으니 누구에게 물어보아야 하나? 서점을 겸한 복사와 프린터를 해 주는 가게가 가장 한가로워 보였다. 통유리 아래 매표소처럼 반구형 창구가 있어 그 사이로 안내도를 내밀었다. 곱슬곱슬 파머를 한 긴머리의 아가씨는 하던 일을 멈추고 나에게 설명을 하였지만 내가 잘 못 알아들으니 다시 볼펜으로 지점을 찍어 주면서 열심히 설명하였다. 그녀의 스페인어를 내가 알아들을 수가 없어, 웃으며 그냥 "무차스 그라시아스~!" 인사를 하고 돌아섰다.

난감한 표정으로 지도를 들고 서 있으려니 지나가는 백인 여자가 "비 케어풀~!" 하면서 배낭과 사진기를 조심하라고 하였다. 옳다구나....하고 그 아가씨에게 지도를 들이밀며 타워를 가려면 어느 역에 내려야 하는지를 물었더니 모네다역에 내리면 된다고 하였다. 자동 판매대가 있었지만 가까운 곳에 역무원이 근무하는 창구도 있었다. 진작 창구에 와서 물었으면 그렇게 힘들지 않아도 됐을텐데.....창구에서 다시 전망대 그림지도를 가르키며 모네다 역에 가면 되느냐고 물었더니 1인당 630$(칠레)라고 하면서 전철 노선 지도와 함께 티켓을 주었다.

아르마스 광장 지하철역

티켓은 샀지만 모네다 역으로 가는 방향이 어디로 가야 하는지 알 수가 있나? 또 다시 누구에게 물어야 하나..망설이는데 나보다 오지랖이 넓은 쥴리아가 지나가는 청년을 붙잡고 영어를 할 수 있느냐고 먼저 묻고는 나를 디밀었다. "에고고....나 영어 수준도 만년 유치원 정도일 뿐인데." 모네다 역을 가기 위해서는 아르마스 광장에서 1구역 더 가서 그린라인으로 환승을 해야 한다고 하였지만, 내가 난감한 표정을 짓자 그는 자신이 가던 길을 멈추고 우리를 따라오라고 하여 다음 역까지 우리와 동행하여 환승하는 통로까지 가르쳐 주고 되돌아갔다. 젊은이여. 복 받으소서!

이렇게 고생고생하여 전철역을 나서니 바로 눈앞에 높은 타워가 보였다. 우리는 서로 손바닥을 맞추며 하이파이브를 외치며 그곳으로 다가갔다. 그런데, 그 건물은 일반인의 출입을 할 수 있는 곳이 아니었다. 출입증을 가슴에 매단 직원들만 그 건물 안으로 들어갈 수 있었다. 안내 데스크의 여직원에게 우리는 전망대에 가고 싶어 먼 길을 왔는데 전망대 티켓을 파는 곳이 어디냐고 물었더니 어리둥절한 표정을 지었다. 국영 정보회사의 관제탑 역할을 하는 곳으로써 전망대가 아니라고 하였다. 그것도 모르고 왔으니 어쩌나.....이왕 온김에 그곳 주변을 걷기로 하였다.

도로 가운데에 여러 개의 동상과 경비병이 서 있는 건물도 보였지만, 안내도를 뒤적여 봐도 모르겠고 물어볼 수도 없어 그냥 길따라 걸었다. 드디어 안내 책자에서 본 건물이 나와 그 앞에서 여러 장의 사진을 찍었다. 우리는 무엇을 하는 곳인지도 모르고 문을 밀고 들어갔더니 문 앞의 덩치 큰 남자가 무슨 일로 왔냐고 하기에 한국에서 온 관광객인데, 이곳이 무엇을 하는 곳인지 궁금하여 들어왔다고 하였더니, 이 남자는 친절하게도 실내를 안내해 주었는데, 그곳은 증권거래소였다. 가이드의 안내를 받으면서 증권거래소를 한 바퀴 돌고 나와서는 우리는 서로 얼굴을 바라보고 손뼉을 치면서 웃었다. 시골 할매같은 우리에게 그렇게 정중하게 안내를 해 주다니.... 참으로 친절한 이곳 사람들이라는 생각이 들었다.

산티아고
증권거래소 내부

산티아고에서의 마지막 밤을 보내고 눈을 뜨니 새벽 4시. 너무 이른 시간이라 다시 잠을 청하였으나 더 이상 잠을 이루기는 어려울 듯하여 아예 일어나서 사진도 정리하고 가방도 정리하였는데 그동안 짐이 더 커졌다. 거의 쇼핑을 하지 않았는데도 하나 둘 모이니 제법 부피를 차지하였다. 이번 여행은 기간이 긴 데 비하여 큰 가방을 들고 다닐 수 없어 배낭으로 해결해야 하니 사고 싶은 물건이 많았지만, 극도로 자제하여야만 하였다. 숙소 들어오는 길에 슈퍼에서 사 왔던 저녁으로 먹을 우유와 과일이 남아, 그것으로 아침을 대신하고 그동안 편안하게 잠을 잤던 침구를 정리하고 부엌도 말끔히 정리하였다.

8시 20분 로비에 모여 11시 비행기를 타기 위해 공항으로 이동하였다. 이곳 공항에도 이른 아침부터 사람들이 많이 있었는데, 우리 곁의 덩치 큰 두 남자가 자신들의 사진을 찍어 달라고 부탁하였다. 이곳에서 선원생활을 하는 사람이라

고 하면서 우리에게 관심을 보였다. 그 두 남자는 형제이며 함께 여행을 가는 중이라고 하였다. 자기의 스마트폰을 열어 얼마 전 낚시를 한 동영상을 보여주면서 자기는 솔로라고 하였다. 나와 함께 사진을 찍고 자신의 페이스북 주소를 적어 주었는데, 나는 그때 메모한 페이스북 주소도 이름도 다 잃어버렸다.

칠레 산티아고 공항에서 만난 남자

중간에서 승객을 태운 비행기는 4시간 반을 비행하여 푼타아레나스 도착. 창밖으로 내내 눈에 덮인 안데스 산을 볼 수 있었다. 공항에 도착하니 바람이

어찌나 심한지 바람 많은 제주도 같다는 생각이 들었다. 한국에서 가장 먼 지역에 도착하였다는 생각이 드니 괜스레 울컥한 마음이 들었다. 호스텔에 짐을 풀고 일단 밖으로 나가 함께 점심을 먹기로 하였다. 봄을 맞이한 이곳은 길섶에 황금 단추 같은 민들레가 가득 피어나고 있었다. 거리에는 어슬렁거리는 송아지 덩치만큼 커다란 개들이 많아 무서웠다. 바람 부는 시내로 나가 우리가 함께 들어갈 적당한 식당을 찾아다녔다.

그런데 이곳은 얼마전 티브이에서 방영된 신라면을 파는 가게가 있다고 하였다. 신라면을 먹고 싶은 사람과 밥을 먹고 싶다는 사람으로 나눠서 식당을 들어갔다. 우리가 먹은 밥은 금방 날아갈 듯 푸석푸석하였고 스테이크는 퍽퍽하였다. 그런데도 물값과 팁까지 주고 나오려니 아깝다는 생각이 들었다.

우리가 묵은 숙소 근처의 황금 단추처럼 커다란 민들레

2015. 10. 31. 토

지난밤 천장에 창이 있어 밤늦게까지 백야현상으로 훤하였다. 변방의 도시처럼 바람이 심하고 삭막한 거리였지만 우리가 묵은 호스텔은 규모가 작아 비좁은 방이었지만, 나름 예쁘게 꾸며 놓았고 아늑하여 모처럼 깊은 잠을 잘 수 있었다. 천장에 떨어지는 빗소리에 잠을 깬 시간은 아침 6시. 밤사이에 제법 세찬 빗소리도 들려 천장으로 비가 떨어지면 어쩌나…. 세찬 빗소리에 잠깐 걱정을 하였으나 달게 잠을 자고 일어났다.

이곳은 아침이지만 한국에서는 지금쯤 시월의 마지막 밤일 것이다. 아침 8시 20분에 짐을 챙겨 택시로 버스터미널로 이동하였다. 9시에 출발하는 버스를 타고 푸에르토 나탈레스로 향하였다. 차창에 떨어지는 빗방울을 바라보다가 깜박 졸기도 하였다. 눈을 뜨니 어느새 비는 그치고 푸른 하늘에 뭉게구름이 뭉게뭉게 피어오르고 있었다. 여태껏 보았던 안데스 산자락과는 달리 이곳은 끝없는 평원이었다. 군데군데 습지가 있어 질펀해 보였고, 가끔 소유지를 표시한 철책만 보였다. 그 넓은 초원에서 풀을 뜯는 양들과 소들은 평화스러워 보였다. 문득 바흐의 '양들은 풀을 뜯고' 멜로디가 떠 올라 혼자서 콧노래를 불렀다.

푸에르토 나탈레스로 가는 길의 풍경

푸에르토 나탈레스는 토레스 델 파이네 국립공원에서 남쪽으로 112Km 떨어진 어촌 마을로 카페와 식당이 즐비하다. 관광객들은 이곳에서 야생 체험을 할 준비를 하는 곳이다. 다양한 장비를 대여할 수 있고 각종 최신정보를 들을 수 있는 곳이라고 하였다. 우리는 버스 정류소에서 택시를 이용하여 숙소로 이동하였다. 마을에서 조금 떨어진 아파트형 숙소인데 우리나라의 펜션과 비슷하였다. 하얀 페인트가 칠해진 목조건물로 아래층에는 부엌과 화장실이 있고 침실은 2층에 있었는데 나무계단을 오르내릴 적마다 삐걱거리는 소리가 났다. 우리는 4명이 한 조가 되어 3개의 방을 나누어 사용하였는데 먼저 들어온 두 사람이 우리와 의논도 없이 각자 방 1개씩을 차지하고 나니, 자연히 나와 쥴리아가 방 하나에 같이 사용해야만 하였다. 조금 언짢은 생각이 들었지만, 창으로 들어오는 햇살이 투명하니 기분이 좋았다.

짐을 풀어놓고 우리는 그곳의 슈퍼에 가서 식량과 부식. 과일과 물을 사와야 했다. 그런데 갑자기 쥴리아가 피곤하니 자기는 먼저 씻고 눕겠다고 하였다. 피곤한 사람은 먼저 휴식을 취하고 나는 일행과 함께 슈퍼로 가서 물품을 구입하러 가는 것이 그다지 마음에 거슬리지 않았는데 모두 같은 마음이 아니라는 것 깨닫지 못하였다. 장기여행으로 모두가 심신이 지친 상태이니 힘이 들어도 함께 행동해야만 하였는데 내가 생각이 짧았던 것일까? 슈퍼까지는 같이 갔지만 같은 펜션을 사용하는 두 사람은 나에게 말도 없이 먼저 가 버렸다. 나는 혼자서 큰 식수병과 부식을 들고 오려니 난감하였다. 나는 4인이 같이 식사준비를 해야 할거라고 생각했는데, 먼저 온 두 사람은 어느새 부엌에서 밥을 먹고 있었다. 뒤늦게 낑낑대며 도착한 나를 보고도 아무런 인사말도 없이 밥을 먹고 있는 것이 낯설게 여겨졌다. 나를 마치 그림자처럼 대하는 그들이 이상하게 여겨졌고 나도 그들에게 마음의 문을 닫고 싶었다.

2015. 11. 1. 일

백야현상으로 이중 커튼을 치고 잠들었다가 눈을 뜬 시간은 새벽 5시. 화장실을 들락거리는 삐걱거리는 나무 계단의 소리에 몇 번이나 잠을 깼다. 일찍

푸에르토 나탈레스 마을

일어나 계단 아래로 내려가서 샤워하고 어제 남은 밥을 푹 삶았다. 점심으로 먹을 도시락도 만들어서 국립공원으로 갈 준비를 하였다. 아침 8시 10분 17인 승 밴이 도착하여 차에 올랐는데 우리 일행 15명과 1일 투어 가이드와 운전사. 모두 17명을 태우기에는 조금 비좁다는 생각이 들었다. 그나마 우리 인원이 들어가기에 꼭 들어맞는다는 게 참 신기하였다.

숙소인 푸에르토 나탈레스에서 112Km 떨어진 토레스 델 파이네로 향하는 길은 눈을 뗄 수 없을 정도로 아름다웠다. 칠레가 자랑하는 국립공원 토레스 델 파이네는 개발의 손길이 닿지 않은 천연의 자연 그대로를 보존한 유네스코가 지정한 생물 다양성 보존지역이다. 남미 최고의 비경으로 손꼽히는 곳으로, 죽기 전 꼭 가보고 싶은 곳이라고 하였다. 또레스 델 파이네는 테우엘체족의 언어로 '창백한 블루타워'를 뜻한다고 하였다. 파타고니아 대초원 지대에 2~3천m 높이로 치솟은 거대한 바위 산군은 지상이 아니라 천상으로 올라간 기분이 들 정도였다. 하얀 설산 뒤로 보이는 거대한 바위들 형상들은 입을 다물지 못하게 하였다. 날카롭고 거친 사선으로 스카이라인을 그리는 산 뒤로 보이는 거대한 화강암 바위는 현실의 모습이 아닌 천상의 모습을 옮겨 놓은 듯하였다. 장엄한 모습으로 세상을 내려다보는 3개의 거대한 바위 봉우리는 우리 인간들을 한없이 겸허하게 만드는 것 같았다.

  설산에서 흘러내린 물은 조용히 흐르다가 고인 곳에서는 폭포처럼 쏟아지기도 하였다. 서 있기도 힘들 정도로 거세게 몰아치는 바람 앞에서도 관목과 풀들은 곱게 자라 이곳의 아름다움을 더 해 주는 것 같았다. 고운 옥색 빛 맑게 흐르는 물에 내 찌든 마음도 깨끗이 헹구고 싶었다. 인터넷으로 검색해보니, 또레스 델 파이네 국립공원은 두메산골이지만 웅장한 경치와 풍부한 야생생물로 관광객들 사이에서 인기가 높다. 이 공원의 분위기를 압도하며 우뚝 솟은 파이네 산괴는 1,200만 년 전에 화강암으로 형성된 산맥이다.

장엄한 자연 앞에서 그저 넋을 놓고 바라볼 뿐

토레스 델 파이네에는 화강암으로 이루어진 세 개의 봉우리가 있다. 그중에서 가장 높은 봉우리가 파이네그란데이다.

땅에는 바람에 맞서는 초원이 펼쳐져 있고 높이 올라갈수록 점점 작아지는 렝가 숲이 서 있다. 관코스, 레아, 큐마와 여우들이 주위를 어슬렁거리며 고개를 들어 하늘을 보면 안데스콘도르, 검은대머리수리와 크레스티드카라카라가 날고 있다. 인기 있는 산책 코스는 숨 막히도록 아름다운 산과 호수와 거대한 벤티스쿠에로 빙하까지 둘러보는 토레스 델 피에로 일주 코스이다. 이 코스를 완주하려면 8~10일 정도 걸리며 그레이 호수에서 출발해서 이곳으로 돌아오는 여정이다.라고 적혀 있었다.

1일 투어로 토레스 델 파이네를 본다는 것은 수박 겉핥기일지 모르지만, 어찌나 바람이 심하든지 나 같은 사람은 하루도 이곳에서 머물기도 힘들다는 생

각이 들었다. 미리 가이드가, 바람이 심하면 도중에 트레킹을 중단하고 되돌아 나올지도 모른다는 설명이 있었지만 설마 이렇게까지 바람이 심하리라는 것은 예측하지 못했다. 모자를 덮어쓰고 스카프로 고정을 하였지만 금방 바람에 다 풀어져 버려 몰골이 엉망이 되어 버렸다. 그동안 다 나았다고 생각한 다리도 이곳에서는 점점 무거워졌다.

쏟아지는 폭포

일행들은 앞서 보내고 혼자 뒤처져 엉거주춤 걸음을 옮겼다. 옥빛을 이룬 물이 쏟아지는 작은 폭포에는 영롱한 무지개가 서렸다. 심한 바람 속에서도 길섶에는 민들레가 피어나 금빛 이마로 눈인사하였고, 방목하는 양들은 여유롭게 풀을 뜯고 있었다. 척박한 극지에서 피는 꽃들이 붉은 입술로 길손에게 입맞춤을 해주는 듯하였다. 이 아름다운 곳은 발걸음이 옮겨지지 않을 정도로 바람이 심한 이유는 쉽게 인간이 접근하지 못하게 하기 위함인지?

이곳은 모든 트레커들의 버킷리스트가 된 이유는 이 장엄한 자연 앞에서 감동을 얻고 싶기 때문일 것이다. 잠시도 서 있기 힘들 정도로 바람이 심하지만 누구도 결코 포기할 수 없는 비경이기에 내가 이곳에 올 수 있음에 감사드렸다. 세차게 몰아치는 바람 속을 아픈 다리를 무겁게 끌며 걸으면서, 문득 성경 속의 감동적인 한 장면이 떠 올랐다. 활활 타오르는 덤불 속에서 거룩하게 변모하는 예수님의 모습을 본 제자가, 이곳에 초막을 지어 예수님과 함께 살고 싶다고 한 장면은 이런 곳이 아니었을까?

평화롭게 풀을 뜯고 있는 양떼

비현실적인 환상의 세계 속을 잠시 들여다본 벅찬 마음을 안고 다시 버스에 올라 이동하였다. 칠레에서의 마지막 여정인 토레스 델 파이네 공원 안을 트레킹하여, 빙하에서 떨어진 유빙이 호수 위에 떠 있는 모습을 볼 수 있다고 하여 무척 기대되었다. 여태껏 실제로 빙하의 모습과 유빙의 모습을 한 번도 보지 못했기에 기대로 마음이 설레였다. 우리는 조심조심 다리를 건너 숲길을 따라 걸으니 저 멀리 보이는 호수 위에 커다란 옥색의 물체가 보이기 시작하였는데, 멀리서 보니 마치 푸른색 커다란 비닐을 덮어둔 수하물 같았다. 가까이 다가가 자갈길에 내려서니 푸른빛은 점점 옥빛으로 연하게 변하였다, 빙하에서 떨어져 물 위에 둥실 떠 있는 하얀 얼음덩어리가 빛의 반사로 그렇게 짙은 청색으로 보이기도 하고 연한 옥색으로 보이기도 하였다. 유빙의 크기는 집채 만큼 컸다.

　마치 신기루를 본 듯 빙하와 유빙을 본 뒤에 마지막 코스인 밀로돈 동굴로 향하였다. 밀로돈은 키 3m, 몸무게 100Kg에 달하는 '땅늘보과' 동물로 채식을 하는 곰처럼 생긴 큰 동물로 지금은 멸종된 동물이라고 하였다. 1895년 독일 과학자에 의하여 이 동굴에서 밀로돈의 이빨과 뼈가 발견되었다. 동굴의 크기는 높이 30m, 넓이 70평방m, 길이가 200m로, 어느 시기에는 인간의 집단 거주지였는데 발견 당시, 독일인들이 사용한 다이너마이트로 파손된 부분이 많았다. 동굴 안에서 자연의 아름다움을 잘 보존한 모습을 보면서 그 당시의 모습을 상상해 보았다.

　1일 투어를 마치고 우리는 다시 숙소 근처에서 승합차를 내렸다. 어제 보았던 동네 안의 성당으로 가보았더니, 문앞에 미사시간이 적혀 있었다. 다행히 저녁 7시 미사가 있어서 줄리아와 나는 미사참례를 하였다. 이곳의 신자들도 유럽처럼 대부분 나이든 사람들이었다. 물질문명이 발달할수록 사람들은 신과 점점 멀어진다는 말이 떠올랐다. 미사가 시작되자 몇 명의 젊은이들이 앞 좌석에 앉아 기타 반주로 성가를 불렀다. 오늘이 칠레의 마지막 일정이라 가지고 있는 칠레의 돈을 헌금함에 넣었다, 이곳에서 무사하게 여행을 잘 마칠 수 있음에 감사드리고, 남은 일정도 건강하게 잘 여행할 수 있도록 기도하였다. 이렇게 멀고 먼 지구의 남극 근처의 작은 마을에서 미사를 할 수 있음에 감사드렸다.

아르헨티나

2015. 11. 2. 월

아침에 눈 뜨니 목이 따갑고 콧물이 줄줄 흘렀다. 어제 돌풍 속에서 장시간을 지낸 것이 무리였나 보다. 아침에는 간단하게 세수만 하고 부엌을 정리하였다. 이틀 동안 머문 숙소에 대한 고마움의 팁도 놓고 출발하였다. 아침 8시에 승합차를 타고 1시간 정도 달리니 아르헨티나의 국경에 도착하였다. 차 안에 짐을 두고 몸만 내려서 칠레에 출국 신고를 하였고, 이어서 아르헨티나의 입국 신고하였다. 유순한 인상의 직원들은 우리에게 친절하였다. 역시 국민의 수준이 높을수록 입출국이 신속하고 간단하여 좋은 첫인상을 주었다.

다시 승합차로 5시간을 달려 아르헨티나 엘 칼레파테로 향하였다. 엘 칼라파테는 안데스 산맥의 만년설과 푸른 숲이 어우러진 로스 글라시아레스 국립공원이 있는 휴양 관광도시로 총면적은 60만 h. 이 중 30%가 빙산과 빙하로 덮여 있고 47개의 빙하 호수가 있다고 하였다. 차창으로 바라보이는 끝없이 넓은 목초지에는 한가로이 소들이 풀을 뜯고 있었다. 긴 시간 이동하는 동안 창밖을 바라보느라 지루한 줄도 몰랐다. 숙소에 도착하니 백설공주 동화속의 난장이의 집처럼 작고 아담하였다. 짐을 풀고는 머리도 식힐 겸 혼자서 시내 산책을 나가 보았다. 이곳도 역시 바람이 심하였는데 키가 큰 가로수가 퍽 인상적이었다. 길가에 있는 집들도 모두 정원을 이쁘게 가꾸어 놓아 담장 너머로 구경하였다.

마을의 이쁜 주택

　오후 6시에 지프를 타고 칼레 발코니 투어를 하였다. 엘 칼레파테에 도착하였을 적에 도시를 감싸고 있는 듯한 높은 언덕이 보였는데 그곳을 이곳 사람들은 발코니라고 부르는 모양이었다. 정말 그 모양이 거대한 저택의 발코니처럼 시내 전체를 볼 수 있는 곳이었다. 숙소앞까지 데리려 온 버스를 타고 입구에 이르니 (곳곳의 호텔앞에서 관광객을 모집)우람한 탱크같은 지프차가 눈앞에 턱 놓여 있었다. 험악한 산악지역이기 때문에 이런 지프차가 아니면 발코니까지 오를 수 없었다. 얼룩덜룩 그림이 프린트된 지프차에 오르기만 하여도 흥분이 되었다.

　우리를 태운 지프차 운전사는 거칠게 운전을 하여 와악~! 비명을 지르게 하였다. 마치 놀이동산에서 놀이기구를 타는 느낌이 들게 하려는 것 같았다. 건조한 사막 지역이어서 사방에서 먼지가 풀풀 날렸고, 급한 경사를 거칠게 내려갈 적에는 그대로 앞으로 쏟아질 것 같았지만, 스트레스가 해소되는 듯하였다. 희귀한 야생동물을 볼 수 있다고 하였지만 거친 황무지뿐이어서 약간 실망이었다. 한국 돈으로 5만 원 상당의 투어치고는 별 볼거리가 없어 본전 생각이 들었다.

우리가 타고 다닌 지프

일몰 시간이라 오슬오슬 추워서 나는 체험하기보다 어서 숙소로 들어가고 싶었다. 특별히 본 것도 없고, 먼지만 뒤집어 썼다고 속으로 툴툴거렸는데, 이번에 지프가 멈춘 곳에 멕시칸 모자를 걸쳐 놓은 듯한 하얀 바위들이 보였다. 바위 위에 실제 모자를 올려놓은 듯한 동그란 멕시칸 모자의 바위를 보니 이것을 본 것만으로도 충분하다는 생각이 들었다.

해는 떨어지고 땅거미가 내리는 시간에는 야생동물들도 자기의 움막을 찾는지 그때까지 눈에 보이지 않던 산토끼들이 귀를 쫑긋 세우고 덤불 속에 있었다. 내려오는 버스 속에서 한 무리의 말들을 몰고 돌아오는 목동들의 모습도 보였다. 석양에 돌아오는 말들의 모습을 보면서 왠지 안온한 마음이 들었다. 우리도 이제 숙소로 돌아가 겸허한 마음으로 긴 하루를 마감하고 싶었다.

2015. 11. 3. 화

1일 투어에는 가이드를 따라 빙하를 트레킹 하는 코스가 포함되어 있었다. 다시 이곳을 찾아올 수 없으리라는 생각이 들어, 아픈 다리도 잊고 나도 따라나서겠다고 스틱을 챙겨 대열의 뒤에 섰다. 그런데 개인이 가지고 온 스틱이 이곳에서 사용할 수 없다고 하였다. 휴게소 같은 작은 막사에 개인 물품을 보관하고, 가방과 스틱을 두고 가벼운 차림으로 트레킹을 나서라고 하였는데, 잠금장치도 없는 곳에 가방을 두려고 하니 약간 걱정이 되었다. 하긴 이렇게 장엄한 자연 풍경 앞에서 남의 물건에 손대는 사람은 없겠지?

차례를 기다려 그들이 신겨주는 아이젠을 착용하고(일반 등산용과는 다름) 조를 나누어 가이드를 따라서 빙하 위를 조심조심 걸었는데, 입구에 있는 짙은 청색의 커다란 크레바스를 보고는 오금이 저렸다. 도저히 이 상태로는 걷는 게 위험하다는 생각이 들어 포기하기로 하였다. 다행히 일행 중에 몇 사람도 위험을 느껴 나와 함께 돌아가기로 하였다. 빙하를 걷는 체험보다 안전이 더 중요하다는 생각이 들었지만, 빙하 위를 점점이 선을 이어서 걸어가는 그들이 부러워서 자꾸만 돌아보았다. "저 포도는 시어서 못 먹는다"고 스스로 위로한 이솝 우화의 여우의 심정이었다.

빙하 트레킹 체험

트레킹을 간 일행을 기다리며 빙하가 높은 벽을 이룬 호숫가에서 바라보니, 저 멀리 빙하 위로 대열을 이루어 걷는 사람들이 이 세상이 아닌 피안의 세상 사람 같았다. 트레킹을 마치고 돌아온 일행에게 그곳이 어떻더냐고 물었더니, 정상에서 마신 위스키가 가장 인상적이었다고 하여 못내 아쉬웠다.

빙하 앞에서

유람선을 타고 다시 공원 안의 선착장으로 돌아온 우리에게 자유롭게 트레킹 할 수 있는 시간이 주어졌다. 커피숍에서 차를 마시면서 기다리는 사람도 있었지만, 우리는 트레킹 코스를 따라 좀 더 빙하를 바라보기로 하였다. 곳곳에 세워둔 안내도를 보며 잘 정비된 통로를 따라 내려갔다. 여러 갈래의 코스가 있는데 제일 가까이에서 빙하를 보고 싶었다. 일행들의 걸음이 빨라 다리가 불편한 나는 따라가기가 몹시 힘들었다. 빙하 위 걷기도 포기하였는데 이것마저 포기할 수 없다는 생각이 들었다.

거대한 빙하

　바로 눈앞에 보이는 전망대에서 바라보는 빙하는 거대한 하얀 산이었다. 어제 보았던 물 위의 빙하와는 비교되지 않는 크기에 압도되었다. 하늘에서 만들어진 거대한 구름층이 그대로 호수로 이어지는 그 모습을 바라보니, 그 빙하를 따라 걸으면 하늘나라로 올라갈 수 있겠다는 생각이 들었다. 마치 구름 위를 걷는 기분이었다. 바쁘게 일행을 따라 걷는 것은 힘들었지만, 마음은 볼에 닿는 바람처럼 부드러웠다. 하얀 빙하를 배경으로 핀 선명한 빛의 붉은 꽃과 키 큰 너도밤나무들은, 성경 속의 "하느님 보시기에 참 좋았다." 창세기를 생각하게 하였다.

　빙하 트레킹을 마친 우리는 4시에 출발하는 여행사의 버스를 타고 숙소로 돌아왔다. 몸이 피곤하였지만 숙소 근처의 마트에서 장을 봐서 숙소에 딸린 부엌에서 저녁을 만들었다. 식당의 음식값이 만만치 않아 식비도 아낄 겸 세계에서 온 배낭객들과 함께 이곳 부엌을 사용해 보고 싶었다. 큼직한 소고기를 두 덩어리를 사고, 물과 과일 등을 샀는데도 200페소 (한화로 약 2만 원)이었다. 공동 부엌에서 실수를 연발하며 구운 스테이크이지만 육즙이 풍부하고 부드럽고 연하였다. 오래만에 포만감이 가도록 소고기로 배를 채우고 설거지를 하였다. 남은 소고기는 겉 포장지에 이름을 쓰고 냉장고에 보관하였다. 마른 수건으로 그릇의 물기도 닦고, 뒷정리까지 하고 내려와 샤워하고 잤다.

오늘은 오전 일정이 없어 늦도록 잠을 자려고 하였지만, 창 밖의 새소리에 잠을 깼다. 한 번 잠을 깨고 나면 더 이상 잠이 오지 않아 화장실에 들어가 책을 읽었다. 6시가 넘어 룸메이트도 침대에서 일어나 창을 열었더니 싱그러운 봄바람이 들어왔다. 밤사이에 수많은 별들이 뒷뜰에 내려온 듯 노란 민들레가 피어나 눈인사를 하였다. 어제 남은 고기로 아침을 해 먹고 10시까지 동네를 산책하기로 하였다. 숙소 뒤를 흐르는 개울을 따라서 올라가 보니 점점 수풀이 우묵하여 무서웠다. 사과꽃 향기가 피어나는 낭만적인 농장을 상상하며 올라갔던 발길을 돌려 다시 기념품 가게를 한 바퀴 돌고는 속소로 돌아와 짐을 싸고 체크아웃하였다.

11시 승합차로 엘 칼레파테 공항에 도착하여 12시 40분 비행기를 기다렸으나, 비행이 지연되어 1시간을 공항에서 더 기다려야만 하였다. 1시간 반 정도를 비행하여 오후 3시에 드디어 우수아이아에 도착하였다. 거의 하루를 우수아이아로 이동하는데 보낸 셈이어서 모두 지친 표정이었다. 우수아이아 공항에서 한참을 기다려야 짐이 나왔다. 드디어 내 찌그러진 배낭이 나왔는데 찾고 보니 등산용 스틱이 하나밖에 없었다. 직원에게 물었더니 저 끝에 있는 항공사의 카운터로 가서 찾으라고 하였다. 조금 후 담당자가 나와서 내 스틱을 확인하고는 조금만 기다리면 찾아오겠다고 하였는데, 우리의 인솔자가 찾아와서, 내가 짐을 찾는데 많은 시간을 보낸다고 따로 숙소로 찾아오라고 하였다. 순간, 나는 너무 당황하였다. 긴 시간을 같이 한 일행인데, 내가 짐을 찾는 10분을 못 기다려준다니, 순간 화도 나고 눈물이 났다. 그들에게는 그까짓 스틱 하나 포기하지 않는 게 이상하게 보였는지 모르지만, 나는 아직 다리가 아픈 상태이니 스틱이 필요하고, 당연히 내 물건을 찾아야 한다고 생각하였는데, 그게 생각의 차이였다. 고맙게도 10분 정도 지나서 담당자가 스틱을 찾아와서 전해 주었다. 착잡한 마음으로 공항 밖으로 나섰더니 바람이 심하여 마치 날아가 버릴 것 같았다.

우수아이아에 도착하기 전 모처럼 한국인이 운영하는 숙소라고 하여 잔뜩 기대하고 들어갔는데, 우리 일행이 머물기에는 턱없이 좁은 곳이었다. 6명이 부엌에 달린 작은 방에서 지내야 하는데, 방에는 이층 침대 2대가 놓여 있었고, 나머지 두 사람은 부엌에 임시로 매트리스를 깔고 자야만 하였다. 그동안 나와 함께 다녔던 룸메이트 줄리아가 자진하여 부엌에서 자겠다고 하니 어쩔 수 없이 나도 동의를 하였다. 나머지 4명은 방으로 이동하였는데, 우리가 자는 부엌방은 잠만 자는 것이 아니고 모든 동선이 부엌을 통하여 연결되었다. 방을 차지한 4명이 조리하고, 식사하였는데 (같은 부엌을 사용하는데도) 그들은 밥을 같이 먹자는 인사말도 없었다. 돌이켜 생각하니 줄리아가 같이 장보기를 가지 않은 날부터 우리는 4명으로부터 왕따를 당하고 있었던 셈이었다. (주동자는 **언니) 설거지를 끝내는 동안 눕지도 못하고 투명 인간처럼 앉아 있어야만 하였다.

목욕탕과 화장실도 부엌을 통하여 드나들어야 하니 밤에도 도저히 잠을 이룰 수가 없었다. 문득, 나는 동화 속의 창밖에서 까치발을 하고 따뜻한 방안을 들여다보는 성냥팔이 소녀가 된 기분이었다. 침대에 누워 있으니, 반찬 냄새, 개수대 냄새. 가스 냄새까지 나는 듯하였다. 지금 생각하니 단 이틀만 참으면 될 것을 왜 그때는 그게 그렇게 서러운지....서러운 마음으로, 밤새 잠 못 이루고 새벽이 오기만을 기다렸다.

민박집 동네

다음날 아침 일찍 물개섬과 지구 마지막 등대를 보는 비글해협 투어에 나서기 위해 일찍 집을 나섰다. 비글해협은 남아메리카 티에라델푸에고 섬 남단에 위치한 해협으로 위로는 티에라델푸에고 섬 북쪽을 따라가는 마젤란 해협이 있고, 아래로는 혼곶 남쪽으로 크게 돌아가는 드레이크 해협이 있다. 비글호의 1차 탐험에서 발견되었으며 함정의 이름을 따서 비글 해협이 되었다. 지난 밤 잠을 못자서 머리는 아프고 밤새 울어 얼굴은 퉁퉁 부은 상태로 일행을 따라 나섰다. 여행을 다닐 기분은 아니었지만, 다시는 올 기회가 없을 것이므로 나섰지만, 여전히 마음은 심란하였다. 이곳 현지 여행사의 패키지 상품을 이용하였으므로 선착장에는 우리 일행 외에 외국인 관광객이 많았다.

티켓을 구입하는 동안 여행 안내소의 이곳저곳을 기웃거리며 원주민 미니어처 옆에서 기념사진도 찍었다. 밖으로 나와 지구의 남단 끝이라는 표지판 앞에서도 사진을 찍고 유람선에 올랐다. 내 마음과는 달리 아침 바다는 금빛으로 반짝였다. 우리의 유람선 위로 빙빙 도는 물새. 건너편 작은 섬 위에서 해바라기를 하는 물개와 귀여운 펭

우수아이아 표지판

긴들의 모습을 바라보고 있으니 어둡던 내 마음도 점점 밝아졌다. 작은 섬에서는 잠깐 유람선에서 내려 산책도 하였다. 자잘한 조약돌 위로 찰랑이는 물살이 어찌나 고운지 손을 물에 담귀 보았다.

우수아이아는 아르헨티나 최남단 티에라 델 푸에고 주에서도 가장 남쪽에 위치하여 남극 지방의 해상 교통의 거점이며, '세상의 끝'이라는 별칭을 가진 항구도시로 대서양과 태평양을 잇는 비글 해협에 위치한 남극 항로의 기점이며, 해상 교통의 요지이다. 기원전 수 천년 전부터 야마족 원주민들이 수렵과 어로, 채취를 하면서 살았는데, 최남단이며 북쪽으로 산맥이 가로막고 있어, 에스파냐의 식민지 시대에도 침략을 받지 않을 수 있었다. 그 후 유럽인들의 이주로 그들과 마찰, 각종 전염병으로 원주민은 사라졌다. 남극 해양성 기후로 연평균 기온은 5.8도. 연중 추운 지역이다. 구름과 안개가 많고 기온도 낮아 증발량이 적어 습도가 80%로 높다. 기후 특성으로 만년설이 쌓인 산봉우리, 빙하 지형, 울창한 침엽수림, 펭귄, 바다사자 등 한대 지방의 특징을 보여주는 자연경관이 아름다운 곳이다.

비글 해협 투어는 오전에 마치고 오후 일정은 자유로운 시간이다. 나와 룸메이트는 시내에서 점심도 먹을 겸 시가지 구경하기로 하였다. 관광도시답게 도로가 잘 정비되어있고 상가의 윈도우도 세련되었다. 박물관과 미술관도 있었지만 모두 유료입장이라 바깥만 구경하였다.

펭귄섬

금강산도 식후경이라고 먼저 밥부터 먹으려고 하였지만 어디로 가야 할지? 몇 군데를 기웃거리다가 가장 먹음직한 음식이 차려진 뷔페식 식당에 들어갔다. 대부분의 식당에 내 걸린 가격이 만만치 않았는데 이곳의 가격은 150 페소.(한화 15000원) 카운터에서 계산을 하니 물값과 팁이 포함되어 1인당 200 페소씩 내어야만 하였다.

점심식사후 룸메이트는 시내에 있는 라모스 헤네랄레스라는 이름의 100년 된 카페를 찾아 그곳에서 커피를 한 잔 마시고 싶다고 하였다. 나는 카페인 알레르기가 있어서 커피를 못 마시지만, 커피향을 좋아하기에 같이 항구 근처에 있다는 카페를 찾아갔는데 어디 있는지 몰라 한참 헤맸다. 드디어 100년 카페를 찾아 역사가 깊은 카페의 내부를 구경하였다. 우리는 커피를 한 잔만 시켜도 아오스딩이라는 이름을 가진 바텐더는 퍽 친절하였다. 말이 잘 통하지는 않지만 여종업원 크리스틴과 잡담도 하면서 킬킬 웃으며 즐거운 시간을 보내었다. 사람 좋은 아오스딩은 우리를 카페 내부로 데려가서 구경시켜 주기도 하였다.

백년된 카페

카페의 내부

저녁에 한인 민박집에서 킹크랩 파티를 하기 위해 자리를 털고 일어났다. 아침에 출발하기 전 꼼꼼하게 주인아주머니가 다리가 아픈 나를 위해 선착장까지 차로 픽업해 주면서 민박집주소를 적어 주었는데, 기억을 더듬어 올라가니, 마을의 모습이 익숙하지 않았다. 지나가는 차를 세워 주소를 내밀어 물었더니 자세하게 가르쳐 주었다. 그런데 주소의 번지가 일정하게 이어지다가 그만 뚝 끊겨져 버렸다. 그곳부터는 다른 지명이 나오자 룸메이트와 나는 당황하기 시작하였다. 이 골목 저 골목 헤매어도 우리가 찾는 도로명과 지번은 없었다.

근처 도로가에 차를 세워놓고 운전석에 앉아서 전화를 하고 있는 청년의 모습이 보여 다가갔다. 그 청년의 전화기가 LG 스마트폰이어서 반가웠다. 우리가 한국에서 왔다고 하였더니, 반가워하였다. 우리는 주소를 보이면서 길을 잃었다고 하였더니 그는 자기가 데려다주겠다고 하였다. 어쩔까? 순간 망설이다가 청년의 호의를 받아들이기로 하였다. 룸메이트는 어쩌자고 모르는 남자의 차에 타느냐고 하였지만, 우리는 두 명이고 청년은 한 명인데 걱정하지마. 라고 큰소리치면서 내가 먼저 차에 올랐다. 청년은 우리를 태우고 달렸는데 우리가 예상했던 방향을 벗어나 한참을 달렸다. 문득 무서운 생각이 들어 스톱~! 외쳤더니 청년이 차를 세워 주었다. 큰소리쳤지만 어쩌면 납치당할 수도 있겠다는 생각이 들어 무서웠다. 결국 마을 주민의 도움을 받아 택시로 민박집을 찾아갔다. 나중에 주인 여자의 설명에 의하니 집주소의 동네 이름에 산(머트리얼?)이라는 단어가 들어있어서 잘못하면 산으로 갈 수 있다고 하였다. 의사소통이 제대로 되지 않아 청년의 호의를 못 받아들였으니, 그 친절한 청년에게 한편으로는 미안하고, 한편으로는 고마웠다.

2015. 11. 6. 금

어제 아침에 나는 민박집을 나서면서, 길잡이에게 도저히 부엌에서는 잘 수 없으니 투어를 다녀온 저녁에는 다른 숙소를 잡아 달라고 부탁하였다. 딱한 사정을 알게 된 주인 아주머니가 아들의 빈방을 빌려주었다. 아들의 방이라 모든 게 조심스러웠지만, 부엌에서 옮겨 간 간이침대에서 편하게 잠을 잤다. 나는 가능한 나의 흔적을 남기지 않으려고 애썼다. 아침에 눈을 뜨니 창으로 밝아오는 여명을 볼 수 있었다. 검은 구름이 서서히 장밋빛으로 변하는 모습은 감동적이었다. 밖에는 바람이 센 고장이었지만, 창으로 바라보니 거울처럼 고요하고 잔잔한 바다였다. 마을은 서서히 잠에서 깨어나고 있었다. 세상의 모든 아침은 경건하고 아름다웠다. 나는 일어나 아침기도와 묵주기도를 하였다.

이 집의 아들은 대도시의 의과대학에 우수한 성적으로 입학하였으나, 아버지가 돌아가신 후 가업을 잇기 위하여 학업을 포기하고 어머니를 도와 농장일에 뛰어들었는데 인근에서 가장 규모가 크다고 하였다. 우리에게도 얼마나 싹싹하고 친절한지 참 잘 키운 아들이라는 생각이 들었다. 다빈이라는 이름의 아들에게 방을 빌려줘서 편안하게 잘 사용하였다는 인사와 함께 한국에 올 기회가 있으면 밥 살테니 전화하라는 쪽지를 남기고 가벼운 마음으로 짐을 꾸려 공항으로 이동하였다.

민박집 창으로 보는 우수아이아의 새벽 하늘

우수아이아의 같은 공항인데도 엊그제의 공항처럼 바람이 심하게 느껴지지 않는 것은 내 마음인가? 9시 10분 이륙하는 비행기를 타고 3시간 남짓의 비행 끝에 도착한 수도 부에노스아이레스 공항은 수도답게 규모도 크고 깨끗하고 세련된 건물이었다. 택시를 이용하여 예약된 중심가의 호텔로 이동하였다. 이곳 호텔은 그동안 숙소에서 받은 고생을 말끔히 날릴 수 있게 고급스러운 방이었다. 넓은 화장실을 갖춘 방에 들어서니 우선 편안한 침대에 드러눕고 싶었다. 점심도 먹을 겸 근처의 도시 모습도 익힐 겸 밖으로 나가 보았다. 도로변의 건물의 모습이 우아하고 지나다니는 사람들도 꽤 세련돼 보였다.

아르헨티나공화국은 남아메리카에서 두 번째로 큰 나라이며 세계 8위의 국토를 가진 연방제 공화 국가이다. 1810년 독립을 선언하고 임시정부를 수립하였다. 국토는 남북으로 길며 안데스 산맥과 대서양 사이에 자리하고 있다. '아르헨티나'는 라틴어로 '은'이란 뜻이며, 탱고와 목축으로 유명한 나라이다. 수도 부에노스아이레스는 백호주의 정책으로 전체 인구의 30%가 넘는 약 1255만 영이 거주하여 세계 10대 규모의 큰 도시이며, 전 인구의 89.9%가 도시 지역에 거주하고 있어 중남미에서 도시화율이 가장 높은 국가에 속한다.

호텔 앞의 담배를 피우고 있는 종업원들. 나에게도 담배를 권하였다

도시 지명이 길어서 외우기 힘든 부에노스아이레스는 아르헨티나의 수도이며, 브라질의 상 파울로에 이어 두 번째로 큰 도시이며, 스페인어로 깨끗한 공기를 뜻한다. 이 도시에 사는 사람들은 항구 사람들이라는 의미에서 '포르테뇨'라고 부르기도 한단다. '남미의 파리'라고 불리 울 정도로 낭만적이고 아름다운 도시이다. 여름은 습도가 높으며 일교차가 크고, 무덥지만 쾌적하고, 겨울은 영하로 내려가는 일이 거의 없고 연 평균 기온 17.6도 C. 연 강수량 1147mm. 프란치스코의 고향이기도 한 이 도시는 대부분 시민들이 가톨릭을 믿으며, 89%가 백인이며, 출산율이 낮고 고령화가 진행되고 있다.

시내 산책을 끝낸 우리는 다시 숙소로 돌아와 저녁에 예약한 탱고 공연장으로 가기 위해 샤워를 하고 가장 좋은 옷으로 갈아입었다. 배낭이 작아 가장 최소한의 옷을 준비한 나는 거의 거지 행색이었는데, 비상용으로 준비한 붉은 꽃무늬 원피스를 입고 모자를 쓰고 나갔다. 모두 나름대로 갖고 온 최상의 옷으로 갈아입고 서로 바라보니 웃음이 나왔다. 저녁도 먹지 않고 로비에서 기다리니 드디어 하얀 승합차가 와서 우리를 태웠다.

거리의 연인들

공연장 안에서는 사진 촬영이 금지되어 있었다. 안으로 들어서니 규모가 꽤 크고 격조가 높은 공연장이었다. 포도주를 곁들인 스테이크를 먹고 있으니 점점 많은 관중들이 몰려 왔다. 공연은 10시부터 시작되었는데, 피아노, 바이올린, 베이스로 구성된 연주를 곁들였다. 낮은 울림의 베이스에 이어 피아노의 선율이 맑은 물처럼 관중 사이를 흘렀다. 나이 지긋한 4인조의 연주자들 모두 그 방면에서 베테랑 연주자인 듯. 이어서 남자와 여자의 탱고 무용수들이 등장하였다. 현란한 탱고의 선율에 맞춰 추는 그들의 몸동작은 한 치의 오차도 없는 듯. 특히 스치듯 상대방의 다리를 넘나드는 날렵한 그들의 발동작은 신기에 가까웠다. 감미롭게 흐르는 음악과 절제된 무용수 몸짓의 아름다움을 보는 동안 애달픔과 함께 묘한 흥분에 사로잡혔다.

탱고는 이민자들의 삶의 애환을 달래주던 춤으로 강렬하고 열정적인 비트와 아름다운 선율이 어우러진 탱고 음악에 몸을 실어 삶의 고달픔과 서러움, 삶의 비애와 우수가 서려 있고, 인간의 갈망과 욕구를 물씬 풍긴다. '상체는 고요, 하체는 전쟁'이라는 말이 있듯이 남녀의 상체의 움직임은 고요한 반면, 하체는 마치 전쟁을 하듯 화려하고도 절도 있는 움직임을 주고받는다. 찌든 삶을 살아간 항구도시 이민자들의 격정적인 감정을 춤과 음악으로 분출한 탱고는 페루의 팬플룻 연주처럼 내 마음을 흔들어 쉽게 잠을 이룰 수 없었다.

탱고 바

2015. 11. 7. 토

편안한 침구에서 잠을 푹 잔 후 오늘은 어디로 가 볼까 하고 스마트폰으로 검색을 해 보았다. 한국에서 멀리 떨어진 이곳에서 한글로 표시된 검색을 할 수 있으니 정말 대단하였다. 호텔 입구에서 시티투어버스를 탈 수 있다고 하여 1인당 250페소 (25000원)를 내고 9시에 버스에 올랐는데, 기대하였던 도시형 2층 시티투어버스가 아니어서 실망하였다. 안내 책자에 산 마르틴 광장, 5월 광장, 도레고 광장 등 많은 광장이 있다고 하였지만, 어디가 어디인지 알 수 없으니 답답하였다.

시내를 한 바퀴 빙 돌고 난 후 우리를 내려다 준 곳은 기념품 가게가 즐비한 거리. 아마도 산 마르틴 광장의 남쪽에 있는 플로리다 거리인 듯. 버스에서 내리니 관광버스와 관광객들로 너무나 혼잡하여 정신을 차릴 수가 없었다. 기념품 가게 몇 곳을 돌아보고 나오니 근처에 분홍 장미색 건물이 보였다. 그곳이 바로 분홍빛 저택이라는 뜻의 '까사 로사다'였다. 시내 중심부에 위치한 대통령궁으로 에스파냐 로코코 건축양식을 간직한 건물로, 영화 '에비타'의 주요 무대로 유명한 곳이라고 하였다. 버스로 돌아갈 시간이 촉박하여 대충 기념 사진을 찍고는 약속된 장소로 달려갔다.

대통령궁. 까사 로사다

우리를 태운 버스는 다시 시가지를 지나 내려다 준 곳은 축구 경기장 부근이었다. 축구를 즐기지 않는 나에게는 별로 달갑지 않은 장소였으나 많은 관광객이 찾는 곳이었다. 나는 아르헨티나의 축구의 수준이 어느 정도이며, 어떤 팀이 있으며, 선수들의 이름도 알지 못하는 문외한이지만, 마라도나 선수의 이름을 알고 있다. 경기장 문이 닫혀있어 들어갈 수도 없었으나 사람들은 문 앞을 서성거렸다. 기념품 가게를 기웃거리며 기념품을 사고, 선수의 모형 앞에서 사진을 찍는 사람들로 경기장 근처는 축제장처럼 술렁거렸으나 나는 흥미가 없어 일찍 버스로 되돌아왔다.

보카 지구는 유럽에서 이민 온 이주민들이 사는 곳으로 탱고의 발상지라고 하였다. '아르헨티나의 발상지'라는 별칭을 지닌 보카 지구는 16세기에 '멘도사'라는 스페인 사람이 처음으로 이곳에 집을 지었는데, 지금도 그 당시 흔적이 남아 있다. 허름한 집들과 혼란한 벽화들이 나에게는 어쩐지 불량스러운 지역 같아 어서 벗어나고 싶었다.

보카 지역

마지막 투어 순서는 이곳의 이민자들이 처음으로 정착한 마을 구경. 버스에서 내리니 강렬한 햇볕 속에 잡다한 물건을 사라고 외치는 행상인들의 외침과 그 속을 헤집고 다니는 관광객들로, 시끌벅적한 시골 장터에 내린 것 같았다. 이곳에서는 특히 소매치기가 많으니 조심하라고 하여 일행의 뒤를 졸졸 따라다녔다. 점심을 먹으려고 길거리 식당을 기웃거려 보았으나 적당한 먹거리를 찾을 수 없었다. 상가를 따라 길게 이어진 노점상의 물건들에 눈길을 주며 한 바퀴 돌고 나오니, 이민자들의 박물관이 있어 그곳을 구경하고는 버스에 올랐다. 이곳 건물들의 밝은 색상과 사람들의 열정적인 생활 모습을 볼 수 있었다.

버스는 처음 약속과는 달리 시내의 한복판에서 내려 주면서 걸어서 호텔로 가라고 하였다. 시간이 지체되어 그 다음 손님을 태울 시간이라고 하여 울며 겨자 먹기로 내려야 했다.

가로수가 늘여진 도로는 넓고 깨끗하였으며 분수를 내뿜어 시원한 느낌이 들었다. 이제 막 피기 시작한 연녹색 가로수 사이로 자카란다 보랏빛 꽃들이 몽환적이었다. 부에노스아이레스는 백호주의 정책으로 시민들의 89%가 백인이라고 하였으며, 대부분의 국민들이 도시에 살아, 도시화율이 높은 세계에서 10번째로 큰 도시라고 하였다.

노래하는 에비타의 그림이 걸린 건물

남미 국가 중 인구밀도가 가장 낮은 아르헨티나는 주민의 97%는 유럽계 백인이며, 주로 에스파냐계, 이탈리아계 등의 남유럽인이 많고, 독일 등 북서 유럽계도 있다. 국토 면적이 세계 8위로 한반도의 12.5배, 남한의 28배 크기이며, 국토의 61%가 비옥한 경작지인 팜파스 평야지대로 구성되어 있다고 하였다. 팜파스 지역은 우크라이나 흑토지대, 미국의 옥수수지대와 함께 세계 3대

곡창지대이다. 북부는 사바나 기후로 관목이 있는 초원이 펼쳐지며 우기에는
'진흙의 바다'로 변한다. 국토의 최대 남북길이는 3700Km, 최대 동서 길이는
1700Km로 남북방향으로 길게 펼쳐져서 위도에 따른 기온 차가 크다.

　대로의 하얀 건물 옥상에 대형의 눈에 익은 LG간판이 보이니 퍽 반가웠다.
우리나라의 기업들이 이렇게 먼 곳까지 와서 경제활동을 하는 것이 대견하게
여겨졌고 자부심도 들었다. 장미빛의 박물관은 넓은 전시장을 갖고 있었는데
반갑게도 무료입장이었다. 여러 조각상과 함께 유럽 거장들의 유화작품들이
많았다. 고갱, 모네, 드가, 르노아르, 툴루즈 등 미술사에 이름을 남긴 화가들
의 작품들을 볼 수 있었다. 특히 몽롱한 시선의 목이 긴 여인을 그린 모딜리아
니의 작품과 어두운 전쟁의 그림을 그린 고야의 그림들을 볼 수 있는 것이 가
장 큰 기쁨이었다.

국립미술관

　밖에도 볼 거리가 많고 시간은 없고 하니 박물관을 나와야만 하였다. 마침
토요일이어서 공원에는 많은 시민들이 나와서 휴식을 취하고 있었다. 직접 만

든 액세서리등 작품들을 갖고 나와서 파는 알뜰 시장도 열리고 있었다. 사고 싶은 것들이 많았지만 갖고 갈 일이 걱정이어서 눈으로만 구경하였다. 대부분 친구들이나 가족 단위로 공원에 나와 오후를 보내는 이곳 시민들의 표정은 참으로 밝고 행복해 보였다. 청소년들은 동양인인 우리를 보고 손을 흔들며 반겨 주었고, 물건을 사지 않고 구경만 하여도 함빡 웃음을 웃어 주었다.

해가 떨어지기 전에 호텔로 돌아가야 한다는 생각이 들어 시장 상인들에게 오벨리스크 가는 방향을 물었더니 공원을 가로질러가면 곧 나타난다고 하였다. 나는 거리 구경도 할겸, 택시비도 아낄 겸 걸어가고 싶은데,(걸으면 가까운 거리) 룸메이트는 택시를 타자고 하였는데, 나중에 내 설명을 듣고는 공원을 걸어올껄.....하였다.

공원에서 현지 청년들과 함께

2015. 11. 8. 일

깊은 단잠을 자고 눈을 뜨니 새벽 5시. 모처럼 욕조에 따뜻한 물을 받아 몸을 담그니 세포들이 열리는 듯하였다. 오전에 희망자 6명이 모여 어제 제대로 못 본 중심가를 걷기로 하였다. 프론트에서 시내 지도를 한 장 얻어 길을 나섰다. 8시 반이 지난 시간인데 이제 막 도시는 아침을 준비하는 듯하였다. 셔터가 내려진 가게 앞에서 잠을 자는 노숙자들이 많았다. 이곳은 마약을 먹고 환각상태에 빠져있는 노숙자들이 많다고 하여 여자들끼리는 아예 시내에 나갈 엄두도 못 내었는데 남자들이 있으니 마음이 놓였다. 플로리다 거리는 쇼핑 1번지로 가죽제품을 파는 가게, 옷가게 등 패션에 관한 것은 물론 레스토랑, 카페 환전소 등 편의시설이 밀집된 지역이다.

산 마르틴 광장의 남쪽 끝에 있으며 거리 예술가들과 수공예품을 파는 사람들로 활기가 넘치고, 탱고 공연, 음악 연주, 팬터마임 등 다양한 볼거리가 다양한 거리다. 우리가 간 시각은 이른 아침이라 그런 활기는 찾을 수 없지만, 무척 깨끗하고 주변의 건물들이 유럽의 도시 파리나 베네치아를 닮은 듯 세련되었다. 키가 큰 나무들이 울창한 공원에는 개를 데리고 아침 산책을 나온 사람, 벤치에 앉아 신문을 읽는 사람, 명상에 잠긴 사람들을 볼 수 있었다.

자유일정 마지막으로 우리는 콜론 극장을 찾아가 보기로 하였다. 부에노르 아이레스 최초의 오페라 하우스인 콜론 극장은 세계 3대 극장 중 하나이며

산 마르틴 광장

1857년 개관하였으며 고풍스러운 외관으로, 객석이 3천석, 무대에는 600명의 연주자를 수용할 수 있는 큰 규모의 극장이다. 프랑스와 이탈리아 르네상스의 영향을 많이 받았으며 화려한 외양으로 큰 공연이 있을 때는 4천 석으로 확장되기도 한다고 하였다. 콜론은 콜럼버스를 기념하기 위해 그의 이름을 따서 지은 이름이다.

연보랏빛 자카란다 나무의 꽃이 피어있는 큰 도로 건너편에 서 있는 콜론 극장 내부를 구경하고 싶어 안으로 들어가는 문을 찾고 있으니, 입구에 서 있는 직원이 티켓을 사와야 한다고 하였는데 매표소를 찾기가 어려웠다. 어느 부인이 티켓을 내밀면서 프리젠트라고 하면서 활짝 웃었다. 오전 11시에 무슨 연주회가 있는 모양으로 정장을 차려입은 사람들이 가득하였다. 곧 공연이 시작될 모양으로 무대 위에 불이 환하였다. 그곳에서 연주회를 보고 싶다는 생각이 들었으나 일행과 함께 움직여야만 하였다. 음악의 성인이라고 하는 베토벤, 음악의 천재 모짜르트의 동상이 세워져 있었다. 비록 연주회 감상할 기회는 갖지 못하였으나 현지인의 따스한 마음을 느낄 수 있었다.

콜론 극장

산마르틴 광장, 플로리다 거리, 카빌도, 국회의사당이 밀집해 있는 5월의 광장은 부에노스아이레스의 중심부에 위치한 유서깊은 곳으로, 몬세라트 지구라고 불리는 중앙광장이며 정치적 중요행사가 열리는 곳이다. 중앙에 있는 5월의 탑에는 아르헨티나 전 지역의 흙이 보관되어 있다고 하였다. 호텔로 돌아와 점심을 먹은 후 부에노스아이레스 시내 풍경을 보기 위해 걸어서 5월의 광장으로 나갔더니 때마침 도로를 막고 축제를 하고 있었다. 하긴 남미에서는 언제나 데모가 열리든지 축제가 열리는 모양이었다. 며칠 전에는 동성애자들의 축제가 열리더니 오늘은 러시아인들의 축제였다.

어제는 시티투어 버스를 타고 시내를 다녔지만, 설명을 들을 수 없어, 어디가 어디인지도 모르고 다녔는데, 오늘은 걸어서 다니니 더 정확하게 볼 수 있어 좋았지만, 날씨가 덥고 다리가 아프니 그것도 힘들었다. 5월의 광장을 한 바퀴 돌아보고는 숙소로 돌아와 내일 여행을 위해 가방을 챙겼다.

시의회 건물이었지만, 지금은 박물관으로 사용하는 듯.

시내 산책을 끝낸 후 곧 숙소로 돌아와 짐을 챙겨 공항으로 이동하였다. 오후 2시 45분 출항하여 2시간 소요 후 비에 젖은 이과수 마을에 도착하였다. 2시간 전에 있었던 부에노스아이레스와는 너무나 다른 환경이었다. 마치 처음 페루의 아마존 지역에 다시 들어온 느낌이었다. 우리는 붉은 흙과 울창한 숲이 우거진 밀림 속의 도로를 30분 정도 달려 도착한 이과수 마을의 숙소는 정원 속에 있는 중세의 카라반 같았다. 무덥고 습한 공기와 도착하기 무섭게 달려와 인사를 하는 모기떼들. 다행히 정원을 바라보는 하얀 커튼이 내려진 방은 아담하고 정갈하였다.

짐을 풀고 먼저 사진기를 충전하기 위해 어댑터를 찾았지만, 아무리 뒤적여도 나타나지 않았다. 분명히 호텔에서 꼼꼼히 챙겼는데 도대체 어디로 사라진 것일까? 그 중요한 어댑터를 잃어버리다니 이제는 더 이상 나를 신뢰를 할 수 없다는 생각이 들자 우울해졌다. 자신의 물건 하나 제대로 챙기지 못하는 나 자신이 싫었다. 우울한 기분을 떨쳐 버릴 겸 룸메이트와 함께 맛집을 찾아 언덕을 올라갔다. 유명한 호프집, 스테이크집이 많다고 하여 식당 앞의 메뉴판을 기웃거려 보았다. 대부분 알 수 없는 음식이어서 가격이 적당한 것으로 정하기로 하였다. 메뉴판을 보면서 스테이크의 양이 많은 것 같아 나눠 줄 수 있느냐고 하였더니, "오케이!"하면서 친절하게 하나를 둘로 나누어 큼직한 두 개의 쟁반에 담아 가져왔다. 스테이크 하나로 둘이 먹어도 배가 부를 만큼 양이 많았다. 우리는 종업원과 서툰 영어로 이야기를 나누면서 즐거운 만찬을 하였다.

이과수 마을의 우리 숙소

아침식사를 하고 4대의 택시를 타고 폭포로 향하였다. 30분 정도를 밀림 사이의 도로를 달려 폭포의 입구에 도착하니 이른 아침인데도 많은 관광객들이 줄을 서서 티켓을 사고 있었다. 우리도 티켓을 사서 안으로 들어가서 플랫폼에서 꼬마 열차를 기다렸다. 이곳은 청정지역으로 보존하기 위해 일반 차량은 전혀 들어갈 수 없고, 30분 단위로 협궤열차로 관광객을 실어 나르는데 금방 손님이 가득하였다.

각국에서 온 사람들로 사방이 열린 열차 안은 시끌시끌. 우리 앞에 앉은 칠순이 넘은 듯한 부인들은 친구들끼리 나들이 나온 듯하였다. 액세서리 등을 주렁주렁 달고 정성껏 화장을 한 할머니들은 모처럼의 나들이인지, 모두 소풍을 떠나는 어린아이들처럼 재잘거렸다. 할머니들은 옆에 앉아 있는 동양인인 나에게도 관심을 보였는데 그들의 말을 알아 들을 수가 있나? 나중에 폭포에서 부딪힐 적에도 아는 체를 하면서 반가워하였다.

귀여운 할머니들

이과수 폭포 앞에서

'악마의 목구멍'으로 가는 길은 강 위에 만들어 놓은 보행로를 따라서 갔다. 질펀한 넓은 강 위로 드문드문 나무들이 자라고 있었고 하늘의 구름이 장관이었다. 눈부신 햇빛과 쏟아지는 폭포 앞에 서니 다시 한번 자연의 장엄함을 느꼈다. 굉음 속에 떨어지는 물줄기는 천지창조의 그때가 바로 지금이 아닐까? 하는 생각이 들었다. 거침없이 쏟아지는 폭포를 바라보면서 자연의 위대함과 나 자신이 보잘 것 없는 미미한 존재라는 걸 새삼 깨달으며 경건함과 함께 겸손을 배웠다. 떨어지는 급류를 바라보고 서 있으니 나도 함께 떠내려가는 듯하였고, 작은 가랑잎처럼 그냥 떠밀려가고 싶다는 충동과 함께 두려움까지 느껴졌다.

천지를 삼킬 듯한 굉음속, 사방에서 쏟아지는 물보라에 사진기가 젖을까 염려하며 조금 긴 코스를 걸었더니 다리가 아팠다. 일행들을 따라 걷다 보니 이제 다리가 완전히 나은 듯하였으나, 여전히 뒤뚱거리는 듯하고 오늘은 조금 더 다리가 아팠다. 습도가 높고 무더웠으나 세계에서 가장 장엄하고 가장 경이롭다는 악마의 목구멍을 직접 보고 걸을 수 있음에 감사하며, 많은 관광객들로 혼잡함 속에서 다시 열차를 타고 밖으로 나오니 기운이 다 빠져 버렸다.

악마의 목구멍으로 떨어지는 물

정해진 일정에 따라 3시에 짐을 챙겨 아르헨티아 국경 지역으로 이동하였다. 4대의 택시에 나눠 타고 바로 이웃 나라인 브라질 국경을 넘었다. 이곳에서는 국경 통과가 수월하여 우리는 택시 안에 앉아 있고, 택시 운전사가 여권을 챙겨 스탬프를 찍는 것이 관례인 듯하였다. 우리를 태운 운전사는 퍽 친절하고 정이 많은 사람인 듯하였다. 잠시 쉬는 틈에 내가 한국에서 가져온 사탕을 주었더니 맛있다고 하여 3개를 더 주었더니 하나는 아내, 하나는 딸, 하나는 아들….하면서 호주머니에 넣었다. 그는 내게 브라질의 공용어 포르투갈 인사법 몇 가지도 메모지에 적어 주었다.

출국장에는 면세점이 있어 우리는 이곳에서 쓰고 남은 아르헨티나 돈을 다 사용하기로 하였는데 참 좋은 아이디어라는 생각이 들었다. 관광객은 남은 돈을 사용할 수 있어서 좋고 국가는 돈을 벌 수 있어 좋았다. 나도 이 면세점에서 남은 아르헨티나 돈에 320달러를 더하여 구찌 선글라스를 하나 구입하였다.

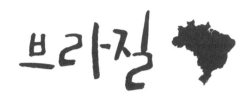

브라질

2015. 11. 10. 화

어제 오후 택시로 브라질 이과수 마을에 있는 콘티넨탈 호텔에 도착하였다. 브라질은 아르헨티나보다 1시간이 더 빨랐다. 이곳에서는 저녁 8시였는데, 근처의 식당은 어느새 문을 닫아 우리는 근처의 슈퍼에서 빵, 과일 등을 사서 간단히 저녁을 해결하고 어제보다 훨씬 큰 룸에서 일찍 잠자리에 들었다. 다음 날, 아침 7시에 호텔에서 아침 식사를 하였는데 그동안 여건도 좋지 않고, 돈도 아끼려 제대로 된 식사를 하지 못했는데 좋은 식사를 즐겼다.

9시에 로비에서 모여 택시로 이과수 폭포로 이동하였다. (요금 1대당 50헤알-2만 원)) 아르헨티나에 비하여 사람들이 많지 않아 기다리는 시간이 절약되어 좋았다. 그런데 안개가 자욱하여 전망대에 갔으나 전혀 폭포를 볼 수 없었다. 안개가 걷히기를 기다리는 시간에 우리는 도로변에 있는 이쁜 호텔로 들어갔다. 공원 안에 있는 분홍빛 호텔은 연방 드레스를 입은 공주가 나타날 것 같았다. 이런 곳에서 숙박하는 사람들은 얼마나 부유한 사람들일까? 상상하며 로비라도 구경하고 싶어 들어갔는데 다행히 문 앞의 경비가 제지하지 않았다. 호화로운 화장실을 사용하고 기념사진을 몇 장 찍고 내려왔다.

폭포 근처의 이쁜 호텔

브라질 이과수 폭포 앞에서

폭포로 내려가는 통로에서 앞서 가는 일행 속에 며칠 전 우수아이아에서 내 마음을 아프게 하였던 **언니를 보고는 잠시 내 마음이 복잡해졌다. 우수아이아에서 그 일이 있었던 후 겉으로는 태연한 척하였으나, 그동안 내 마음은 몹시 복잡하였다. 아르헨티나 이과수 폭포를 보면서도 내 마음속에는 작은 앙금이 자리 잡고 있었는데, 이제는 그 작은 앙금을 폭포 물줄기에 다 쏟아 보내 버리고 싶다는 생각이 들었다. 앞서가는 **언니 곁으로 다가가 그녀의 팔짱을 끼고는 "언니 우리 그동안 쌓인 상한 감정 다 털어 버립시다."고 하였다. 그 말을 처음 꺼내기가 힘들었지만, 막상 말하고 나니 참 시원하였다. 내 말에 **언니도 내 말에 순순히 고개를 끄덕여 우리는 화해하였다. 그동안 나를 무지근하게 눌렀던 그 감정에서 벗어나니 바람처럼 가벼웠다. 좀전의 안개속에 가려졌던 폭포가 제 모습을 드러내듯, 마음의 안개를 벗어버리고 가볍고 투명한 마음으로 폭포 속을 걸어 다녔다.

규모가 아르헨티나의 폭포보다 작다고 하였으나 오히려 더 크게 느껴졌다. 물보라에 사진기가 젖을 것을 염려하여 한 장을 찍고는 비닐 속에 넣고, 또 쏟아지는 물줄기 앞에서 사진기를 꺼내고 하니 일행과 떨어질까 조바심이 났다. 에스컬레이터를 타고 올라와서 폭포를 내려다보니 거대한 물줄기 사이로 오색찬란한 무지개가 생겼는데, 가벼워진 내 마음에도 무지개가 뜬 것 같았다.

이과수 폭포는 브라질과 아르헨티나 국경에 있으며, 넓이 4.5 평방Km, 평균 낙차 70m. 브라질의 이구아수강이 파라나강과 합류하는 지점에서 36Km 상류에 있으며, 20여 개의 폭포로 갈라져 갈색에 가까운 많은 양의 물이 낙하한다. 폭포수와 삼림, 계곡이 아름다운 남미의 가장 아름다운 국립공원이다. 전세계 7대 자연 경이로 지정되어 보호되고 있으며, 세계자연유산으로 등재. 식민지 시대에 스페인의 알바로가 처음 발견하여 '산타마리아 폭포'라고 불리기도 하였다. 영화 〈미션〉〈인디아나 존스와 크리스탈 해골 왕국〉의 배경으로 등장하였으며, 274개의 폭포 중 길이 700m, 폭 150m의 깊이를 알 수 없는 '악마의 목구멍'이 절정을 이룬다.

위에서 내려다 본 폭포에서 이번에는 폭포 속으로 들어가는 체험을 하기로 하였다. 비에 젖어 미끄러운 길을 내려가니 보트 투어를 하는 선착장이 나왔다. 락카에 모든 소지품을 넣고 구명조끼를 착용하고 보트에 몸을 실었다. 굉음을 들으며 사방에서 떨어지는 물보라에 금방 소나기를 맞은 듯 흠뻑 젖었다. 하늘에는 이름을 알 수 없는 커다란 새들이 빙빙 원을 그리며 날아다니고, 소용돌이치며 흐르는 물 위의 우리를 태운 배는 한 잎의 작은 가랑잎 같았다. 낙하하는 폭포 물줄기 속으로 들어가기도 하여 우리는 와와~! 목이 아프도록 고함을 질렀다. 겁이 많은 탓으로 폭포 속으로 들어가는 것이 무섭기도 하였지만 언제 이런 경험을 또 하겠느냐고 하여 여러 번 폭포 속으로 들어갔다 나왔다 하였더니 나중에는 목이 쉬어 버렸다. (보트 투어는 사진을 찍을 수 없어 사진이 없어 안타까웠다)

저녁에는 근처의 극장식 식당에서 쌈바 공연을 보면서 저녁식사를 하기로 예약하였다. 며칠 전 아르헨티나에서 탱고 공연을 멋지게 보았기에 쌈바 공연도 기대하였다. 그러나 정작 기다리는 쌈바 공연은 하지 않고, 이것저것 잡다한 어설픈 공연을 하니, 슬슬 하품이 나기 시작하여 그냥 들어가서 자고 싶었다.

쌈바 공연장

2015. 11. 11. 수

지난밤 쌈바 공연을 보고 늦게야 잠들었는데 새벽 4시 알람 소리에 일어났다. 아침 시간은 유난히 빠르게 흘려 가방을 싸는 동안 금방 체크 아웃 할 시간이었다. 이제 아침마다 일어나 짐을 정리하고 또 다른 곳으로 이동하는 게 귀찮아졌다. 평소에 여행을 좋아한다고 말하였지만, 사실 나는 유목 생활보다 정착 생활이 더 맞는 모양이다. 단조로운 일상생활에서 벗어나고 싶어 가끔 여행을 떠나기도 하지만, 사실은 그 평범한 일상이 얼마나 큰 은총인지 나이 들수록 절실하게 느끼게 된다. 먼지 묻은 창틀, 얼룩진 거울, 기름때가 앉은 가스레인지, 오물이 묻은 변기 등등 평소에 귀찮게 여겨졌던 집안일들이 닦고 쓸고 정리하고 싶어지니 이것도 여행에서 얻는 장점인가?

아직 희미한 새벽 4시 40분에 호텔 앞에서 예약한 택시를 타고 (80헤알) 공항에 도착하여 6시 반 이륙하여 2시간 후 드디어 리우에 도착. 호텔은 아직 체크아웃이 안된 상태라 로비에 짐을 맡기고 우선 호텔 앞의 이름만 들어도 설레는 그 유명한 코파카바나 해변을 산책하였다.

코파카바나 해변

브라질에서 가장 관심이 갔던 리우는 오래전 여행 기행문 책에서 익히 보았던 슈가 빵처럼 동그랗게 부푼 산과 거대한 예수상을 볼 수 있다는 기대였다. 설레는 마음으로 미니밴에 몸을 싣고 리오의 거리를 달리니 창밖으로 어디에서든지 불쑥 예수상이 보여 이곳의 상징이라고 해도 될 것 같았다. 리오 데 자네이로는 브라질 제2의 도시로 보통 Rio라고 약칭으로 불린다. 포르투갈어로 '1월의 강'이란 뜻을 가진 리오는 1502년 1월 1일 포르투갈의 항해자가 처음 발견한 지역으로 구아나바라만을 강으로 잘못 알고 붙였고, 브라질 난류의 영향을 받아 연중 기온 차가 작은 열대기후의 특징을 보인다. 2012년 유네스코 세계문화유산으로 등재되었고, '경이로운 도시'라는 별칭이 붙은 음악가, 조경사, 도시계획 전문가에게 예술적 영감을 주는 도시로 유명하다.

　다른 남미의 도시처럼 이곳도 대부분 도시 지역에 밀집되어 사는지 언덕 위에까지 촘촘히 들어선 주택들이 먼저 시야에 들어왔다. 산길을 한참 오른 밴이 멈춘 곳은 높이 꼬르꼬바도 언덕 아래의 매표소였는데 벌써 많은 관광객들이 줄을 지어 티켓을 구입하여 들어가고 있었다. 산 위로 오르는 셔틀버스를 타고 꼬르꼬바도 언덕에 올라 내려다보니 리우의 지형이 참으로 특이하게 수면 위로 암석산들이 돌출되어 있었다. 바다 위로 불쑥 솟은 저 산이 바로 그 유명한 슈가빵 산이었다. 높이 396m 바위산으로 설탕을 쌓아놓은 것과 같다고 하여 붙인 이름이라고 하였다.

꼬르꼬바도

　계단을 오르니 드디어 모습을 드러낸 거대한 예수상이 나타났다. 브라질이 포르투갈로부터 독립한 지 100주년 되는 해를 기념하기 위해 세운 동상으로

예수상 앞에서

높이가 38m, 양팔의 길이 28m, 무게 1145t. 5년에 걸쳐 완성되었단다. 2007년 만리장성, 페트라와 함께 신 7대 불가사의로 지정되었다고 하였다. 내가 예수상 앞에 섰을 때는 안개가 걷히고 햇빛에 밝은 모습을 드러내고 있었다. 대부분 안개 속에 가려진 예수상을 보고 돌아선다고 하였는데 운이 좋은 셈인가? 그러나 책 속에서 기대하였던 것만큼 큰 감동을 주는 것이 아닌 것은 왜일까? 그만큼 내 눈높이가 높아졌기 때문인가? 교만한 마음이 앞섰기 때문일까?

꼬르꼬바도 언덕을 내려와 설탕 푸대를 세워놓은 듯, 소보루 빵 모양을 닮은 슈가 빵 산으로 가는 케이블카를 타러 가면서 보니 예수상이 눈앞에 다가왔다. 아래에서 올려다보니 역시 불가사의라고 불리도 좋을 만큼 신비스럽게 보였다. 역시 불가사의는 가까이 다가서기보다 멀리서 보아야 더 신비스러운 모양이다.

코파카바나 해변은 리오의 대표적인 해변으로 아름답다고 소문이 자자한 해변. 전체 길이는 4Km이며, 해변의 물결무늬 포장도로는 기하학적 파도 문양으로, 검정과 흰색이 교차하는 포르투갈 방식의 포장기법으로 디자인되어 있다. 그러나 소매치기와 강도가 많다고 소문난 곳이라 소지품을 잘 챙겨야 한다. 빵 산을 마지막으로 우리는 일단 오전 일정을 끝내고 호텔로 내려왔다. 오래간만에 일행 모두가 코파카바나 해변의 유명한 시푸드 레스토랑에서 랍스타를 먹기로 하였는데, 막상 들어가 보니 가격이 엄청났다. 1인당 봉사료와 음료와 와인을 합산하면 300헤알이라고 하였다. 우리는 일단 호텔로 돌아와 의견 조정, 결국 시푸드 보다는 각자 자유롭게 식사를 하기로 하였다. 일행 중 몇 명만 그곳에서 랍스타를 먹고 나는 값싼 길거리 음식을 먹었다. 그동안 수고한 나 자신에게 그 정도의 호의를 베풀어 줘야만 하였는데, 선뜻 따라나서지 못한 좀쌀 같은 나 자신이 부끄럽고 미웠다.

코파카바나 해변

2015. 11. 12. 목

리우에서의 둘째 날은 전 일정이 자유일정이었다. 아름다운 코파카바나에서 여유있는 시간을 보내는 것도 좋지만, 다시는 오기 어려운 리우의 명소를 몇 군데라도 다녀보고 싶었다. 다행히 뜻을 같이하는 일행이 있어 택시 2대를 나누어 타고 투어를 나섰다. 일행과 헤어지면서 분명 메트로폴리타나 성당 입구에서 만나기로 약속하였는데, 입구에서 한동안 기다려도 나머지 일행들은 나타나지 않았다. 문자를 보냈더니, 다른 곳으로 택시가 데려줘서 그곳에서 투어를 시작할테니 기다리지 말고 그냥 각자 시티투어를 하자는 문자가 뒤늦게 들어왔다.

메트로폴리타나 성당은 이곳의 상징인 빵 산의 모양에서 착안한 브라질이 자랑하는 세계적 건축가 오스카 니마이어의 작품으로, 1976년 건설된 높이 80m, 지름 106m의 원뿔형 피라미드 성당으로 최고 2만 명을 수용할 수 있는 인디언의 집 같은 특이한 디자인의 건축물이라고 하였다. 밖에서 볼 적에는 현대적인 양식인 밋밋한 건물같다는 생각이 들었는데, 안으로 들어서니 어둠 속에 높은 천장에서 아래로 길게 내려진 스테인드글라스가 저절로 엄숙하고 경건한 느낌이 들게 하였다. 제대 앞에서 무릎을 꿇고 기도를 하고, 적은 돈이지만 헌금도 하였다.

메트로폴리타나 성당

대성당을 보고 나온 우리는 택시를 잡아타고 기사에게 여행가이드 안내서를 보이며 리오의 명소를 가고 싶다고 하였더니 곧 출발하였는데, 신호등에 걸려 멈춘 바로 그곳이 우리가 보고 싶어하였던 명소가 몰려 있는 듯하여 택시기사에게 "스톱!" 하고 소리를 질렀다. 내가 가장 먼저 가고 싶었던 곳은 미술관이었는데 바로 근처에 박물관이 있었다. 입구에서 티켓을 팔고 있었는데, 매표소 직원에서 12헤알을 보이면서 디스카운트 해달라고 부탁하였더니, 정말 8헤알(3200원) 짜리 티켓 3장을 주었다. 1인당 8헤알이면 24헤알인데 50% 할인을 받은 셈이었다. 얼마되지 않은 돈이지만 티켓을 할인받은 기분은 뭐라고 설명해야 좋을까?

　박물관 안은 넓은 홀이 여러개 있었는데, 소장된 작품들을 다 보려면 며칠이 걸릴 듯하였다. 명화집 속에서 보았던 유명한 그림과 브라질의 독립 전투장면을 그린 대형 그림, 성경과 신화 속에 등장한 인물들을 그린 그림들이 많았지만, 나 혼자가 아니고 일행과 함께 행동해야 했으므로, 천천히 감상할 수 없어 아쉬웠다. 그 넓은 전시관과 소장된 많은 작품은 바로 브라질의 국력을 말해주는 듯하였다.

국립미술관

　박물관 구경을 하고 나오니 점심시간이라 사람들의 왕래가 많아졌다. 광장의 노천 레스토랑에서 맥주와 치킨으로 점심을 먹고 다시 투어를 나섰다. 어디로 갈 것인지 미리 공부하지 않은 탓에 우선 눈에 들어온 건물로 들어갔다. 광장의 건물들은 대부분 공공 기관인 듯하였으나 무슨 건물인지 알 수가 없었다. 사람들의 왕래가 잦은 빌딩 안으로 무턱대고 따라 들어가 보았다. 입구를 지키던 경비가 짧은 바지를 입고는 들어 올 수 없다고 하였다. 나는 얼른 등 위에 걸친 셔츠를 풀어 스커트처럼 종아리를 감싸고 입장을 허락해 달라고 하였더니, 고개를 갸우뚱하면서 입장을 시켜주었다.

안으로 들어가니 방문자 기록부에 이름을 쓰라고 하였다. 이름을 적고 난 후 조금 기다리니 잘생긴 청년이 나타나 안내를 해 주었다. 영어로 설명해 주었으니 짧은 내 실력으로 알아들을 수가 없었다. 청년은 LG 스마트폰을 꺼내더니 한글 번역 자막을 보여주었다. 회의하는 곳도 있었고 여러사람이 모여 의견을 조정하는 곳도 있었다. 계단과 로비에는 대형 그림이 걸려 있었으나 무슨 그림인지 짐작만 하였다. 청년의 설명을 알아듣는 척 고개를 끄덕였으나, 사실은 아무것도 알아 듣지 못했고, 그냥 분위기만 느낀 후, 청년에게 손을 흔들고 나왔으나 기분은 좋았다.

우리가 무턱대고 들어간 건물

아직 시간이 남았으니 우리가 다닐 수 있는 만큼 여러 건물을 보기로 하였다. 근처에 국립 도서관이 있었지만, 룸메이트가 그런 곳까지 들어갈 시간이 없다고 하여 아쉬웠다. 그렇다고 내 주장만 할 수 없고, 혼자 다니기에는 무서우니 양보하고 따라갔다. 사실 우리를 보는 이곳 사람들은 모두 가방과 사진기를 조심하라고 주의를 주었다. 우리는 가방을 앞으로 매고 사진기도 도난당할까 조심하면서 거리를 다녔다. 광장에 기념탑이 있었지만, 글자 독해가 안되니,

무슨 탑인지도 모르고 바라만 보다가, 뾰족한 첨탑이 있는 성당에 들어가 보았더니 커다란 파이프 오르간이 있었다. 이곳에서 웅장한 파이프 오르간 연주를 들을 수 있다면 얼마나 좋을까? 상상하며 밖으로 나왔다.

성당의 파이프 오르간

가이드도 없고 공부도 하지 않은 상태에서 리우 시내를 구경한다는 것은 장님이 코끼리 다리 만지는 격이었지만 무작정 걸어서 구경을 다녔다. 눈에 뜨이는 멋진 건물이 나타나면 무슨 건물인지 모르지만 우선 들어가 보기로 하였다. 지붕에 여러 동상이 올려진 그리스 신전을 닮은 건물이 보여, 들어가 보았다. 우리 말고도 입구에서 앉아 기다리는 방문객들이 있었다. 방문 목적을 기록하라고 하여 관광이라고 적고 소파에 앉아 순서를 기다렸다. 영어권 방문자들을 따라서 안내인을 따라 들어갔지만, 내 짧은 영어로는 설명이 들리지 않았다. 가이드의 설명은 귀에 들어오지도 않고 그냥 내 눈으로 직접 보고 싶었지만, 깐깐한 가이드는 자기의 통제하에서 벗어나지를 못하게 하였다. 몸은 그곳에 앉아 있었지만 어서 설명이 끝나 밖으로 나가고 싶다는 생각뿐. 견학이 끝난 후 호텔로 돌아왔다.

그리스 신전을 연상하게 하는 의회

2015. 11. 13. 금

리우에서 짐을 챙겨 9시에 출발하여 5시간을 달려서 파라치에 도착하였다. 파라치는 그동안의 지친 심신을 위로하기 위해 들린 곳이라고 하였는데, 이미 너덜너덜해진 내 마음은 휴양지보다 어서 집으로 가서 쉬고 싶다는 생각뿐. 도로 사정이 좋지 않은 브라질의 길은 더욱 나를 힘들게 하였다.

지난 밤 잠자리에 일찍 들었더니 눈을 뜬 시각이 새벽 3시. 다시 잠들지 못하고 온갖 망상 속에서 엎치락뒤치락하였더니 머리가 아팠다. 흔들리는 버스 속에서 눈을 감고 목적지에 도착하기만을 기다리다 얼핏 바라보니 마치 고향 남해안의 바닷가 마을을 보는 듯 정겨웠다. 머리는 점점 더 아파지고 어지러워 곧 토할 것 같은 멀미 기운까지 일어났다. 길게만 느껴지는 길을 달려 드디어 도착한 마을은 한적한 해변이었다. 대충 짐을 던져 놓고 햇빛 강렬하게 쏟아지는 모래밭 활엽수의 넓은 잎사귀가 만들어 놓은 그늘에 앉아, 천천히 심호흡을 하였더니 조금 진정이 되었다.

파라치 마을

　다시 기운을 내어 이곳의 예술가들이 만들어 놓았다는 마을 구경을 나갔다. 조그만 어촌 마을일 것이라는 생각과는 달리 규모가 큰 상업 마을이었다. 골목 길에 하얀 페인트칠이 된 집들은 모두 상가로 예쁜 기념품들이 눈길을 끌었다. 특히 채색을 한 도자기로 구운 인형들이 이뻐서 사고 싶었지만 마음뿐이었다.

　거리의 동전 기념품을 만들어 파는 소년. 이 소년은 나를 일본인으로 알고 일본 동전을 보이며 메달을 만들라고 하였다. 나는 한국 에서 왔으며 내일 한국 동전 을 주겠다고 약속하고, 다음 날 분명히 동전을 호주머니 에 넣고 이 소년을 찾아가서, 기념으로 동전을 주려고 하 였으나, 도중에 흘렸는지 아 무리 찾아도 없어, 소년과 약 속을 지키지 못하였다.

기념동전을 주려고 하였던 소년

해질무렵 고즈넉해진 해변은 향수를 자아내게 하였다. 괜스레 센티해진 마음을 움켜쥐고 해변을 산책하는 중 모래 장난을 하는 어린이와 소녀에게 사진기를 갖다 대니, 소녀들은 활짝 웃으며 자기들의 묘기를 보여주었다. 다시 마음을 추스려 숙소로 돌아오니, 모두 휴식을 취하는지 조용하였다.

며칠 전 서로가 마음 불편하여 내가 먼저 사과하였던 언니에게, 조금 전 가게에서 사온 기념품을 슬쩍 내밀었더니 놀라는 표정으로 나를 바라보았다. 조그마한 기념품이지만 내 마음을 전하고 싶다고 하였더니 고개를 끄덕였다. 사람의 감정이란 참 사소한 것에서 서로 상처를 주고 위안을 받는다. 내가 무심코 던진 말이 언니에게 마음의 상처를 주었다면, 마음이 담긴 조그만 선물이 또 마음을 말랑하게 만든다는 것을 깨달았다. 이번 여행에서 인간관계를 잘 유지하는 것이 매우 중요하다는 것 배웠다.

해변에서 묘기를 선보이는 소녀들

2015. 11. 14. 토

오늘은 그동안의 피로해진 몸과 마음을 쉬면서 종일 자유 일정을 보냈다. 느지막이 아침을 먹고는 어슬렁거리며 숙소 앞 해변으로 나가 보았다. 주말을 맞이한 관광객들이 벌써 맥주를 마시면서 노래를 부르고 있었다. 그들의 라틴 음악이 퍽 흥겨워서 듣고 있다가 해변을 따라서 걸었다. 아침의 강한 햇살이 하얀 파도와 길섶의 풀과 나뭇잎에 쏟아지고 있었다. 오늘은 어제의 기념품 가게와는 반대편 언덕길을 넘어 가보기로 하였다. 등으로 쏟아져 내리는 햇살이 사정없이 팔과 종아리를 뜨겁게 달궜다. 그냥 방에서 쉴걸....생각하는 사이, 문득 바다가 시야에 들어왔다.

우리 숙소 앞의 해변보다 더 넓고 해안선이 완만해 보이는 바다였다. 물결이 잔잔해 보여 물속으로 들어가니 수초가 가득 발에 걸려 나왔다. 뜨거운 하얀 모래 위를 찜질하는 기분으로 걸으니 발가락 사이가 간지럽다. 그러고 보니 한국에서 몇 년 동안 해수욕장에 가 본 기억이 없었다. 해수욕장은 젊은 사람들이 찾는 곳이라는 생각을 하였기 때문일 것이다. 몸매에 자신이 없어진 후 자연히 바다보다는 숲을 찾게 되었다. 그런데 이곳 사람들은 전혀 남의 시선을 의식하지 않고 비키니를 입고 활보를 하였다. 늙고 뚱뚱해진 몸매도 자연스러운 현상일 뿐이라고 생각하는 그들의 생각이 부럽다.

키오스크에서 맥주마시며 노래하는 사람들

해변가에 드문드문 모여 있는 사람들은 대부분 가족 단위로 휴가를 즐기고 있었다. 가족문화가 발달한 이곳 사회에서는 나 같은 외기러기는 더욱 외로움을 느낄 것 같았다. 어쩌면 그 외로움을 이겨내지 못하여, 쉽게 재혼하고 가정을 이루는 게 아닐까? 남의 이목은 아랑곳하지 않고 해변에서 애정 표시를 하는 그들이 조금은 부러웠다. 우리는 한쪽 구석 한적한 노천카페 비치파라솔 아래에서 맥주를 한 병 시켰다. 한국에서는 해변에서 오랫동안 자리를 차지하면 주인의 눈치를 느끼게 되는데, 이곳 사람들은 맥주 한 병을 시켜놓고 하루 종일 자리를 차지하고 노는 것 같았다. 우리도 나무에 매달아 놓은 해먹에서 잠을 자기도 하면서 한나절을 보내고 내려왔다. 한적한 해변에서 여유를 즐기는 한 가족. 왼편의 여인이 우리에게 관심을 보이면서 가족을 소개하였다. 오른쪽부터 오빠. 올케. 집시 스타일의 남자는 새로 사귄 보이 프렌드라고…. 그들의 솔직함과 자연스러움이 참 부러웠다.

해변에서 만난 현지인 가족

2015. 11. 15. 일

지난 밤 우리는 파라치 숙소의 식당에서 만찬을 즐기기로 하였는데, 사방이 문이 열려 있는 공간이었지만 너무나 더워서 정신이 없을 정도였다. 아예 해변의 모래 바닥에 주저앉아 어둠 속의 철썩이는 파도 소리 들으며, 밤이 깊도록 맥주를 마시며 그동안 쌓인 이야기를 나누고 늦게야 잠자리에 들었다. 아침 9시에 버스로 상파울로로 까지 7시간의 장거리를 이동하였다. 상파울로는 브라질 동남 지방 상파울로 주의 주도로 19세기 이후 급성장하였다. 유럽에서 이민을 많이 받아들여 브라질에서 가장 인구가 많은 도시이다. 토양이 커피 재배에 알맞아 도시 성장의 기틀을 마련하였다고 한다. 연평균 기온은 18.5도이며, 습도가 높고 연중 기온 변화가 적은 편이다. 가을과 겨울에는 약간 서늘한 기운을 느낄 정도이며, 가장 서늘한 달은 7월로, 평균 기온 15.8도인데 가끔은 영하로 내려가기도 한다고 하였다. 연강수량이 풍부하며 습기와 오염 물질로 종종 안개로 덮일 때가 많다.

장거리 운행 끝에 구시가지 근처의 숙소에 도착하니 거의 하루가 저물었다. 이곳에는 아침부터 마약을 하는 사람, 환각 상태에 빠져 있는 사람, 특히 소매치기가 많으니 여태껏 다녔던 도시 중 가장 조심해야 곳이라고 하였다. 광장의 벼룩시장은 다양한 수공예품도 많았으나 거의 파장 무렵이라 정리를 하는 모습을 보며, 오렌지빛 나염 면 파자마를 하나 사서 숙소로 들어왔다.

거리의 노점상

2015. 11. 16. 월

오늘이 남미의 긴 일정 여행의 마지막 날이다. 우리는 상파울로의 관광 안내도를 보고 아침을 먹기 바쁘게 길을 나섰다. 지난 번 칠레의 산티아고에서 줄리아와 둘이 시내 투어를 한 경험이 있기에 우리는 지하철을 이용하였다. 지하철 입구로 들어가서 미술관까지 가는 지하철 티켓부터 구입하였다. 우리가 탄 전철역의 이름을 머리에 입력해 놓고 하루 종일 다녀 볼 생각이었다. 상파울로 전철은 칠레의 산티아고보다 더 규모가 크고 이용객들도 많았다. 이제는 이곳에서 전철타는 요령도 생겨서 그렇게 무섭지 않고 여유도 생겼다. 어딜 가나 사람 사는 곳은 다 비슷하니 미소 띤 얼굴로 다니면 이방인이라도 다 통할 것 같았다.

미술관으로 가고 싶다고 하였더니 청년이 우리를 미술관 앞까지 데려주었다. 그런데. 가는 날이 장날이라. 이곳도 매주 월요일은 휴관이었다. 아쉬운 마음으로 미술관 주변만 한 바퀴 돌고 길 건너 공원으로 가보았다. 이른 아침 공원 청소를 하는 사람들에게 부에노스 디아스~! 하고 인사도 하였다. 아침 산책을 나온 사람들도 있고 단체로 보이는 사람들도 있었지만, 어쩐지 휑뎅그렁한 느낌만 들고 무서운 생각도 들어서 일찍 나와 버렸다. 지나치는 사람마다 모두 카메라와 배낭을 조심하라고 하니 마음도 움츠려 들었다. 그래도 그냥 숙소로 들어가기는 아쉬워 용기를 내었다.

상파울로 지하철

서울의 이화마을처럼 이곳도 벽화로 유명한 곳이 있다고 하여 찾아가기로 하였다. 안내지도를 보고 전철을 타고 내렸는데 몇 번 출구를 나가야 하는지 모르겠다. 벽화마을 그림이 그려진 지도를 내밀었다. 노점에서 기념품을 파는 흑인계열의 남자가 상세하게 가르쳐 주었다. 가르쳐 주는 방향으로 언덕을 오르기는 하였는데 반신반의. 여행 안내서에 나오는 그림과는 사뭇 다른 지저분한 낙서같은 벽화들뿐이었다. 한적한 동네이고 인적이 드문 곳이니 더욱 바짝 긴장되고 두려웠다. 결국 우리가 찾던 멋진 벽화는 보지 못하고 아쉬운 마음으로 되돌아 나왔다.

　근처에 상파울로 중앙역이 있다고 하여 그곳으로 가 보기로 하였다. 파리의 오르세 미술관은 사용되지 않는 낡은 역사를 리모델링 하였다고 하듯이 이곳의 중앙역도 어쩌면 그런 용도로 사용되지 않을까? 기대하면서. 밝은 노란색 계통의 외벽에 아치형의 창문이 고풍스러운 분위기의 건물이었다. 안으로 들어서니 때마침 무슨 축제가 열리는 듯 음악소리 요란하였다. 러시아계 이민자들의 축제인 듯 민속 의상 차림의 사람들이 춤을 추고 있었다.

벽화마을의 벽화

상파울로에서 가장 가 보고 싶었던 곳은 미술관과 대성당이었다. 어디를 가든지 그래도 가장 안심하고 길을 물을 수 있는 사람은 경찰이라서 이곳에서도 경찰에게 길을 물었으나 대부분 영어로 의사소통이 어려웠다. 다행히 젊은 경찰이 성당으로 가는 방법을 알려줘서 같이 기념사진을 찍었다. 우리가 내린 역은 성당 한 구역 앞이었는데 몇 번이나 길을 물어 성당을 찾았다. 나중에 보니 바로 성당 아래로 지하철역이 연결되어 있는데 그걸 모르고 헤매었다.

성당 안은 마침 무슨 행사가 있는 듯 신도들이 미사를 드리고 있었다. 우리도 함께 어제 드리지 못한 미사를 월요일인 오늘 드릴 수 있어 좋았다. 성경 봉독이 있고, 강론이 끝난 후 브라질의 남은 돈을 봉헌하였다. 영성체를 영하고 미사가 끝난 후 무릎을 꿇고 주교님의 축복을 받았다. 이번 기나긴 여행은 모두 하느님의 섭리였다고 기도하니 가슴이 벅찼다. '하느님. 미천한 당신의 종 엘리사벳을 불쌍히 여기소서. 당신의 은총으로 43일간의 어렵고 힘든 여행을 무사히 마치게 되었습니다. 곳곳에서 당신의 은혜로운 자비와 따스한 위로의 손길을 느꼈습니다.' 나도 모르게 두 눈 가득 눈물이 고였다.

광장에서 바라본 메트로폴리탄 대성당

성당 아래로 내려가니 바로 지하철역이었다. 우리는 어제 찾아갔던 한인 식당에서 마지막 만찬을 하기로 하였다. 물어물어 찾아간 식당에서 따뜻한 육개장을 먹으니 몸도 마음도 훈훈해졌다. 식사 후 주변의 한인 마을을 둘러 보았는데 서울의 동대문시장과 비슷하였다. 이곳에서 한국인은 주로 의류사업을 시작하였는데 대부분 성공을 한 듯. 몇 년 전 이곳을 드나들며 사업을 하였다는 내 친구도 생각났다. 중남미로 이주한 최초의 한인은 1905년 계약노동자로 멕시코로 이주한 사람들. 그 다음에 이주한 사람들은 625 전쟁 후 중립국을 택한 전쟁포로라고 하였다. 본격적인 이민이 시행된 것은 1960년 이후 이민 바람의 영향이 컸다고 하였다. 그 머나먼 땅에 정착하여 사는 이민들은 또 다른 애국자라는 생각이 들었다.

상파울로 지하철역 안 벽화

드디어 기나긴 여정이 끝나고 밤 비행기를 타기 위해 공항으로 이동하였다. 미국 달라스 공항을 거쳐 한국에 도착하는 이동시간은 거의 이틀이 걸렸다. 달라스 공항에서 문제의 스틱은 안전한 방법으로 따로 이송시켜 주었다. 역시 아메리카 에어라인, 선진국 항공은 무언가 다르다고 생각하였다. 그런데 티켓팅을 하면서 분명히 창가의 좌석을 부탁하였는데 어찌된 상황인지, 내 좌석은 가운데 좌석이었고, 게다가 이륙 직전, 화장실에 이상이 생겨 두시간을 꼼짝 못하고 갇혀있다가 드디어 인천을 향해 출발하였다. 잠들지 못하는 20시간을 버텨 내는 것은 내 인내심의 한계를 느끼게 하였다. 기나긴 여행 일정들이 스펙트럼처럼 뇌리를 스치고 지나갔다.

장엄한 자연 앞에서 하느님의 위대함을 느꼈고 나 자신의 미미함을 깨달았다. 그동안 나는 얼마나 엄살을 떨면서 살았으며, 감사할 줄 모르고 살았는가? 자연에 순응하며 척박한 환경 속에서도 여유롭게 사는 이곳 사람들이 떠 올랐다. 처음 여행 계획을 세웠던 때와는 달리 막상 여러 사람들이 함께 여행하는 것은 어려웠다. 낯선 환경에 적응하는 것 보다, 사람 관계를 매끄럽게 한다는 것이 힘들었다. 개성이 다르고 취향이 다른 사람들이 함께 긴 여행하는 것이 쉽겠는가?

긴 비행 끝에 인천공항에 착륙하니 저절로 손뼉을 치며 환호성이 터졌다. 평소에 서울의 매캐하게 여겨지던 매연도 구수하고 달콤하기까지 한 이유는 뭘까? 차창으로 보이는 한국의 가을은 안데스 산의 녹갈색 능선처럼 아름다웠다. 집으로 돌아가는 버스 속에서 한 알 한 알 묵주를 굴리면서 하느님께 감사기도를 드렸다.

 Mexico

 Guatemala

 Cuba

35일 배낭여행

중미

> 숲과 개울의 신선한 아침 공기가
> 내 가슴과 세포를 하나씩 열리게 하였다.

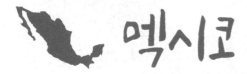

멕시코

2016. 11. 3. 목

　잔뜩 늘어놓은 짐들을 거의 정리하였을 무렵, 현관의 잠금장치가 열리면서 딸 아라가 비명을 지르며 달려와 "마미~! 보고 싶어서~!" 외치면서 나를 껴안았다. 35일간 긴 여정의 중미 여행을 마치고 돌아온 날, 아라는 학교 교수님의 피아노 연주회 넘순이를 하느라고 늦게 돌아온다고 하였다. 마주 부둥켜안고, "나도 우리 딸 보고 싶었어. 엄마없는 동안 더 이뻐졌구나." 아라는 내 등을 토닥이며 "엄마, 왜 이리 살이 빠졌어?". "정말?" 얼른 체중계를 꺼내 내심 기대를 하며 확인하니 겨우 1Kg 줄여졌을까? 그곳 음식이 입에 맞지 않아 사실 잘 먹지를 못했는데?

　현지 시간 12월 6일 새벽 3시에 일어나 짐을 정리하고 칸쿤의 공항으로 어둠을 가르며 달려가 7일 오후 4시 30분에 인천 공항에 도착하였으니, 시차를 제하고 도대체 몇 시간을 소요하여 귀국하였는지? 더하고 빼고 숫자에 약한 나는 계산하기도 어렵다. 20시간이 넘는 비행 시간 동안 거의 뜬 눈으로 보냈으니 완전 빈사상태다. 체력도 약하지만 정신력이 더욱 약한 나는 장거리 비행시간이 가장 무섭다. 비행기를 타고 한 숨자고 일어나면 도착지에 와 있다고 말하였던 어느 지인이 너무 부럽다. 긴 호흡을 하며 눈을 감고 나 자신에게 최면을 걸어도 잠은 오지 않았다. 칸쿤에서 달라스 까지의 3시간 정도의 비행은 가볍게 먹은 애피타이저 같았다. 2시간 환승 시간 후 달라스 공항에서 급하게 달려가 환승하였던 에어 아메리카. 이어폰을 끼고 다양한 장르의 음악을 들은 후 시계를 보니 이제 겨우 2시간 흘렀다. 좌석 등받이 화면에 비친 서울까지 남은 12시간 30분을 확인하니 한숨이 절로 나왔다. 와인을 한 잔 마시고 다시 잠을 청했으나, 정신은 더욱 투명해져 오는 나 자신이 정말 싫어졌다.

내가 어렸을 적 어머니는 "받아놓은 날은 빨리 다가온다."고 하셨는데, 정말 예정하였던 중미 여행 출발 일자는 준비도 채 되지 않은 내 앞에 털컥 다가왔다. 오후 5시 30분 이륙하는 비행기를 타기 위해 2시까지 공항에 도착하라고 하였다. 집에서 12시 40분 출발하여 공항버스를 타고 3층 출국 대합실에 도착하니 2시. 같이 여행하기를 기다렸던 내 친구들과 사전 모임에서 만났던 낯익은 얼굴. 이번에 처음 만나는 낯선 얼굴 등 16명이 수속을 밟아 에어 아메리카에 탑승하였다. 지금 생각하니 출항 비행시간은 설렘과 기대로 그다지 길게 여겨지지 않았다. 음악을 듣다가 잠이 들기도 하면서 도착하니 어느새 멕시코시티 국제공항이었다. 생각보다 수월하게 입국 심사를 마치고, 가방을 찾았더니, 단단하게 매었던 벨트가 사라진 것을 발견하였다. 가방을 열어보니 벨트는 안 속에 있고, 낯선 메시지 한 장이 들어 있었다. 당신과 동료들의 안전을 위해 내 가방을 열어보았다고 적힌 글이었다.

다행히 다른 물건은 없어진 게 없는 것 같아 서둘러 일행들과 함께 숙소로 향하였다. 방을 배정받고 잠자리에 들었는데, 여러가지 생각에 뒤척이다 잠들었다.

호텔 입구의 위령성인 장식

2016. 11. 4. 금

눈을 뜨니 아침 6시. 몇 시간을 제대로 자지 못하였는데도 정신은 또렷하고 상쾌한 기분이었다. 창을 열고 주변을 바라보니 막 도시가 깨어나고 있는 모습. 부지런한 사람들은 벌써 출근하는 발길이 바쁘고 서울의 아침 풍경과 비슷하였다. 7시 아침식사 후 8시 30분에 로비에 모여서 시내 관광을 하기로 하였다.

일행들 대부분은 여행 마니아들이라 사전에 공부를 많이 하고 온 듯하였다. 자유여행의 경험이 많은 S는 가이드북에서 멕시코 시티 부분을 찢어왔다. 나는 룸메이트와 함께 그녀를 따라 행동하기로 하였다. 우리 일행은 길잡이를 포함하여 모두 16명. 남자 3명. 여자 13명. 4명씩 조를 편성하여 간편하고 편안하게 행동하기로 하였다. 길잡이는 우리를 호텔까지만 인도하고, 투어는 우리가 찾아서 해야만 하였다. 가끔 길잡이가 우리와 함께 나가면 어미 닭을 따르는 병아리처럼 종종 따라 다녔다.

지난 해 남미여행을 할 적에 미리 공부해 간 스페인어가 많은 도움이 되었기에, 이번에도 여행을 결정한 후부터 틈틈이 스페인어 공부를 하였지만, 돌아서면 잊어버리는 기억력 때문에 겨우 숫자와 인사말 정도만 할 수 있었다. 문장은 구사하지 못하여도 단어만 알아도 퍽 많은 도움이 되었다.

스페인어를 독학으로 공부하면서 참으로 과학적인 언어라는 생각을 하였다. 모든 명사에는 남성, 여성어로 성별이 있었으며, 대부분 O로 끝나면 남성명사, a로 끝나면 여성명사인데 가끔 예외가 있었다. 동사와 형용사도 인칭에 따라 어미가 변하므로 공부하기에는 까다로웠다.

그렇지만 발음이 매우 정확하고 음악처럼 리듬을 타는 것이 무척 재미있었다. 특히 긍정의 뜻인 "시~!" 하는 발음은 어찌나 가볍고 명랑한지 듣기가 좋았다. 나도 얼른 스페인어를 배워. "시~!", " 엑사또~!"하고 맞장구를 치고 싶었다. 짧은 스페인어 실력이지만, 일행들은 이곳에 살아도 되겠다면서 칭찬하였다.

호텔 근처의 시내 버스

멕시코시티는 멕시코의 수도로써 해발 2240m에 위치한 고원도시이다. 더울 거라는 예상과는 달리 서늘하고 활동하기 쾌적하여 한국의 가을 날씨 같았다. 연평균 기온 15도이며 연교차는 적으나 일교차가 커서 하루 중에 4계절이 있다고 하였다. 인구 천만 명이 넘는 멕시코시티는 토쿄에 이어 세계에서 2번째 큰 도시라고 하였다.

우리는 지하철을 타고 시민들의 대표적인 휴식처인 차풀테펙 공원으로 가기로 하였다. 호텔 근처의 지하철역으로 내려가니 마침 출근 시간과 맞물려 그야말로 인산인해. 곳곳에 정복 경찰이 경호를 서고 있었지만, 그 많은 인파를 보니 엄두가 나지 않았다. 가이드북에서 정보를 얻은 덕분에 우리는 제일 뒷칸 여성 전용구간을 탔다.

멕시코 시티의 지하철

일행 중 3명의 남자는 여성 전용칸을 이용할 수 없어 일반 칸에 탔는데, 열차 내에 들어서니 곧 호주머니로 손이 쑥 들어와 몹시 긴장하였다고 하였다. 그 혼잡한 속에서도 여성들은 아름다움을 가꾸고 싶은 모양인지 내 앞의 여인은 가방에서 조그만 찻숟가락을 꺼내서 속눈썹을 세우고 있었다. 지하철 승차권은 거리에 관계없이 5페소.(우리돈 300원 정도) 우리나라 지하철 요금이 싸다고 생각하였는데 이곳은 더 싼 요금이었다. 기계에 승차권을 넣으면 우리처럼 나오지 않고 그것으로 끝. 출구는 열려 있어 언제든지 밖으로 나오면 되었다.

지하철에서 내려 공원을 찾아 걸어가니, 입구에 '비엔베니도 알 보스케 데 차풀테펙.' (차풀텍 숲에 온 것을 환영합니다) 라는 글귀의 표지판이 걸려 있었다. 더듬거리며 간판을 읽었는데, (차풀테펙은 메뚜기 라는 뜻). 그동안 공부한 스페인어를 확인할 수 있어 즐거웠다.

차풀테펙 공원

　멕시코시티 시내는 항상 매연이 심하였는데, 공원 입구는 많은 숲으로 쌓여 있어 공기가 신선하고 청량한 느낌이 들었다. 공원으로 들어가는 입구의 통로에 멕시코를 알리는 많은 사진이 세워져 있었는데, 무척 멋진 작품이 많아 우리도 그 사진 앞에서 기념촬영을 하기도 하였다. 통로 끝에는 6개의 둥근 원형의 석주와 누군가의 기념 동상이 세워져 있었다. 가이드가 없으니 설명해 주지 않아 답답하였지만, 그냥 편하게 생각하였다. 아침 일찍 나온 시민들이 군데군데 나와 앉아 휴식을 취하고 있었는데, 청년이 들고 있는 스마트폰이 낯익은 우리나라 제품이라 함께 기념사진도 찍었다.

6개의 기둥 위에 세워진 기념동상

(집에 돌아와 여행기를 올리면서 검색을 하니, 소년 영웅들의 기념비라고 하였다. 1847년 멕시코와 미국과의 전쟁에서 차풀테펙 성이 미군에게 포위당하였을 때 어린 사관생도들이 미국에 항복하는 대신 멕시코의 깃발을 몸에 감고 떨어져 죽음을 택하였던 비운의 역사를 조각상으로 기념하는 것이라고 하였다.)

멕시코는 2006년 기준으로 세계에서 11번째로 인구가 많은 국가로, 1억 이상의 인구 대국이며, 전 인구의 약 76%가 도시지역에 거주하며 멕시코 시티에 천 만명 이상이 거주한다. 주민은 메스티조, 인디언, 에스파냐계 백인, 물라토 등의 소수민족으로 구성된다. 멕시코는 1521년 에스파냐에 정복된 후 300년 동안 식민지 통치를 받아왔다. 1810년 혁명적 애국자인 미구엘 이달고를 시작으로 독립의 기운이 일기 시작하였고, 1821년 코르도바 협정에서 멕시코의 독립을 인정하였다. 1846년 미국과의 전쟁으로 영토의 북부를 미국에게 상실하게 되었다. 인디언 출신의 베니토 후아레스 대통령의 자유주의 헌법을 발표하여, 정교분리, 교회의 재산 몰수 등 개혁을 달성하여 근대화를 지향하였다. 농지개혁, 집단농장 창설, 석유업 국유화 등으로 경제가 크게 발전하였으나, 지나친 외채 부담과 정치적 혼란으로 외환위기, 경제 양극화가 심각하다고 하였다.

공원을 한 바퀴 산책한 후 우리는 짧은 일정에 보아야 할 게 많아, 우선 공원 근처에 있는 고고인류학 박물관부터 가기로 하였다. 입구에 있는 경찰관에게 물었더니 자세하게 설명해줘서 쉽게 찾을 수 있었다. 입장비는 1인당 75패소.(한화 5000원 정도) 공원 안에 있는 인류학 박물관은 멕시코 최대의 근대적인 박물관으로 1825년 창립하여 1964년 현재의 장소로 옮겼다고 하였다. 초기 수렵시대로부터 아즈텍 시대에 이르기까지 멕시코 각지의 고고학적 유물을 계통적으로 잘 분류하여 전시하고 있었다.

입구에 들어서니 먼저 시원한 물줄기가 떨어지는 조각품이 눈에 들어왔다.

〈생명의 나무〉, 팔랑케 유적지의 생명의 나무에서 모티브를 따서 지은 거대한 분수 기둥이 이 박물관의 규모와 위용을 자랑하는 듯하였다. 박물관에 들어가기 전 분수 앞에서 인증사진부터 찍었다. 안으로 들어서니 작은 가방도 물품 보관소에 맡겨야만 입장할 수 있었다.

국립박물관

   지난 4월 박근혜 대통령이 멕시코를 방문하였을 적에 이곳 박물관을 찾았다는 뉴스를 접하였던 곳이라 더욱 친근감이 가는 박물관이었는데, 1층에는 마야, 아즈텍 문명 등 시대별 전시품을 전시하고 있었고, 2층에는 멕시코 원주민 문화를 엿볼 수 있는 전시를 하고 있었다. 우리는 고고학을 연구하는 학자도 아니고, 멕시코문화에 대한 식견도 없는 편이라, 1시간 정도의 시간 안에 전시품을 보아야 했으므로 발걸음을 빨리해야만 하였다. 짧은 시간에 휘딱 보았지만, 그들의 문화가 꽤 수준 높고 장대하다는 생각이 들었다. 한편, 그런 문화강국이 스페인 국가에게 정복당하였다는 게 조금 이해가 안 되었다. 훌륭하고 수준 높은 전시품을 제대로 보지 못하고 나오는 게 아쉬웠다.

전시품

인류학 박물관을 관람 후 우리는 다시 공원 안으로 들어갔다. 한눈에 도시를 내려다볼 수 있다는 높은 언덕으로 올라갔다. 언덕 위에는 차풀테펙 성이 있었는데 그 성의 망루에서 전망하는 모양이었다. 그런데, 성의 입장비도 있고 서로 의견이 달라 개인적으로 행동하기로 하였다.

길잡이를 포함한 우리 일행은 모두 16명이었는데, 모두 개성이 강한 사람들이었다. 룸메이트 와 나, 길잡이. 뒤늦게 합류한 K와 함께 4조로 편성되었다.

K가 입장비가 아깝다고 하여 차풀테펙 성으로 들어가는 것을 포기하고 입구에 있는 현대미술관으로 향하였다. 공원 안에는 이제 막 토산품과 민예품을 파는 가게들이 문을 열기 시작하였다. 오랜 역사와 다양한 인종을 가진 나라이므로 가판대에 늘여놓은 물건도 다양하였다. 먹거리, 액세서리, 민속 공예품, 전통 의상 등과 함께 어린이 장난감도 있었다. 미술관 가는 길에는 차풀테펙(메뚜기)는 보이지 않고 청설모를 여러 마리 볼 수 있었다

차풀테펙 성

멕시코의 프리다 칼로와 디에고 리베라는 세계적인 화가이다. 프리다와 디에고, 두 사람의 생애와 사랑에 대해서는 영화와 책으로 알려져 그림을 좋아하는 사람은 누구나 알고 있는 멕시코의 국민화가라고 할 수 있다. 멕시코의 가장 고액권인 500페소의 앞 뒤의 인물이 바로 이 두 사람이었다. 처음 프리다 칼로의 강한 이미지의 자화상을 보았을 적에는 생경하였다. 짙은 검은 두 눈썹이 미간도 없이 한 획으로 그어져 있었고, 턱수염도 희미하게 있어서 남자 같다는 생각이 들었던 자화상들은 그녀의 파란만장한 생애를 표현한 듯하였다. 소마 미술관과 한가람 미술관에서 낯익은 프리다 칼로의 그림을 마주한다는 생각에 가슴이 설렜다.

현대미술관 입장권을 60페소에 사서 들어서니 아담한 정원을 지나 미술관이 있었다. 통로 양 옆으로 군데군데 조각도 있었지만, 곧장 건물 안으로 들어섰다. 무슨 특별전을 한다는 안내문이 보였지만 스페인어 실력이 짧아 무슨 뜻인지도 모르겠고, 그냥 일단 안으로 들어가 눈에 보이는 대로 느끼고 즐기고 싶었다. 처음 들어간 전시장의 그림들은 초현실주의 그림처럼 종교적이고 신비스럽게 보였다. 프리다의 그림은 눈에 익은 그림이라 무척 반가워 한참을 그림 앞에 서 있었다. 다른 전시장으로 들어서니 한 작가의 특별전을 하고 있었는데 (미술 잡지에서 보았던) 강한 색채로 직선이나 곡선으로 그은 선들은 무척

신선하고 강한 이미지를 주었다. 전시장의 규모는 크지 않았지만, 화보 속에서 보았던 작가들의 작품을 원화로 감상하였다.

다행히 룸메이트도 K도 그림 감상을 좋아하여 편안한 마음으로 들여다 보았다. 미술관에서 그림

프리다 칼로의 그림 앞에서

을 감상할 수 있는 장점이 바로 이런 자유여행이로구나 생각하였다. 전시품을 모두 구경하고 다시 프리다 칼로의 그림 앞에서 인증사진도 찍었다.

오전 나절을 박물관과 미술관 관람으로 보내고 나니 배가 출출하였다. 금강산 구경도 식후경이라고 외치며 점심 식사할 곳을 찾아보기로 하였다. 지난해 페루의 리마에서 처음 찾아갔던 식당이 중국식 식당이었던 기억을 더듬어 이번에도 값도 싸며 우리 입맛과 비슷한 중국 식당을 찾아가기로 하였다.

배불리 점심을 먹고 나오니 소칼로 광장 거리는 아까보다 더 활기차게 보였다. 소칼로란 중앙광장의 일반적인 이름으로 정식 명칭은 헌법 광장이다. 멕시코시티의 소칼로는 아즈텍인이 해발 2000m에 도시를 세웠을 때부터 거대한 신전이 위치한 아즈텍 제국의 수도 테노치티틀란이 있었던 곳이다. 지금의 소칼로는 스페인 지배 당시에 세워진 건물들로 둘려쌓여 유럽의 분위기가 물씬 났다. 광장을 중심으로 멕시코시티 메트로 폴리타나 대성당과 대통령궁, 시청사 등 주요 건물과 상가가 형성되어 있었는데, 대통령궁은 오늘 문을 닫아 들어갈 수 없었다. 대통령궁 안에 있는 디에고의 벽화를 구경하고 싶었는데 내일 오라고 하니 안타까웠다.

소칼로 광장

스페인어로 카테드랄이라고 부르는 대성당은 주교가 상주하는 성당이라고 하였다. 정식 명칭 멕시코시티 메트로폴리타나 대성당은 240년의 기간이 걸린 건축물이다. 에스파냐인들이 아메리카 대륙에 최초로 세운 성당으로 웅장하고 아름답다. 고딕, 바로크, 르네상스 등의 건축양식이 절충된 균형이 뛰어난 건축물이라고 하였다.

내부의 천장이 매우 높으며 아치형의 기둥이 솟아 있어 강한 힘이 느껴지며, 14개의 예배당과 5개의 중앙 제단이 마주 보고 길게 늘어서 있었다. 1524년 건축을 시작하여 오랜 시간 동안 지어진 만큼 다양한 매력을 발산하였다. 다른 대성당과는 달리 입구에서 티켓을 받지 않는 것이 무엇보다 마음에 들었다.

대성당 입구의 아치형의 문 좌우와 위에 사도들의 인물상이 세워져 있었고, 한쪽 구석에 각가지 모양으로 자른 색종이 깃발이 나부껴 의아한 느낌이 들었는데, 아마도 가톨릭 신앙과 민간 신앙이 접목된 영향이 아닐까 추측해 보았다.

대성당 내부에 있는 위령성월의 장식

멕시코시티에는 다양한 인종이 살고 있지만 황색 인종은 보이지 않았다. 우리가 지나가면 이곳 청소년들은 치나?(중국인) 하폰?(일본인) 하고 관심을 표현하였다. 우리가 성당에서 나오자 성당 앞의 발랄한 모습의 학생들이 치나? 하고 물었다. 내가 코레아나.라고 하며 K-Pop의 나라에서 왔다고 하니 반가워하였다. 스마트폰으로 놀고 있던 여학생들의 차림이 예사롭지 않다는 생각이 들었다. 같이 사진을 찍겠느냐고 하였더니 좋아라 하며 얼른 일어나 포즈를 취하였다. 안내도를 펼치며 우리의 숙소 가는 길을 물었더니 상세하게 가르쳐주었다. 학생들과 작별을 하고 광장을 한 바퀴 돈 후 우리는 숙소로 향하였다.

성당 앞의 청소년들과 함께

대통령궁에 들어가지 못한 아쉬움에 이어, 광장의 멋진 건물들에 미련이 남았다. 현지 사람들이 드나드는 관공서 같은 건물의 입구로 들어가니, 제지하였다. 하릴없이 밖으로 나와 경찰관에게 이 건물이 무슨 건물인지 궁금하다고 하였더니 조금 기다리라고 하더니 이곳의 공무원인 듯 제복을 입은 여자에게 소개하였다. 직함이 있는 명찰은 단 그 여인에게 우리는 한국에서 왔으며, 이곳이 무엇을 하는 건물인지 내부 구경을 하고 싶다고 서툰 스페인어로 말하였더니, 그녀는 친절하게 우리를 데리고 다시 건물로 들어가 2층 벽화까지만 보여 주었다. 친절한 그 여인에게 "무차스 그라시아스~!" 인사를 하며 함께 기념 사진도 찍었다.

레포르마 대로 양옆으로는 명품 가게와 카페등 멋진 상점들이 즐비하였고, 현지인들의 발걸음이 분주한 이곳에서 기타를 치는 소년도 있었다. 여유롭게 커피를 마시며 한담을 나누는 현지인처럼 우리도 커피를 마실까 하다가, 아이스크림 가게에서 달콤한 아이스크림을 먹었다.

높은 첨탑이 보이는 전신 박물관 건물 앞 건널목에는 사람들로 붐비었다. 신호를 기다리는 동안 요안나에게 접근한 아가씨들이 오물이 묻었다며 닦아 주었다. 나는 신호를 건넌 후 앞 장서 둥근 돔 지붕을 머리에 인 아름다운 건물로 향하였다. 그런데 룸메이트와 K가 따라오지 않고 가방을 뒤적이며 무언가 서성이고 있었다. 사연인즉 조금 전까지 있었던, 가방 안에 넣어둔 스마트폰이 사라졌다고 하였다. 아까 그 아가씨들이 친절한 척 룸메이트에게 접근하여서는 정신을 분산시킨 후 스마트폰을 소매치기하였던 것이 틀림없다고 하였다. 혹시나 하는 마음에 두 사람은 조금 전 아이스크림 가게로 되돌아 가 보기로 하였다.

레 모르마 대로

거리에서 노래하는 소년

　나는 홀로 연둣빛 돔 지붕이 아름다운 광장에서 두 사람이 돌아오기를 기다렸다. 연둣빛 건물은 예술궁전인데 공연과 전시를 하는 복합 예술의 공간이었다. 기다리는 동안 건물 안으로 들어가 보니 티켓을 사야만 들어갈 수 있다고 하였다. 길이 어긋나면 어쩌지 하는 생각에 얼른 다시 아까의 그 지점에 가서 기다렸다.

　아이스크림 가게까지 가 보았으나 역시 전화기는 찾을 수 없었고, 풀이 죽은 룸메이트는 내 전화기로 아들에게 전화하여 도난당한 사실을 알렸다. 그녀 아들은 걱정하지 마라며, 현지 경찰에 가서 도난신고를 하라고 하였다. 생각보다 그녀는 곧 기분을 전환하였지만 더이상 관광할 마음은 생기지 않았다. 룸메이트가 전화기를 소매치기당하고 나니 아름답던 거리가 무섭게 여겨졌다. 예술궁전을 앞에 두고도 함께 걱정하며 숙소로 돌아왔는데, 나중에 검색하니 그 궁전 안에는 멕시코의 역사를 알리는 다양한 미술품과 디에고 리베라의 거대한 벽화가 전시되어 있다고 하여 아쉬운 마음이 들었다.

3가지 문화의 광장의 옛 유적지

2016. 11. 5. 토

멕시코 현지 여행사의 패키지 상품으로 1일 투어를 1인당 450페소를 지불하고, 우리 일행 15명 단독 여행을 신청하였다. 현지 가이드가 딸린 소형 버스로 아침 8시 30분 호텔 앞에서 출발하였다. 현지 가이드는 스페인 억양이 가득한 영어로 설명을 하였고 길잡이가 번역을 해 주었다.

처음 도착한 곳은 호텔에서 가까운 곳으로 옛 유적지를 복원하고 있는 곳. 가이드가 열심히 설명해 주었으나 사람들의 웅성거림으로 귀에 하나도 들어오지 않았다. 나중에 길잡이에게 물었더니 〈3가지 문화의 광장〉이라고 대답하였는데 정확한지? 견고한 벽돌로 쌓인 기단이 무척 견고해 보였고, 가운데 둥근 원기둥은 제단인 듯하였다.

일행들 모두 그 허물어진 유적지보다는 뒤의 밝은 주황빛 건물에 관심이 가는 듯. 스페인어를 사용하는 도시 이름에 많이 붙는, 성 야곱이라는 뜻의 산티아고 성당이었다. 성당 안으로 들어서니 많은 성상들이 있었는데 특히 관속에 든 예수상을 지켜보는 성모 마리아상이 눈에 들어와, 순간 가시에 찔린 듯 내 마음 깊이 슬픔이 진하게 전해졌다. 과달루페의 성모상 앞에는 장미를 든 후안 디에고의 무릎을 꿇은 모습도 있었다. 푸른 빛이 들어오는 창문 아래 많은 성인들의 성상을 바라보며 짧은 기도도 하였다.

도시의 외곽을 벗어나자 다닥다닥 붙은 달동네가 나타났는데, 알록달록한 예쁜 집들에 우리는 모두 우와~! 하고 감탄을 터뜨렸다. 2천만 가까운 인구가 모여 사는 멕시코시티이니 달동네에 사는 사람도 많을 것이다. 비록 그들의 삶은 곤궁할지라도 여행자의 눈에는 이탈리아의 친퀘테레 마을처럼 아름답게만 보였다.

고난을 당하는 예수상 앞에서

테오티와칸은 이번 멕시코 여행에서 내가 가장 가보고 싶었던 곳이다. 넓은 평지 위에 세워진 거대한 피라미드를 바라보니, 몇 년 전 보았던 이집트 기자의 피라미드와는 또 다른 감동으로 내 앞에 펼쳐진 신들의 모임 장소였다.

'신들의 모임장소'라는 이름을 가진 테오티와칸 유적은 멕시코시티 북동쪽으로 약 50Km 떨어져 있는, 풀리지 않는 수수께끼로 가득 찬 최대의 유적지다. 아직도 어떤 민족이 이 놀라운 고대 도시를 건설했는지 알려지지 않았다고 하였다. 11세기 경 톨텍족들에 의해 발견된 세계사적으로 가장 규모가 큰 유적지이다.

완벽한 계획도시인 이곳에는 '죽은 자의 거리'가 등뼈처럼 도시를 남북으로 관통하고, 중앙에는 태양의 피라미드와 기둥이 줄지어 선 광장이 서로 마주보고 있다. 거리 북쪽 끝에 궁전과 광장, 달의 피라미드 등이 있으며, 신전과 대광장이 있다. 최전성기에는 인구 20만 명 이상이 살았을 거라고 추정되는 시민들의 주거지도 있다. 태양의 피라미드는 높이가 65m, 기단부의 폭 224m이며 정상에는 목조 신전이 있다.

태양의 운행과 일치하여 붙힌 태양의 피라미드의 북쪽에 '달의 피라미드'가 있다. 천문학에 바탕을 둔 일정한 법칙에 따라 계획된 이 도시가 8세기 중반 돌연 종적을 감추어 여전히 수수께끼로 남아있으며 이곳의 유물은 인류학 박물관에 소장되어 있다고 하였다.

테오티와칸의 거대한 피라미드

항상 높은 기온과 습도로 걷기가 힘들 정도라고 하였는데, 우리가 간 날은 선선하였다. 태양의 피라미드 입구를 지키는 제복을 입은 관리인이 우리에게 어디서 왔느냐고 물어, 꼬레아~! 라고 하였더니 엄지손을 치켜들며 한국 여자들이 퍽 이쁘다고 칭찬하였다. 입에 발린 칭찬이지만 그 말에 기분 상승하여 그 남자와 함께 기념사진도 찍었다.

여행지에서 우리는 일상 생활과는 다르게 감정은 약간 덜뜨고, 쉽게 감동 받는다. 모르는 사람과도 쉽게 인사를 나누며, 마치 오랜 친구처럼 허물없이 함께 기념사진도 찍는다. 현지에서 만난 사람들 누구나 기꺼이 함께 포즈를 취해 주었으며 사진찍기를 즐거워하였다. 나는 특히 가족과 함께 나들이 나온 어린아이와 함께 사진 찍는 것이 즐거웠다.

테오티와칸을 둘러본 후 식당으로 가는 길에 우리는 잠깐 멕시코의 특산품인 떼낄라의 일종인 메즈깔 시음장으로 가보기로 하였다. 용설란이라고 불리는 선인장으로 만든 술로 40도 이상의 높은 도수를 가졌으며, 용설란의 뿌리를 땅속 열기로 3~4일 동안 익혀 수작업으로 만든 술이다. 메즈깔의 병 밑바닥에는 식용으로 길러진 애벌레를 훈제하여 병 속에 넣는데, '구사노 로호'라고 불리는 이 애벌레는 용설란 표면에 붙어사는 나방 유충이다. 이 벌레는 행운의 증표라고 여기며 이 벌레를 삼킨 사람은 행운이 따른다고 하여, 나도 시음장에 술과 함께 놓인 그 훈제 벌레를 만져보고 축축한 촉감에 깜짝 놀랐다.

용설란에는 멕시코 한인 이주의 역사가 담긴 애달픈 사연도 깃들어 있다. 하루 17시간의 긴 노동시간을 에네켄 가시에 찔려가며 혹사당하였다. 지상낙원이라는 부푼 꿈을 안고 이곳에 도착하였으나 노예 취급을 당하였고, 일본의 인력송출회사에 속아 임금도 제대로 받지 못하였다고 하였다. 초록색의 금이라고 불리운 용설란은 버릴게 없는 식물이라고 설명하였다.

기원전 2세기부터 만들었다는 신전으로 오르는 돌계단

피라미드 앞에서

과달루페 성당은 멕시코 국민들이 가장 성스럽게 생각하는 기적의 장소이다. 1531년 12월, 후안 디에고 라는 인디언 개종자에게 성모 마리아가 발현하였다. 후안 디에고의 앞에 나타난 성모 마리아는 검은 머리, 갈색 피부의 인디언 모습. 가난하고 힘없는 인디언과 멕시코 사람들의 모습 그대로 발현하신 것이다. 가톨릭 신앙이 전파되기 전 멕시코시티의 작은 언덕 테페약에는 대지의 여신이자, 죽음의 신인 아즈테카 종교의 통합적인 존재인 토난친의 신전이 있었다. 스페인이 이곳을 점령하자 인신 공양하는 원주민의 신전을 허물어 버렸다. 그러나 순환철학과 희생의식의 뿌리 깊은 원주민의 종교관은 쉽게 변할 수 없었다.

스페인 정복자들은 우선 원주민 지배 계층을 가톨릭으로 개종하게 하는 방법을 썼는데, 부유한 한 귀족의 집안에 태어난 아이가 바로 세례명 '후안 디에고'라는 사람이었다. 후안 디에고가 미사 참례를 위해 테페약 작은 언덕을 넘어갈 때 장미꽃과 함께 발현하신 성모는 그 당시의 상황과 맞물려 멕시코를 가톨릭으로 개종하게 하였다. 그 후 가톨릭으로 개종하는 인디언이 증가하여 지금 인구의 80%가 가톨릭이다. 후안 디에고의 실존 여부와 성모의 발현에 대한 논란이 일기도 하였지만, 지금은 멕시코 사람뿐만 아니라 전 세계인이 즐겨 찾는 성지가 되었다.

16세기에 건축된 원래의 교회는 지반 침하로 붕괴될 위험에 처하여 출입이 금지. 1974~76년에 구 성당 옆에 만여 명을 수용할 수 있는 현대적 양식의 성당을 건축. 멕시코 민족의 어머니라고 할 수 있는 갈색 얼굴의 '과달루페의 동정 마리아' 원화는 새롭게 건립된 성당 건물에 보관되어 있는데, 넘쳐나는 참배객들로 항상 붐벼, 무빙워크를 설치하여 누구나 공평하게 그 원화를 보면서 지나가야만 하였다.

과달루페 성모의 원화. 이 그림은 멕시코의 수호성인으로 멕시코 독립운동의 상징이 되었다

미사를 하는 모습

구 바실리카

멕시코의 어느 성당에서나 보았던 갈색 피부의 성모상이라 시큰둥한 마음으로 무빙워크를 지나자 성당 내부로 연결되었는데 때마침 미사를 집전하고 있었다. 일행과 함께 행동해야 하므로 미사 참례는 할 수 없어 무릎 꿇고 그냥 성호만 그었다. 신부님과 신자들의 기도에 이어 성가가 울려 나온 순간 왈칵 눈물이 쏟아졌다. 전혀 준비되지 않는, 마치 빗물처럼 쏟아지는 눈물에 나 자신이 당황하였다. 무릎을 꿇은 채, 나는 주체할 수 없을 정도로 흐르는 눈물을 닦을 손수건이나 휴지가 없어 참 난감하였다.

문득 장미 향기에 쌓인 성모님이 내 볼을 어루만지며 '그래. 엘리사벳아, 그동안 힘들었지?'하고 등을 토닥토닥 두들겨 주는 듯하였다. 순간 나는 어머니 품에 안긴 아기처럼 평화로웠다.

우리가 멕시코시티에 도착하여 3일을 머문 폰탄(샘)호텔은 소칼로에서 레포르마(혁명)대로를 따라 걸으면 나타나는 구시가지에 위치하여 있었다. 주변의 관광지를 걸어서 구경할 수 있는 이점이 있는 숙소를 잡았는데, 근처에 벽화박물관이 있다고 하여 호텔로 가는 도중에 내렸다.

어제 도난사건이 겹쳐 보지 못한 예술 궁전을 보고 싶었으나 어느새 해는 기울고 5시 가까운 시간이라 벽화박물관이라도 보고 싶었다. 디에고 리베라 벽화박물관은 다행히 아직 문을 열려 있었다. 월요일은 휴관, 화~일요일까지 10시 개관. 6시 폐관.

100페소에 우리를 입장시켜 준 관리인과 함께

1인당 30페소(한화 2천원 정도)여서 우리 조원 3명의 티켓을 구입했는데, 같이 간 일행들이 뒤에서 티켓을 사서 볼 가치가 있는지? 하고 망설이고 있었다. 전에 칠레의 산티아고 미술관 티켓을 할인받은 경험이 있는 나는 입구에 서 있는 관리인에게 우리 일행이 7명인데 할인 티켓이 없느냐고 물었다. 애매한 미소를 짓는 그 관리인에게 곧 문을 닫을 시간이니 "뽀르 파보르~!"하였더니, 놀랍게도 7명을 100페소에 입장을 시켜 주었다. 망설이던 일행들이 "언니 고마워요~!" 하면서 함께 입장할 수 있어 흐뭇하였다. 안에는 대형 벽화 1장이 전시되어 있었다.

디에고 리베라. 알라메다 공원에서의 어느 일요일 오후의 꿈

벽화박물관은 멕시코의 벽화(무랄) 운동을 이끈 디에고 리베라가 1947년에 그린 〈알라메다 공원에서의 어느 일요일 오후의 꿈〉이란 긴 제목의 대형 벽화가 메인 홀 전체를 차지하고 있는데, 높이 4.175m, 폭 15.67m이라고 하였다. 우리는 그 크기에 압도당하였고, 벽화가 단 1장이라는데 실망하였다.

알라메다 공원을 배경으로 스페인 정복군의 수장인 에르난 꼬르떼스, 멕시코 근대화를 이끈 원주민 대통령 베니또 후아레스, 멕시코의 막시밀리아노 황제. 원주민들과 함께 멕시코의 대표 화가 프리다 칼로 등이 그려져 있었는데, 우습게도 프리다 칼로의 앞에 어린 소년 모습의 디에고 리베라가 서 있었다. 벽화의 정 중앙에 하얀 드레스를 입고 서있는 해골 모양의 여인과 긴 머리를 하고 두 팔을 허리에 걸친 노란 원피스를 입은 여인이 무엇을 상징하는지?

디에고 리베라는 천하의 바람둥이라고 생각되었는데, 실제 그의 벽화와 회화를 보는 동안 과연 그림의 천재로구나 하는 생각이 들었다.

벽화 박물관 앞 규모가 작은 소칼로에서 살사춤 파티가 벌어지고 있었다. 이곳의 시민들은 누구나 광장에 모여 자연스럽게 살사를 즐기는 모양이었다. 마침 토요일 오후라 광장에는 기념품과 먹거리 장터가 서고 흥청대는 분위기였다. 강렬한 비트와 함께 요란한 음악이 울려 퍼져 사람들을 흥분시키는 듯하였다.

살사는 쿠바 동부의 시골에서 스페인 기타 연주와 아프리카 음악의 리듬, 형식 등을 도입하여 시작되어 라틴 아메리카 전역으로 퍼져 나갔는데, 1940년 쿠바계 이민자의 오케스트라 공연이 뉴욕에서 공연되어 살사로 변형되었다. 다양한 춤 중심의 아프리카계 쿠바 음악 형태를 보여 주는 형식으로 정착되었다.

이곳의 시민들이 즐기는 살사는 마을 축제나 파티에서 자유롭게 즐기는 춤 같았다. 조금 전 버스에서도 계속 틀었던 살사는 사람의 마음을 흥분을 시키는 듯하였다. 요란한 리듬은 고단한 삶에 지친 사람들의 기분을 상승시켜 주는 역할을 하는 듯하였다.

남녀노소한데 어울려 주는 즐거운 춤 살사

　호텔에서 예약한 4대의 택시를 나눠 타고 버스 터미널에 도착하니, 대합실의 현지 사람들이 줄을 이어 도착하는 우리를 신기한 눈으로 바라보았다. 아직 이곳에서는 동양인을 만나기 쉽지 않은데다 크고 작은 짐보따리를 들고 16명이 몰려 다니므로, 자연히 시선을 끌기 충분하였다. 내가 앉은 맞은 편에는 아침 일찍 어딘가로 떠나는 한 가족이 있었는데, 엄마의 품에 안긴 어린 아기가 또랑한 눈망울로 유심히 나를 바라보며 웃었다.

　아기에게 무언가 줄 게 없을까? 가방을 뒤적이니 어제 슈퍼에서 산 사과가 있었다. 아기에게 사과를 건네주니 아기 엄마는 답례로 사탕 봉지를 주며 어디서 왔느냐고 물었다. 엄마와 대화를 나누는 사이에 그 아기는 아장아장 걸어서 내 앞으로 왔다. 아기를 안고 기념사진을 찍은 후 아기와 작별을 하고 다른 게이트로 이동하였는데, 잠시 후 그 아기가 엄마의 손을 이끌고 이동한 게이트의 대합실로 나를 찾아왔다. 가방을 뒤져 한국에서 가져온 쵸코바를 쥐여 주며, "로 시엔또...." 손을 흔들었다.

게이트로 나를 찾아온 아기와 함께 기념사진

오히하카 가는 길의 중간 정류소

멕시코시티에서 오아하카는 6시간이 소요되었는데 버스는 편안하고 깨끗하였다. 험준한 산들이 이어지는 창밖의 풍경을 바라보니 꾸벅꾸벅 잠이 밀려왔다. 자다가 눈뜨고 창밖을 내다보니 옥수수밭 사이로 키 큰 나무들이 듬성듬성 서 있어, 일하다가 저 무성한 나무 밑에서 한 숨 자면 좋겠다는 생각이 들었다.

이곳의 도로는 비교적 잘 정비되어 있지만, 휴게소는 찾기 어려웠다. 장거리 버스 안에는 화장실이 있어 흔들리는 차 안에서 용변을 보고 물을 내려야 하는데, 도저히 찾을 수가 없어 화장실 앞에 앉은 남자에게 "뻬르돈~!"하였더니, 세면기 아래의 조그만 단추를 눌려주어, 계면쩍은 미소를 띄며, "로 시엔또~~~". 하였다.

오아하카주의 주도인 오아하카는 사뽀떼까인들이 살던 고대 도시이다. 이 일대는 15세기에는 아스떼까 제국이, 16세기 초부터 스페인의 지배를 받았다. 전통적인 인디오 민속이 잘 보존되어 있으며, 스페인풍의 중세도시도 잘 보존되어 있다. 멕시코 최고의 축제 '겔라겟사'로 유명하며 늘 축제가 이어지는 듯 활기찬 곳이다.

택시로 소깔로 근처의 호텔에 도착하여 짐을 풀고 4시 30분에 로비에 모여, 소깔로 근처 시내 구경을 나섰는데, 골목 집들의 알록달록 색상이 어찌나 이쁜지. 한국에서는 상상도 못할 유채색들이 여기서는 이렇게 조화로운 게 참 신기하였다. 무채색 위주의 건물을 보아왔던 우리들의 눈에 모든 건물들이 다 이쁘기만 하였다. 만약, 한국에서 주홍빛 건물에 청남빛 페인트로 띠를 두른다면 얼마나 촌스러울까? 달걀색 건물에 분홍빛 창틀. 분홍빛 건물에 베이지색의 창틀. 반질반질한 검정색 골목길. 눈길 닿는 모든 건물과 골목이 마치 하나의 그림처럼 아름답고 신기하였다. 멕시코의 눈부신 햇빛이 이런 색깔들을 조화롭게 변화시키는 모양이었다.

산토 도밍고 성당 앞에서 자전거 동호인들과 함께

오아하카 시내 중심부 소칼로에 있는 산토 도밍고 성당은 오아하카에서 가장 큰 성당으로 1572년에 건축이 시작되어 약 200년에 걸쳐 완공된 건물로 1938년 재건축되었으며 멕시코 바로크 양식을 대표하는 아름다운 건물이다. 제단이 모두 금으로 발라졌고, 삼면의 벽이 입체적인 부조로 채워졌다. 안으로 들어가 바라보니 벽과 천장의 화려함에 절로 감탄사가 쏟아졌다. 제단 위의 둥근 돔형 천장에는 도자기로 구워 붙인듯한 성상이 가득하였고, 대부분 그림으로 나타낸 예수의 수난 과정을 표현하는 십자가의 길 14처도 모두 도자기로 구워 만든 성물들이어서 이곳저곳을 놀라움으로 셔터를 눌렀다.

성당 마당에도 일요일을 즐기기 위해 나온 가족 단위의 사람들이 많았는데, 잘 차려입은 어린이와 엄마가 기념촬영을 하고 있어 그쪽으로 가보았다. 어린이의 생일이거나 무슨 기념일인 듯하였는데 부유한 집안의 가족인 듯. 다가가서 나도 사진을 찍어도 되느냐고 물었더니 아기 엄마가 허락했다. 잘 차려입은 아기 엄마의 의상을 보며 프리다 칼로 같다고 칭찬하며 같이 사진을 찍고 싶다고 하였더니 아름다운 미소를 지으며 포즈를 취해 주었다.

여자들은 세계 어느 도시를 가더라도 대부분 쇼핑하는 것을 즐긴다. 이곳 오아하카는 고대 도시여서인지 유난히 알록달록 이쁜 민예품이 많았다. 눈에 보이는 것이 모두 마음을 끌었지만, 실제 생활에는 사용되기 어려울 것 같고, 무엇보다도 긴 일정 동안 끌고 다녀야 하는 부담이 생기니 쉽게 손이 가지 않았다. 나는 이곳 오아하카 시장에서는 헝겊 지갑과 하얀 레이스가 달린 면 블라우스를 샀다.

일행들과 함께 인솔자를 따라서 오랜 역사를 지닌 전통시장으로 갔다. 오아하카 출신의 유일한 원주민 후아레스 대통령의 이름을 딴 후아레스 시장과 또 다른 시장이 있었는데, 우리는 저녁을 먹으려 11월 20일 시장으로 갔다. 11월 시장은 멕시코의 혁명 기념일인 11월 20일에서 이름을 따온 시장으로, 먹거리 천국이라 불리는데 특히 이곳의 숯불로 구워주는 소고기는 일품이라고 하여, 우리 3명은 그곳을 찾아가서 숯불로 구워주는 소고기를 먹었는데, 맛있고 값도 저렴한 소고기구이를 포식하였다.

산토 도밍고 성당 앞에서 프리다 칼로처럼 아름다운 부인과 함께

11월 시장

이베르베 엘 아구아 앞에서

2016. 11. 7. 월

아침 식사 후 우리는 현지 여행사 패키지 상품을 예약하여 일찍 출발하였다. 이베르베 엘 아구아(끓는 물)는 터키의 파묵칼레와 비슷한 곳이라고 하였다. 도시를 벗어나자 곧 우리나라의 농촌과 같은 전원풍경이 나타났다. 포장되지 않은 도로를 달리니 초등학교 시절의 소풍 가는 기분이 들었다. 구부러진 길가에 하얀 먼지를 쓰고 있는 키 작은 나무, 흐드러지게 핀 들꽃, 옥수수밭에 엎드려 일하는 아저씨, 노새를 몰고 가다 길옆에 멈춘 소년, 파란 하늘에 하얀 비단을 펼쳐 놓은 듯한 구름, 높이 솟아오른 선인장. 창밖의 풍경에 취하여 부풀어 오른 마음에 절로 콧노래를 흥얼거렸다.

도착한 이베르베 엘 아구아는 크기가 작아 "애걔걔." 하였지만, 주변의 풍경이 어쩌나 아름다운지 한참을 바위 위에 서서 바라보았다. 터키의 파묵칼레는

하얀색이지만 이곳의 석회 웅덩이에 고인 물빛은 마치 5월의 탄생석 초록빛 에메랄드 같아서 더욱 신비로운 빛이었다.

멕시코의 도로는 넓고 반듯하여 승차감은 좋지만, 휴게소를 만나기가 어려 웠다. 용변을 보는 장소를 찾기 위해 긴 시간을 이동해야 하는 불편함이 있었 다. 용변도 해결하고 점심을 먹을 장소에 도착한 곳은 세계에서 가장 큰 나무 가 있는 곳. 높이 42m, 직경 14m, 무게 630t, 수령이 2천 년이 된다고 하였다.

작은 마을이지만 소칼로 주변의 공원은 잘 정돈되어 있고 시민들의 휴식처 였다. 우리는 잔디밭에 자리를 깔고 아침에 호텔에서 만든 주먹밥으로 점심을 해결했다. 이번 여행에서 현지 음식이 입맛에 맞지 않아 휴대용 밥솥으로 직접 밥을 지어 먹기도 하였다. 잔디밭에 앉아 주변의 상점에서 사 온 맥주와 함께 먹으니 소풍 나온 기분이 들었다.

다시 이동한 버스는 고대 사포텍 족의 유적지 몬테 알반에 도착하였다. 멕시코 남부 오아하카에 살았던 인디언의 한 종족인 고대 사포텍 족은 이곳 산꼭대기에 고도로 발달한 건축기술을 보여 주는 도시를 건설하였다. 메소 아메리카에서 가장 오래된 도시로 세계문화유산에 등재된 곳이다.

BC 8세기경 처음 세워졌으며, 3~4세기에 최전성기를 이룬 도시로 사포텍 족의 엘리트 계급이 이곳에 살았으며, 미스텍 족의 지배도 있었다. 오늘날 남아있는 부분은 이 도시의 종교적, 정치적 중추 부로 넓은 광장에 제단과 피라미드, 넓은 계단이 그들의 건축술의 뛰어남을 보여준다.

먼저 입구의 박물관부터 보았는데, 많은 전시품이 잘 정리되어 있었다. 주로 이곳에서 출토된 돌에 새겨진 고대인들의 생활상을 표현한 부조물과 그들이 사용하였던 생활 도구와 장신구, 아기자기한 토기가 많았다.

박물관 전시품

넓은 광장에는 신전과 함께 여러 基의 분묘도 있었는데 더위에 지친 일행들의 몇 명은 그늘에 앉아서 쉬고, 우리 4조는 높은 계단 위에 남쪽 플랫폼이라고 불리는 거대한 피라미드 위로 올라가기로 하였다. 계단 아래에서 아기를 안은 이곳 현지인 한 가족의 사진을 찍어 주었다. 아기를 안고 이 계단을 오르기에는 무리 같은지 남편만 계단을 올랐다. 그 남편은 목에 일제 카메라를 매고 있었는데 내게 어디서 왔느냐고 물었다. 내 사진기의 삼성이라는 로고를 보고는, 그 사진기의 값이 얼마냐고 물었다. 갑자기 물으니 가뜩이나 숫자에 약한 나는 당황하여 한참 계산하여야만 하였다. 30만 원보다 조금 더 주고 샀으니 얼마인가?

30$이라고 대답하고 헤어졌는데, 아무래도 틀린 것 같아 다시 생각하니 300$이 조금 넘는 듯하여 미안하였다. 다행히 그 남자를 다시 만날 수 있었기에, "로 시에또…" 하고 말을 건네었다. 사실은 300$ 조금 넘는 금액이라고 말하자, 그 남자는 한국에 관심이 많으며 다음에 꼭 한국에 가고 싶다고 하여, 내 이 메일 주소와 전화번호를 가르쳐 주고 한국에 오면 꼭 전화하라고 하였다. 귀국 후 메일함을 열어보니 정말 그 남자의 메일이 들어와 있어 답장하였다.

현지인들과 함께

저녁을 먹은 후 짐을 챙겨 밤 버스를 타기 위해 터미널로 향하였다. 이번 여행에서는 도시 간의 이동은 주로 버스를 이용하였는데, 도로 사정이 좋지 않으니 버스를 타는 것도 큰 고역이었다. 밤 9시에 출발한 버스는 다음 날 아침 8시에 도착한다고 하였다. 버스가 출발하자 소등하여 캄캄하였는데 창밖에도 거의 불빛이 없는 시골 도로를 달려야 하는데 꼬부랑 산길을 달리는지 몹시 흔들렸다. 창의 커튼을 살짝 들추어 보니 주먹만한 별들이 쏟아질 것 같았다. 손을 내밀면 손안에 반짝이는 별을 한 웅큼 잡을 수 있을 것 같았다.

　12시간을 야간 운전하는 기사는 얼마나 힘들까 하는 생각이 들었다. 우리는 깜빡 잠이 들기도 하는데, 운전사는 잠시도 눈을 붙일 수 없었다. 혹시 잠간 졸기라도 한다면 낭떠러지로 떨어 지는것 아닐까? 하는 걱정도 되었다. 나중에 보니 다른 운전사 한 명이 차의 짐칸에 잠을 자고 일어나 교대하였다. 사는 것은 어느 곳에서나 녹록하지 않다. 짐칸에서 덜컹이며 자는 것도, 긴 시간을 야간 운행을 하는 것도, 편안한 잠자리를 두고 먼 타국을 떠도는 나 자신도 모두 힘들지만 그게 사람이 살아가는 과정이라는 생각이 들었다.

11월 20일 시장에서 마지막 저녁을

　멕시코 남동부 치아파스주 중부 내륙 산간부에 위치한 산크리스토발은 다른 이름으로는 시우다드 데 라스 까사스 라는 긴 이름으로도 불리는데, 인디오 보호자 바르똘로메 데 라스 까사스(1470~1566)의 이름에서 비롯되었으며, 해발 2110m의 고산지대에 있으며 언덕으로 둘러싸인 계곡 아래의 도시다. 주민의 대부분은 마야 민족인 초칠족과 첼탈족으로 이루어져 있다. 유럽식의 좁은 자갈길과 빨간 타일의 스페인식 지붕들, 꽃들로 덮인 발코니와 가톨릭 성당들이 콜로니얼 시대의 역사적 유산을 보여 준다. 식민지 유산과 원주민 문화가 공존하는 국가 역사 기념도시로 지정하였다.

　호텔에서 짐을 풀고 샤워를 한 후 멀미 기운이 심해 잠시 자리에 누웠다. 깜박 잠이 들었다가 눈을 뜨니, 로비에 모일 시간이 임박하여 화장도 못 하고 나갔다. 오래된 이 도시의 골목은 알록달록 곱게 색칠된 집들이 모두 기념품 상점이었는데, 그냥 지나치기 어려울 정도로 눈길을 끄는 수예품들이 진열되어 있었다. 거리에서 관광객을 대상으로 행상을 하는 사람들은 대부분 여인들이었다.

산 크리스토발 시장

소칼로 중앙의 산토도밍고 성당은 '성 일요일 성당 '이란 뜻인데, 스페인어 영역의 도시 이름이나 성당 이름으로 많이 불리는 단어였다. 성당 앞면의 조각은 마치 상아로 조각한 듯 화려하고 아름다웠다. 성당 자비의 문 앞까지 바짝 붙어있는 시장의 천막이 아이러니하였다.

자비의 문을 들어서니, 경건하고 엄숙한 분위기. 기도하는 사람이 두어 명 보일 뿐 조용하여, 까치발로 조심조심 사진을 찍었다. 이곳의 성당들은 예배실도 여러 개 있고 빈 공간이 없을 정도로 많은 성화와 성인상이 세워져 있는 것이 한국과는 다른 분위기를 연출하였다. 일행들과 함께 시장 구경을 하였는데, 과일과 채소 등 먹거리가 풍부하였다. 즉석에서 짜서 파는 쥬스는 값도 싸고 맛이 있어 가장 인기있는 상품이었다. 우리도 시골 5일 장처럼 북적이는 시장을 돌아다니며 현지인과 손짓발짓으로 감자와 계란 등을 사는 재미가 쏠쏠하였다.

우리의 5일 장과 비슷한 분위기의 현지의 시장

멕시코는 다민족 국가로 백인과 인디언의 혼혈족인 메스티소가 60%, 인디언이 30%, 에스파냐계 백인이 9%, 그 밖에 물라토, 삼보 등의 소수민족으로 구성되어 있는데 피부가 노란 동양인들은 보기 어려웠다. 우리가 지나가면 주민들은 호기심 가득한 눈으로 바라보았다.

눈부신 태양과 파란 하늘은 조화를 이루어 도시 전체의 분위기는 밝았다. 11월부터 1월까지는 추운 겨울이라고 하였으나 우리의 초가을 날씨 같았다. 우리는 여행하기 가장 좋은 이 시기를 택하여 여행을 간 덕분에 항상 맑은 날씨였으며 거의 비가 오지 않은 건기여서 활동하기 좋았다. 골목 안의 알록달록 이쁘게 색칠된 집들의 창틀에 놓인 붉은 꽃들과 스페인식의 붉은 지붕들을 그림을 그리고 싶은 생각이 들어 계속 셔터를 눌렀다. 거리의 이쁜 찻집에 앉아 차 한잔 마시고 싶다는 생각이 들었지만, 일행들의 뒤를 놓칠 것 같아, 양해를 구하고 사진만 찍고 일어나니 아쉬웠다.

이쁜 찻집에서

언덕위에 조그만 교회가 있다고 하여 골목길을 따라 올라가 보았다. 막다른 골목 앞에 또 다시 이어지는 높다란 계단을 바라보니 헉~! 소리가 났다. 하늘 나라로 들어가는 문은 바늘구멍처럼 들어가기 어렵다더니. 작은 교회를 오르 는 것도 이만한 수고가 따라야만 들어갈 수 있는 모양이다. 규모가 작은 성당이 지만 안에는 여러 개의 예배실과 함께 많은 성상이 있었다. 특히 천으로 만든 드레스를 입은 성모상과 가운을 입은 예수상이 이채로웠다. 십자가상 아래에는 유리관으로 무덤 속의 예수상이 있었는데 그것을 바라보자 가슴이 저렸다.

발밑의 시내가 아스라하게 보였고 시내의 끝은 높은 산으로 막혀 있었다. 그 산은 지금도 간간이 화산 활동을 하는 활화산인데 그곳에도 가 보고 싶었 다. 계단을 내려오다 보니 원편의 타일로 모자이크된 이쁜 마을이 보여서 혼자 서 찾아 가 보았으나 찾지 못하고 되돌아 왔다.

언덕 위 작은 교회의 내부

소칼로 광장의 산토도밍고 성당 앞은 시민들의 만남과 휴식의 공간이었다. 광장을 중심으로 많은 상점과 시청 등 관공서들이 빙 둘러 세워져 있는 것 같았고, 광장에 나온 시민들은 거리의 음식을 사서 먹으며 한가한 시간을 보내고 있었다. 호텔로 들어가기 전 우리도 저녁 시간을 보내고 싶었다. 이곳에서도 현지인들은 우리에게 관심을 갖고 호의적으로 대해 주었다. 주변에 산책 나온 여인들이 우르르 몰려와 우리와 함께 기념사진을 찍었다.

기념품 가게의 아주머니와 함께

그동안의 일정에 대한 의견도 들을 겸 호텔로 들어가 로비에서 모이기로 하였다. 일행들은 각자 마실 음료수와 과일 등 간식을 하나씩 들고 오기로 하였는데, 일행 중 한 사람이 치킨을 사 와서 저녁은 그것으로 대신하기로 하였다. 처음 만나 서로 서먹하였던 사람들이 이런 모임으로 좀 더 가까워지는 듯하였다. 함께 맥주를 마시면서 이국에서의 밤을 즐겼다.

2016. 11. 9. 수

지난 밤은 모처럼 보이스 톡으로 아라와 통화를 하였다. 집을 떠난 지 일주일도 채 되지 않지만 한 달도 넘은 듯 길게 느껴졌다. 밥은 거르지 않고 잘 챙겨 먹는지, 학교 지각은 하지 않는지? 대학 4년인 숙녀이지만 내게는 아직 품 안의 아이처럼 연약하게만 여겨졌다. 해외로 나오면 호텔 안에서만 와이파이를 사용할 수 있다. 때로는 바로 곁에 있는 듯 선명하게 들리지만, 뚝 끊어져 버릴 때도 있다. "마미~! 보고 싶구먼요." 아라의 목소리를 들으면서 모처럼 달게 잠을 잤다.

  아침식사후 우리는 수미데로 계곡으로 갔다. 수미데로 계곡으로 가는 도로
는 마치 구름으로 떠 올라가는 듯하였다. 아마도 계곡이 높은 지역에 있는 듯
산길을 한 시간가량 달렸다. 창밖으로 스치는 풍경을 바라보니 멕시코의 중부
지역은 해발은 높지만, 토양은 비옥한 듯 산이 푸르고 작물들이 풍부해 보이
고 햇볕도 강하였다. 수미데로는 '땅 밑으로 흐르는 물'이라는 뜻으로 계곡을
유람선을 타고 2 시간가량 투어하였는데, 계곡이라기보다는 산속의 호수같다
는 느낌이 들었다. 양옆으로는 높게는 1000m의 절벽처럼 높은 산들이 병풍을
두른 듯하였다. 계곡 밑을 흐르는 강의 길이는 13Km나 되었다.

수미데로 계곡

이곳은 16세기 스페인 정복자들이 쳐들어왔을 때 이곳 원주민들이 더 이상 살 수 없다고 판단하여 높은 절벽 위에서 몸을 던졌다는 슬픈 이야기도 전해지는 곳이다. 멸종 위기의 동물들이 많이 살고 있으며 '꾸에바 데 꼴로레스' 라는 절벽에는 무기질들이 녹아내리면서 만들어진 과달루페의 성모상을 닮은 동굴도 있었다.

외국인들과 함께 유람선을 탔는데, 스페인어와 영어로 설명해 주었지만, 간간이 알아들을 수 있는 단어들도 있었지만 역시 해득하기에는 어려웠다. 그냥 눈앞에 보이는 절경을 감상하며 스쳐 가는 강바람을 즐겼다. 하얀 실비단을 펼쳐 놓은 듯한 물방울이 무지개를 만들었다. 가끔 악어도 볼 수 있었고, 선인장이 촘촘한 바위 사이에 독수리 떼도 보였다. 폭포에서 떨어진 물방울로 마치 크리스마스 츄리를 닮은 이끼 바위도 있었다. 마그네슘, 칼륨 등이 함유된 동굴 안 바위에서 무기질들이 녹아내리면서 만들어진 붉은 자국이 과달루페의 성모를 닮은 동굴의 벽화도 신비스러웠다.

점심을 먹은 후 혼자서 광장 주변을 한 바퀴 돌아보았는데 광장의 중심부에 적벽돌로 단정하게 세운 건물은 우리의 정자와 같은 역할을 하는 듯하였다. 시계탑 옆에는 동상도 세워져 있었는데 내 스페인 실력으로는 해석이 어려워서 안내문 사진만 찍고 돌아왔다.

박물관 같은 곳이 있어서 안으로 들어가도 좋으냐고 물었더니 허락하였다. 광장에서 보았던 동상의 주인공인 듯 남자의 초상화도 여러 장 걸려있고, 책이나 수레 등 세월의 흔적이 담긴 물건들도 진열되어 있었다.

수미데로 계곡 투어 후 우리는 재래시장에서 승합차를 내렸다. 밖에서 저녁 식사도 해결하고 이곳 현지인들의 사는 모습도 보고 싶었다. 농민들이 직접 기른 가축이며 채소와 과일을 들고나와 펼쳐 놓은 듯하였다. 우리의 시골 5일 장처럼 물건을 사고 팔기도 하고 만남의 장이기도 한 듯하였다. 말은 통하지 않았지만, 장터에서 흥정하면서 물건을 사는 재미가 쏠쏠하였다. 껍질째 파는 콩의 양이 많아 반만 사고 싶었는데 '반'을 어떻게 표현해야 좋을까? 싱싱한 딸기를 몇 개 덤으로 얻고 싶은데 뭐라고 해야 기분좋게 알아들을까? 손짓 발짓 의성어를 다 동원하여 원하는 것을 살 수 있을 때의 그 기쁨이란...!

호텔에 들어가기 전 치킨집에서 치킨을 먹고 밖으로 나오니 쿵쾅쿵쾅 풍악을 울리며 마을 축제 행렬을 하고 있었다. 지나가는 청년에게 호텔의 위치를 물었더니 영어와 스페인어를 섞어 가르쳐 주었다. 우리가 긴가민가하면서 골목을 돌고 있는데 뒤에서 그 청년이 뒤따라와서 우리와 함께 동행하여 호텔까지 데려다주고 돌아갔다. 참 친절한 멕시코 청년이었다.

껍질콩을 반만 산 후 같이 사진을 찍자고 하니 부끄럽다고 앞치마로 얼굴을 가린 아주머니

과테말라

2016. 11. 10. 목

아침 7시에 호텔에서 챙겨주는 도시락을 들고 산크리스토발을 출발하였다. 이번 여행에서 국경을 넘어 과테말라로 향하는 길은 육로를 선택하였는데, 국경을 통과하기 위해서는 출국세를 1인당 390페소를 내어야만 하였다. 그동안 여행 경비를 쓴 여행객에게 출국세를 받는 게 참 이해하기 어려웠다.

멕시코의 도로는 비교적 잘 정비되어 있었지만, 좁은 봉고 버스에 우리 일행 16명과 배낭과 캐리어 등 많은 짐을 싣고 이용하기는 힘들었다. 며칠 전 이용하였던 야간버스보다는 편할 듯하였으나, 국경으로 향하는 길이 어찌나 멀게만 느껴지는지?

국경 근처는 상점마다 물건들이 가득 쌓여 있어 시골장 같았다. 우리는 입국장 근처의 뒷골목에서 봉고 버스를 내려 짐을 끌고 내려가야 했다. 포장도 되지 않은 흙길을 무거운 배낭을 등에 지고, 한 손으로는 캐리어를 뒤뚱거리면서 끌고 내려오는 동안 이게 무슨 고생인가 하는 생각이 들었다. 배도 고프고 소변도 마려웠지만, 휴게소도 없었다. 산길을 달려 멀미 기운도 있고, 그냥 집으로 가고 싶다는 생각이 들었다.

국경 근처의 가게

입국세 400$을 내고 국경을 통과한 후 2대의 봉고 버스로 나누어 타고 께찰테낭고로 향하였다. 좌석이 넓으니 한결 수월하다는 생각이 들었는데 도로 사정은 열악하였다. 산악 국가이니 경사진 도로가 많았고 폭도 좁아 몹시 긴장되었는데, 다행히 젊은 운전사가 아주 능숙하고 침착하게 운전을 잘하여 편안한 마음으로 이동하였다.

아침 7시에 출발하여 저녁 6시에 호텔에 도착하였으니 거의 하루를 이동하였다. 이동하는 동안 휴게소가 없어 출국장과 입국장에서 소변도 보고 잠시 쉬었지만, 긴장의 연속이어서 몹시 피곤하여 호텔에 도착하자 그만 침대에 눕고 싶었다. 다행히 우리가 예약한 호텔은 생각보다 깨끗하고 침대도 폭신하고 편안하였다.

이번 여행에서 우리는 멕시코를 중심으로 하여 과테말라로 입국하고, 다시 멕시코 칸쿤에서 며칠 머물다 쿠바로, 쿠바에서 11박 12일 여행 후, 다시 멕시

코 칸쿤으로 들어와서 달라스를 경유하여 귀국하는 일정이라, 사실 여행한 지역의 지명이 멕시코인지 과테말라인지 헷갈리기도 하였다.

　과테말라의 정식 명칭은 과테말라 공화국이고, 중앙아메리카 중부에 위치하며 북서쪽에는 멕시코, 동쪽은 카리브해와 벨리즈, 남서쪽은 북태평양과 경계하며, 엘살바도르와 온두라스와 국경을 맞대고 있으며, 친미국가로 독재정치와 쿠데타로 좌우 게릴라의 대결이 잦아 정치적으로 불안하며, 지금은 중도좌파가 집권 중이다.

　수도는 과테말라 시티인데 치안이 불안하다고 하여 이번 여행 일정에는 빼버렸다. 면적은 한반도의 절반 크기이며, 인구는 1천5백만 명 정도로 메스티소와 유럽인, 키케족, 카키켈족, 맴족 등 다양한 종족으로 구성되어 있으며, 공용어는 스페인어이며, 가톨릭교와 개신교, 토착종교가 공존하는 국가이다.

환전을 하러 간 곳의 전자제품 매장에 있는 한국의 제품들　　환전소에서 만난 과테말라 여인과 함께

우리가 처음 방문한 케찰테낭고는 과테말라 남서부에 위치하며 해발고도 2330m, 고산지대로 인하여 대체로 추운 기후를 띠며, 계절은 우기와 건기로 나누어진다. 케찰은 원주민어로 과테말라의 국조의 이름인데 '깃털을 가진 뱀신'을 의미한다. 테낭고는 '장소'를 의미하며, 과테말라 제2의 도시로 일명 '셀라'라고도 불린다.

호텔에서 잠깐 휴식을 한 후 우리는 먼저 이곳의 환전부터 하기로 하였는데, 내 사진기가 없어졌다는 걸 알고는 인솔자에게 부탁하고 혼자서 급하게 호텔로 돌아왔다. 호텔 방에 두었다면 다행이지만, 모임 장소였던 로비에 두었다면 사라지지 않았을까? 숨을 헐떡이며 호텔로 돌아와, 허겁지겁 방문을 열어보니, 아. 테이블에 얌전하게 놓여 있지 않은가? 사진기의 값을 떠나서 그동안 찍은 사진들이 없어진다면.....얼마나 걱정하였는데....

우리는 1인당 200$를 환전하였다. 케찰은 한국돈으로 환전하면 170원 정도. 숫자에 약한 나는 미화 200$를 이곳 돈으로 얼마를 받았는지 기억도 나지 않는다. 일단 그 돈 중에서 3조의 총무를 맡은 룸메이트에게 1000케찰을 내었다는 기록만 있다. 우리는 간식과 물을 사는 돈을 공금으로 해결하기로 하였는데, 룸메이트가 적임자였다. 룸메이트는 계산도 정확할 뿐 아니라, 규모있게 공금을 사용하여, 덕분에 참 편안하였다.

환전소는 일일이 여권과 대조하여 달러를 교환하여 주었는데 시간이 걸렸다. 기다리는 동안 매장 안을 둘러보니 삼성과 LG의 제품이 많아 기분이 으쓱하였다. 전통의상을 입은 여인도 환전하러 온 듯한데, 한국제품의 스마트폰을 가지고 있었다. 그 여인과 짧게 스페인어로 인사말을 주고 받은 후 기념사진도 찍었는데 현지의 여사장 같아 보였다.

소칼로의 야경

2016. 11. 11. 금

과테말라에 입국하여 우리가 최초로 머문 호텔은 규모는 작았지만, 마치 중세 시대의 성주의 저택 같은 느낌이 물씬 풍기는 곳이었다. 복도는 약간 어두컴컴하였으나 암갈색 묵직한 나무문을 밀고 들어가면 폭신하고 넓은 침대와 벽난로까지 갖춘 방은 시간여행을 온 듯하였다. 며칠 여유를 갖고 이곳에서 느긋하게 머물고 싶다는 생각이 들었지만, 우리는 하루만 머물고 곧 빠나하첼로 이동해야 하므로 여유가 없었다.

아침 식사를 하려 로비로 내려갔더니 아직 식사 준비가 되지 않아 로비와 복도의 사진을 찍었다. 진열장에는 다양한 컵을 모아 진열해 놓았고, 초록색

목이 긴 유리병을 넝쿨 모양의 검은 쇠창살 아래 얌전하게 얹어 놓은 것이며, 검은 그을음이 거뭇하게 남은 벽난로며 책과 그림 등 모두 내 취향이었다. 눈을 반짝이며 성주의 저택을 구경하듯 이곳저곳을 기웃거렸다.

그때 복도를 지나가던 이곳 직원인 듯한 남자가 정원을 구경시켜 주었다. 시간을 거슬러 중세 성주의 초대를 받은 기분으로 정원을 구경하였다.

정원을 구경시켜 준 집사 아저씨

숙소의 정원

과테말라 전체 인구의 절반이 라디노라고 불리는 메스티조(원주민과 백인의 혼혈)이며, 나머지는 23개 부족으로 이루어진 아메리카 원주민으로 키체족, 카크키켈족, 케크치족, 맘족, 마야족 등 다양한 인종으로 구성된 나라라고 하였다. 메스티조들은 사회 각계에 진출하였으나 대체로 백인들의 영향력 아래에서 정체성이 부족한 반면, 원주민들은 순박하고 전통적인 방식으로 폐쇄적인 생활을 영위하며, 백인들은 사회표면에 잘 나타나지 않지만, 전체 인구의 7%를 차지하는 백인들이 이 나라의 경제권을 쥐고 있는 셈이다.

이방인인 나에게 호의를 베풀어 준 순박한 이 아저씨에게 "무차스 그라시아스!" 인사를 하고 기념사진도 찍고 식당으로 돌아오니 아직 아침 식사가 나오지 않았다. 오랜 시간 후 나온 음식은 겨우 팥을 으깬 스프와 계란 오믈렛과 구운 바나나였다. 음식은 별로였지만 서빙을 해 준 앞치마를 두른 뚱뚱한 여인은 친절하였다.

아침식사 후 버스로 빠나하첼로 이동하기 전 1시간의 시간적 여유가 있어, 어제 보지 못했던 께찰테낭고 소칼로를 한 바퀴 돌고 오기로 하였다. 지난 밤의 분위기와는 다른 아침을 준비하는 산뜻한 분위기의 광장이었다. 마주치는 사람 누구에게나 밝은 목소리로 "부에노스 디아스~!" 인사하고 싶었다. 청소를 하는 사람, 구두를 닦는 사람, 도시락으로 아침을 해결하는 사람 등 광장은 막 아침을 맞이할 준비를 하고 있었는데, 허물어진 그리스식 높은 석주 사이로 쏟아지는 햇빛이 눈부셨고 하늘은 더없이 높고 청명하였다. 이곳에도 역시 젊은이들은 스마트폰으로 무언가 열심히 보고 있었다.

광장을 중심으로 관공서와 호텔, 카페 등 상가가 빙 둘러 서 있었는데, 역시 이곳의 중심부에도 성당이 자리 잡고 있었는데 무슨 행사가 있는지 아침 일찍부터 정장 차림의 건장한 남자들이 입구를 지키고 있었다. 방해가 되지 않도록 조심히 들어가 성체조배를 하고 호텔로 돌아왔다.

스마트폰에 열중하는 젊은이

　께찰테낭고를 8시 30분에 출발하여 3시간 거리에 있는 빠나하첼로 향하였다. 짐이 많은 우리 16명이 2대의 승합차에 나눠 타니 여유가 있고 편하였다. 도시를 벗어나자 곧 커브가 심한 산길이라 산악 국가임을 실감하였다. 강한 햇빛이 쏟아지는 들판에는 옥수수가 자라고 나뭇잎은 눈부셨다.

　도로는 잘 정리되어 있었으나 아래를 내려다보면 아찔한 경사로였다. 다행히 차량이 많지 않았고 우리의 운전사는 조심성이 많았다. 속도를 내지 않고 흐름을 잘 이용하여 편안한 마음이 들게 하였다. 무엇보다도 우리가 원하면, 전망 좋은 곳에서 차를 정차해 주기도 하였다. 곡식이 익어가는 밭 사이로 드문드문 집들이 장난감처럼 박혀 있었고, 햇빛은 반짝였고, 숲을 건너 옥수수밭 사이로 불어오는 바람은 싱그러웠다. 우리는 소풍 나온 아이들처럼 자연 속에서 하나가 되고 싶었다.

뿔피리 소리에 음메~!

빠나하첼 숙소에 도착하여 곧 아티틀란 호수로 내려갔다. 빠나하첼은 현지인들은 '파나'라고 부르며 '외국인들의 마을'이란 뜻의 '그린고테낭고'라는 별명으로 불리는, 인디오의 고유 민속이 잘 보존되어 전 세계에서 많은 관광객이 찾아와 이곳에서 머무는 곳이라고 하였다. 혁명가 체 게바라도 이곳의 풍광이 너무 아름다워 잠시 혁명의 임무를 미루고 이곳에서 머물고 싶다고 할 정도로 아름다운 호수가 있는 마을에는 수많은 민예품 가게가 줄지어 있었다.

'세상에서 가장 아름다운 호수'라고 하는 아티틀란 호수는 화산이 폭발하여, 지름 18Km, 깊이 914 m의 분화구 호수로 현재 수심이 335m이며, 사계절 내내 쾌적한 기후로 '지상의 파라다이스'라고 한다.

아티틀란 호수에 반하여 게스트하우스에 장기 체류하는 여행자도 많으며, 호수를 따라 고기잡이와 사냥을 하는 마야 인디오의 전통마을도 흩어져 있다. 세계의 아름다운 3대 호수라고 손꼽히는 호수는 이곳과 캐나다의 루이스 호수, 페루의 티티카카 호수이라고 하였는데, 운좋게도 나는 이 3개의 호수를 다 가 본 셈이다.

호수가의 이 레스토랑에서 점심 식사

호수를 바라보는 레스토랑에서 먹은 40 께찰 짜리 쇠고기 스테이크는 입맛에 맞지 않았지만, 투명한 햇살이 쏟아지는 발코니에서 먹을 수 있어 좋았다. 하얀 파라솔 아래의 보랏빛 줄무늬가 들어간 테이블보도 마음에 들었는데, 밥을 먹는 사이에도 수많은 행상인이 찾아와 민예품을 사라고 졸랐다.

호수 주변에는 크고 작은 섬들이 많았는데 그 중의 아름다운 산티아고 마을을 유람선을 타고 들어갔는데 입구에서부터 온통 민예품을 파는 가게였다. 산티아고 마을은 선착장에서부터 시작하여 언덕길로 마을이 이어져 있었는데, 마을을 돌아 볼 생각은 하지 못하고 베틀을 짜고 있는 여인의 모습을 바라보고, 갖가지 물건들을 쇼핑하다가, 먼저 올라갔다가 내려오는 룸메이트를 만나 올라가기를 포기하고 거리의 찻집에 들어가 허브차를 마시며 조금 쉬었다.

아티틀란 호수

2016. 11. 12. 토

새벽에 눈이 일찍 떨어져 눈을 감고 있다가 더 이상 누워 있을 수 없어 슬그머니 방문을 밀고 나오니 주변의 열대화 향기인지 공기가 달콤하였다. 문 앞에 놓인 흔들의자에 앉아 얼굴을 간지럽히는 신선한 바람에 몸을 맡기고 정원을 바라보니 조그만 도마뱀이 바쁘게 오가는 모습이 보였다.

아침 식사가 끝나기 바쁘게 빠나하첼을 출발하여 안티구아로 향하였다. 어제 실컷 바라보고 사진에 담았지만, 차창으로 바라보니 또 새롭다. 아침 햇살을 받은 호수의 수면은 빛을 반사하여 금강석처럼 반짝였고 산허리를 감도는 구름 속에 포근히 안긴 호수의 모습은 평화롭기만 하였다.

아름다운 아티틀란 호수 앞에서

안티구아로 가는 도중 우리는 토착 신앙지 성시몬 교회에 잠깐 들렀다. 시몬 청년과 마을 처녀의 슬픈 전설이 전해오는 성시몬 교회는 기독교와 이곳 원주민들의 토착 신앙이 합쳐진 교회로 소망이 이루어진다고 하였다. 입구에서부터 많은 참배객과 물건을 파는 사람들로 복잡하였다. 안으로 들어서니 마당에 둥그렇게 양초를 세우고 불을 붙이는 사람, 성시몬 동상에 바칠 꽃다발을 들고 줄을 지어 차례를 기다리는 사람, 가족들과 함께 초를 공양하고 간절하게 기도하는 사람 등의 무리 속에서 나도 오색 무지개 초를 사서 공양을 하며 마음속의 염원을 빌었다.

교회의 입구에서 악기를 연주하며 노래를 부르는 마리아치들도 있었다. 그들에게 남은 돈을 기부하고 밖으로 나오니 무장을 한 군인들이 있었다. 동양인인 우리를 호기심 가득한 눈으로 바라보는 군인에게 다가가서 꾸아쁘(잘생겼다)~! 하면서 같이 사진을 찍자고 하였더니 기꺼이 응해주었다.

성시몬 교회입구에서 연주하는 마리아치

안티구아는 과테말라의 수도 과테말라 시티에서 북서쪽으로 25Km 떨어진 곳으로, 이곳이 바로 과거 과테말라의 수도였다. 스페인에 의해 건설되어 약 200년간 왕궁의 수도로 번영하였지만, 지진과 홍수의 피해가 끊이지 않아 1773년 현재의 수도로 천도하였다.

이탈리아 르네상스 양식의 영향을 받아 그리드 패턴(격자 모양)의 도시로 최대 번성기에는 인구 7만 명이 거주하였던 예술과 학문의 중심지였다. 근처에 아구아, 아카테낭고, 푸에고 등 화산이 있어 지진의 피해가 많다. 12개의 수도원, 20여 개의 성당, 학원과 대학 등이 있었던 유적지이다.

중앙 광장의 르네상스식 건물

허물어진 옛 건축물

정식 명칭은 '안티구아(뜻: 옛) 과테말라'인데 줄여서 '안티구아'라 부른다. 인구 3만 명의 안티구아는 도시 전체가 유네스코 세계문화유산으로 지정되어 현지인보다 관광객이 더 많이 눈에 띄는 곳으로 지진의 피해를 입었지만, 옛 왕궁의 수도답게 아직도 곳곳에 아름다운 유적지가 많이 남아 있다.

우리는 이번 일정에 과테말라의 수도인 과테말라 시티를 넣지 않았다. 어떤 나라를 여행할 적에 항상 정치 경제 문화의 중심지인 수도를 방문하였지만, 이 곳의 치안이 불안하다고 하여 바로 그 곁을 지나치면서도 수도를 방문하지 않아 속으로 많이 아쉬웠다. 12시쯤 호텔에 도착하였지만, 3시에 체크인이라 가방만 맡기고 마을 구경을 나섰다.

스시 식당에서 점심을 먹은 후 일행들은 호텔로 들어가고, 나는 혼자 식당 근처의 허물어진 사원으로 들어가 보았다. 붉은 담장을 끼고 열린 문으로 들어서니 시간이 멈춘 듯하였다. 담장을 하나 사이에 두고 300년의 세월을 거슬러 오른 듯하였다. 정면에는 앞면에 머리가 잘린 석상들이 세워져 있었는데, 안내인이 없어 이곳이 무엇하였던 곳인지 물을 수도 없었다. 약간 신비한 분위기를 풍기는 정면의 건물은 출입이 금지되어 들어갈 수 없었고 멀리서 사진만 몇 장 찍고 서둘러 나왔다.

그 건물 옆에는 박물관 같은 건물이 있어 입구의 관리하는 사람에게 들어가도 좋으냐고 물었더니 친절하게도 허락해 주었다. 옆의 음산한 분위기의 허물어진 건물과는 다르게 이 건물은 현대식으로 산뜻하고 가운데는 아름답게 가꾼 정원도 있었다.

계단을 따라 2층으로 올라가니 스페인풍이 느껴지는 발코니가 있었는데, 이곳에도 방문객은 없고 실내에서 작업을 하던 인부만 두 명 보였다. 사진기를 내밀며 사진을 찍어 달라고 하였더니 일손을 멈추고 사진을 찍어 주었다. 그들의 일손을 방해하는 것 같아 어서 내려왔다.

　3시에 호텔 체크인을 하고 잠시 휴식을 취한 후 우리 일행들은 일용한 양식과 용품을 구입하기 위해 재래시장을 가기로 하였다. 어디에 가든지 가장 사람 사는 냄새를 맡을 수 있는 곳이 바로 재래시장이다. 시장은 치열한 삶의 현장이며, 위안과 격려와 용기를 얻을 수 있는 곳이다. 좁은 통로로 들어가니 또 다른 세상이었다. 미로 같은 골목에서 일행을 놓칠까 염려하면서 부지런히 따라 걸었다. 이곳에도 소매치기가 많으니 각별하게 소지품에 신경써야 한다고 하였다.

　채소와 과일가게, 쌀가게, 생선가게 등 우리의 시골 5일 장과 비슷하였다. 민속 의상을 파는 곳과 민예품을 파는 가게와 꽃가게에 제일 눈이 갔다. 우선 쌀을 사고 상치와 당근, 토마토 양파등 채소와 과일을 산 후에 우리는 가장 단백질 섭취가 쉬운 계란을 찾았다. 계란을 산 후 주인에게 물었더니 Huevos de gallina 라고 적어 주었다. 계란을 살 때마다 계란이 어디에 있는지 몰라, 우리 일행은, 꼬꼬댁! 하고 소리 지르며 엉덩이를 두들기며 뿡! 하고 갖은 제스처를 동원하여 물었는데, 이렇게 수첩에 메모를 하였으니 이제 쉽게 살 수 있도록 열심히 외웠다. 스페인어는 h는 묵음이므로 '우에보'라고 하면 누구나 알아 들었다.

복잡한 재래시장

복잡한 시장을 빠져나와 우리는 근처의 대형 슈퍼에 들어갔는데, 나는 내일 커피농장 견학을 가기 위해 인솔자와 함께 근처의 여행사로 갔다. 커피 농장 견학 희망자가 2명 뿐이었고, 일행이 적으면 투어 비용이 좀 더 추가될지도 모른다고 하였는데 다행히 동일 가격 155께찰로 예약하였다.

시장에 나온 한 가족

커피농장 투어 예약을 한 후 일행들이 들어간 슈퍼입구에서 기다렸는데, 그곳의 계단에 어린아기들을 주렁주렁 매달고 앉아서 누군가를 기다리는 두 여인이 황색 얼굴의 우리를 신기한 눈으로 바라보았다. K가 아기들에게 가방에서 꺼낸 한국산 소세지를 주었더니 수줍어하며 맛있게 먹었다.

시장에서 일용한 양식을 사서 주렁주렁 들고 소칼로 광장을 지나 호텔로 들어가는 길은 토요일이라 한결 사람들이 더 많았다. 호텔 근처에 파사드만 남은 사원이 있었는데 그 사원이 카르멘 사원. 안티구아에는 골목을 돌아서면 허물어진 사원을 발견할 수 있었는데, 산 호세, 산타 클라라, 산 에로니모, 산 프란치스코 등 성인의 이름이 붙은 교회들이 있었는데, 카르멘 성인도 있었는지 궁금하였다. 비제의 오페라 '카르멘'으로 익숙한 그 이름이 교회의 이름이라니….

카르멘 사원은 파사드의 기둥에 붙은 장식도 연방 떨어질 듯하였다. 석주의 둥근 기둥을 빙 돌아가며 넝쿨 문양의 조각을 새겨 놓았는데. 돌기둥에 하얀 석회 반죽을 붙여 조각을 한 것 같았다. 내부는 들어가지 못하도록 철창을 세워 두었는데 잡초가 자라고 있었다. (1728년에 완성되었으며 대지진으로 파괴되었다고 하였다.)

허물어진 벽을 따라 많은 민예품을 펼쳐 놓고 파는 상인들이 있었다. 나중에 인솔자에게 들으니 이곳은 주말에만 서는 벼룩시장이라고 하였다.

카르멘 사원 앞의 벼룩 시장

우리는 호텔로 돌아와 쿠커를 꺼내 쌀을 씻어 저녁 준비를 해놓고 호텔에서 30분 거리에 있는 십자가의 언덕을 오르기로 하였다. 도시의 구조가 격자무늬로 되어있으므로 모든 길 들은 반듯반듯하였고, 한 모퉁이를 돌아서면 역사의 흔적이 남은 건물들이 눈에 들어왔다.

산책 겸 언덕을 오르기로 하였지만, 그동안 운동이 부족한 나에게는 산책이 아니라 힘든 등산을 하는 것처럼 숨이 차 헉헉거리면서 올랐다.

헉헉대며 몇 구비를 돌아 오른 십자가의 언덕은 커다란 십자가만 덩그러니 세워져 있고 주변은 그냥 밋밋한 언덕배기일 뿐 아무것도 없었다. 브라질의 그리스도상을 연상하며 올랐던 나에게는 약간 실망스러운 곳이지만, 안티구아 시가지를 내려다보며 전망을 즐길 수 있는 곳이었다. 언덕에서 바라보니 맞은 편에 아구아화산 끝부분은 구름에 쌓여 있었다. 십자가를 배경으로 시민들이 기념사진을 찍고 있었는데 순서를 기다려 우리도 사진을 찍고 다시 언덕을 내려와 관광객들의 왕래가 많은 중앙광장으로 향하였다.

십자가 언덕과 마주 보이는 화산

안티구아는 옛 과테말라의 수도여서 많은 성당과 수도원이 있다. 우리는 저녁 산책 삼아 메인광장인 아르마스로 향하였다. 산들산들 불어오는 바람은 마치 우리나라의 초가을 바람 같았다. 때마침 구름 사이로 보름달이 나오니 어찌나 반가운지 손을 흔들었다.

긴 장거리 이동 시간이 지루하고 가방을 풀고 싸는 일이 힘들지만, 이렇게 낯선 거리를 걸을 때면 나를 구속하였던 모든 것에서 해방된 듯하였다, 풍선처럼 둥실 떠 오른 마음으로 킬킬거리며 다닐 수 있는 것은 우리가 나를 전혀 모르는 낯선 곳으로 여행하고픈 마음이기 때문이 아닐까?

산타 클라라 아치는 산타 클라라 수도원으로 들어가는 아치형 문이었다. 멕시코 출신의 수녀와 교황 특사가 이곳에 도착하여 세운 수도원으로 첫 수도원은 1717년에 지진으로 파괴되었고, 1734년 다시 건축하였으나 대지진으로 파괴되고 아치만 복원되어 여행자들의 필수 코스가 되었다.

산타 클라라 아치

우리는 이곳의 떠들썩한 분위기에 휩싸여 이곳의 분위기를 즐기고 싶었다. 길가에 즐비한 레스토랑과 카페를 기웃거리면서 아치문으로 걸어갔다.

산타 클라라 수도원 안의 광장에는 토요일을 즐기는 시민들이 나와서 산책도 하고 어수선한 분위기 속에서 음식을 먹고 있었는데 우리도 가판대의 음식을 먹을까? 하고 기웃거려 보았으나 우리의 기호에는 맞지 않고 배탈이 날 것 같은 생각에 눈으로만 보고 지나쳤다.

공터인 줄 알았던 그곳은 바로 라 메르세드 성당 앞이었다. 라 메르세드 교회는 안티구아에서 가장 아름다운 건물로 꼽힌다고 하였다. 정면 파사드가 노란색 바탕에 마치 하얀 레이스로 장식을 한 듯하였다. 이곳은 지진 활동이 심한 지역이라 종탑이 낮고 폭이 넓은 듯하였다.

성당 안으로 들어가 보니 때마침 성대하게 혼배미사가 열리고 있었다. 아마 이곳 재력가의 집안의 혼례인 듯 하객들이 많았고, 남성 성악가가 구노의 아베 마리아를 불렀는데 어찌나 은혜로운지. 나도 함께 미사를 참례하며 성체도 영하고 신혼부부를 축하해 주었다.

라 메르세드 성당의 결혼식

2016. 11. 13. 일

새벽 일찍 잠이 깨어 뒤척이며 아침이 오기를 기다렸다. 새벽형인 나는 집에서도 거의 4시에 일어나 책을 읽는다. 내 집이니까 내 마음대로 행동을 할 수 있지만, 밖에 나오면 새벽 일찍 불을 켤 수 없는 것이 힘들어 가능한 잠은 집에서 잔다. 여행을 떠나면 대부분 가족이 아닌 룸메이트와 함께 방을 사용하는데, 새벽에 눈을 떠도 불을 켤 수 없어 죽은 듯이 누워서 시간을 보내는 것이 힘들다. 내 룸메이트는 내게 새벽에 불을 켜도 좋다고 하였지만 그래도 마음은 편치 않다.

오늘은 자유일정이라 각자 가고 싶은 곳을 자유 여행하기로 하였다.

호텔 앞에 8시 15분에 픽업하러 온 짚차는 군용 트럭처럼 튼튼해 보였다. 골목을 돌며 커피농장 투어 할 사람을 싣는 모양인데 다시 우리 호텔 앞까지 한 바퀴 마을을 돌아도 외국인 커플 2 사람을 포함하여 4명이 전부였다. 155깨찰이면 3만 원 비용이니 비싼 편이라는 생각이 들었다.

커피 체험 짚차

우리를 실은 짚차는 결국 우리 4명만 태우고 뒤뚱거리며 골목을 달렸다. 시내의 도로는 대부분 마차가 다녔던 울퉁불퉁한 보도를 그대로 사용하고 있으니 요즘 매끄러운 아스팔트 도로를 달리는 자동차가 다니기에는 조금 불편하였다. 그래도 긴 세월을 버티고 온 자연석 돌길이 더 튼튼하고 운치있어 보여 좋았다. 시내를 벗어나 화사한 햇살을 받은 나무들이 반짝이는 풍경을 바라보며 드라이브하는 기분을 느끼려고 하였는데 의외로 커피 농장은 가까웠다.

9시에 나온 젊은 가이드는 오픈카를 운전하며 군데군데 차를 멈추고 커피나무의 성장 과정을 영어로 설명해 주었다. 땅속에서 막 솟아오른 묘목을 약 1

년 지나면 모심기를 하듯 다른 곳으로 옮겨 심고 그늘을 좋아하여 큰 나무 밑에서 키운다고 하였다.

커피는 적절한 일조량, 적절한 그늘, 1000~2500mm의 강수량 등의 조건과 비옥하고 배수가 잘되는 화산 재질의 비옥한 토양에서 잘 자라며 절대로 서리를 맞으면 안 되고, 년 중 25도 온화한 기온에서 잘 성장하는데 이곳 중앙 아메리카가 가장 적절한 곳이어서 '커피 벨트'라고 한다.

커피 농장의 꽃마차

가이드는 커피나무에서 붉은 열매를 따서 우리 손에 얹고 눌러 보았다. 붉은 과육이 터지면서 안에서 하얀 커피콩 2조각이 나왔는데 신기하였다. 붉은 과육은 먹을 수도 있다고 하여 맛을 보았더니 새콤달콤하였다. 나무에 자잘하게 붉은 열매가 달린 커피나무가 보기 좋았다.

마당이 넓은 건물 안에 여러가지 기계가 있는 커피공장이었다. 손으로 채취하여 건조에서 완제품이 나오기까지의 전 과정을 볼 수 있었는데 오늘이 일요일이라 인부들이 직접 일하는 모습을 볼 수 없어 조금 아쉬웠다. 마지막으로 커피 시식하는 곳으로 갔는데 그윽한 커피향으로 가득 한 곳이었다. 무슨 커피를 마시겠느냐고 물었지만, 카페인 알레르기가 있는 나는 노 댕큐. 사실 커피의 성장과 생산과정을 보고 질 좋은 커피 시식을 하기보다는 커피나무가 우거진 농장의 전원풍경을 기대하고 왔기에 조금 실망스러웠지만, 과테말라에서 이런 커피 농장을 체험하는 것도 여행의 한 부분이라고 생각하였다.

커피 농장에서

커피농장을 다녀온 후 점심을 먹고 아르마스 광장을 여유롭게 돌아보았다. 이곳의 사람들은 물질적으로는 빈곤한지 모르지만, 정신적으로 퍽 여유가 있어 보였다. 어디를 가나 다양한 축제가 열리고 있으며 사람들의 표정은 맑고 순수하였다. 그들의 환경이 우리의 눈에는 결핍이지만 그들에게는 하루하루가 풍요로운 날이었다.

아르마스 광장은 휴일을 맞이한 시민들이 소풍이라도 나온 듯 흥청거렸다. 그들의 축제에 함께 동화되지 못한 이방인인 나는 광장의 한 박물관으로 들어갔다. 현지인에게는 무료로 개방되지만, 외국인에게는 터무니없이 비싼 입장비를 요구하였다. 억울한 생각이 들어 그냥 지나칠까 하다가 입구의 관리인에게 다가가서 말을 붙였다.

나는 한국에서 온 관광객인데, 우리 한국은 외국인에게도 박물관을 무료로 개방한다. 자기 나라에 온 손님을 대접해야 하는데 어째서 더 비싼 요금을 요구하느냐고 따졌다. 그는 애매한 미소를 지으며 반값을 내라고 하여 웬 떡이냐는 생각이 들어 돈을 냈더니, 그는 티켓을 주지 않고 그냥 들어가라고 하였다. 그는 아마도 삥땅을 친 게 아닐까?

삥땅을 치든 말든 알아서 하겠지 생각하며 안으로 들어가니 특별한 전시품도 없었다. 이 정도의 유물을 보관하고 전시하는 것도 대단한 일이라고 생각하며 구석구석 빼놓지 않고 구경을 하였다.

박물관 안의 진열품. 악기인 듯

박물관을 나와서 혼자서 오래된 도시를 한 바퀴 더 돌고 싶었다. 한가한 시간을 즐기는 이곳 여행자들은 이 유서 깊은 도시에서 여유있게 며칠 묵으면서 보내는 곳이라고 하였지만, 일정이 바쁜 우리는 내일이면 또 다른 지역으로 이동해야 하기에 아쉬움이 컸다. 길눈이 어두운 나는 길을 잃지 않기 위해 주변의 건물들을 눈여겨보면서, 어제 걸었던 골목을 지도에 체크를 하면서 천천히 걸어 보기로 하였다. 허물어진 건물들의 잔해들과 석조 아치형 문과 벽에 새겨진 문양과 돔 안에 세워진 조각들이 모두가 예사롭지 않은 작품이었음을 느꼈다.

허물어진 벽 사이를 비집고 올라와 자라는 넓고 싱싱한 푸른 잎사귀들이 괴기스럽게 느껴지고 혼자서 다니는 게 어쩐지 두려워지기도 하였다. 오래된 도시가 신비스럽고 매력적이기는 하였지만 더 이상 나가면 길을 잃을 것 같아 그만 단념하고 다시 아르마스 광장으로 향하였다. 아르마스 광장이 나오면 호텔은 쉽게 찾을 것 같다는 생각이 들었다. 돌아가는 길에도 이곳 사람들의 수놓인 화려한 의상들이 눈길을 끌었다.

머리 숱이 많은 할머니의 머리 장식

우리는 이곳의 대중교통 수단인 치킨버스 탑승을 해 보기로 하였다. 치킨버스는 우리말로 풀이하면 닭장 버스라고 하면 좋을까? 우리의 50~60년대의 시골 장을 오가는 버스를 연상하면 좋을 것이다. 정류소가 아닌데도 손만 들면 어느 곳에서나 버스를 탈 수 있었던 그 시절. 이곳의 치킨버스는 미국에서 학생들을 운송하였던 노란색 스쿨버스를 수입하여 이곳 사람들의 취향에 맞게 요란한 치장을 한 노후한 버스로, 사람과 가축이 함께 타는 버스인데 좁은 좌석에 여러 사람이 탑승하여 무릎이 맞닿을 뿐 아니라 꼼짝달싹 움직이기도 어려운 버스였다.

아르마스 광장과 재래시장이 가까운 지역에 시외버스 정류소가 있었다. 시내를 벗어나자 속력까지 내어서 질주하니 멀미가 올라올 것만 같았다. 우리가 자리를 차지하여 오래만에 시내 나들이를 나온 그들에게 피해를 주는 듯하여 옆에 앉은 아저씨에게 미안스럽기까지 하였다. 우리는 어디인지 알 수 없는 지역에 내려서 다시 되짚어 시내로 돌아왔다.

치킨버스 탑승

2016. 11. 14. 월

안티구아를 떠나 국립공원 세묵 참페이로 떠나는 아침이 밝아왔다. 간단하게 아침을 먹고 짐을 챙겨 8시 반 출발. 길고 긴 시간을 꼬부랑 산길을 달려 세묵 참페이로 향하였다. 우리가 가는 세묵참페이는 과테말라 중부 지방인 코반에 있는 국립공원.

고풍스러운 도시 안티구아를 짧은 일정으로 지내고 떠나는 게 아쉬웠다. 도시를 벗어나자 곧 수도로 향하는 도로인 듯 멀리 과테말라시티가 보였다. 가보지 못한 곳은 항상 아쉬움이 남는 곳이라 목을 길게 늘여 바라보았다. 역시 수도답게 사람들의 왕래가 많고 높은 건물도 많은 듯하였다.

한반도의 절반 크기의 과테말라는 90%가 산악지역이라고 하였다. 과테말라는 수도권지역, 고원지대(중앙, 서부, 북부), 평원지대(동부), 마야 유적지가 있는 북부의 페텐 밀림지역, 해안 저지대 등으로 나눈다. 주로 해발 1300~2500m의 고원지대에 도시가 형성되어 있다고 하였다. 열대 기후 지역에 속하지만, 카리브와 태평양 연안의 해안 지역은 따스한 해수의 영향으로 평균 C25~30도이며, 불규칙한 지형의 영향으로 다양한 기후가 나타나는데, 저지대는 고온다습한 열대성 기후이며, 건기인 11월~5월은 연평균 18~25도, 5월~10월까지의 우기는 연평균 12~22도.

우리가 여행을 한 11월은 더위를 느끼지 않고 여행하기에 적당한 기후였다. 화창한 날씨여서 파란 하늘에 그림을 그려 놓은 듯 하얀 구름이 장관이었는데, 코반으로 가는 길에는 비가 살짝 뿌려 창밖 풍경이 운치를 더하였는데, 어쩐지 마음은 말랑말랑해지고 센티해지는 듯하여 눈가에 살짝 눈물이 맺혔다.

휴게소에서 햄버거로 점심을 때우고 끝없이 꼬부랑길을 온몸이 키질하듯 흔들리며 기진맥진한 상태로 10시간을 달려 숙소에 도착하였다.

2016. 11. 15. 화

지난밤 늦은 시간에 도착한 숙소는 깊은 산속에 있는 곳으로 발전기를 돌려 전기를 공급하였는데 밤 10시가 되면 소등이 되었다. 새벽에 눈을 뜨니 흐르는 물소리와 알 수 없는 새들의 소리가 들렸다. 가만히 누워서 아침이 오기만을 기다리는데 숙소 바로 문 앞을 스쳐 가는 짐승의 소리가 들리고 무언가 뒤적이는 소리가 들려 바짝 긴장되었다. 룸메이트는 깊은 잠에 빠졌는지 고른 숨소리가 들려 깨울 수도 없었다. 날이 밝아 용기를 내어 살그머니 문을 열었더니 현관 앞이 엉망이었다. 지난 밤, 쓰레기통에 버린 음식들을 어떤 짐승이 뒤적였던 모양이다. 방갈로식으로 띄엄띄엄 떨어져 있고 허술해 보이는 방에서 지내는 것이 무서웠다.

지난밤에는 샤워실 물이 나오지 않아, 씻지도 못하고 잤는데 이른 아침이니 물이 나올지도 모르겠다는 생각으로 물을 틀었으나 마찬가지였다. 씻기를 포기하고 주섬주섬 옷을 주위입고 사진기를 들고 밖으로 나왔다. 눈앞을 가로막는 높다란 산은 툭툭 잠을 털고 푸른빛으로 아침을 준비하고, 이름을 알 수 없는 새들은 이리저리 날개짓을 하며 서로 바쁘게 교신을 하였다. 숲과 개울의 신선한 아침 공기가 내 가슴과 세포를 하나씩 열리게 하였다.

우리의 숙소가 있는 방갈로촌

아침 식사 후 우리는 근처에 있는 국립공원으로 향하였다. 과테말라 국립공원 안에 있는 세묵참페이는 마야어로 '성스러운 물'의 뜻. 자연이 선사한 아름다운 옥빛 물빛이 계단으로 형성된 계곡이다. 터키의 카파도키아 온천이 우유

빛인데, 이곳은 옥빛이라 더욱 신비롭다. 입구에서 티켓팅을 하였는데 이곳도 역시 외국인들은 더 많이(50케찰) 받았다. 입구에 들어서자 숲속의 길은 가파르고 미끄러워 조심조심 걸어야만 하였다. 30분 정도 산길을 오르니 전망대가 나타나서 아래를 굽어보니 옥색빛 찰랑이는 계단식 계곡이 있었다.

　일행 중 몇 명은 수영복으로 갈아 입었으나, 나는 번거로워서 그냥 발만 담그고 물가만 맴돌다 가고 싶었는데 결국 옷을 입은 채로 물속으로 들어갔다. 발을 담그니 곧 조그맣고 투명한 고기떼들이 몰려와 발가락을 간지럽혔다. 발가락 사이를 헤엄치는 고기를 잡으려고 스카프를 물속에 담그니 도망갔다. 우리는 물속에서 노래도 부르고 물장구도 치며 놀았다. 근처의 서양인 젊은이들은 투명한 햇살에 일광욕도 하였는데, 우리는 그늘을 찾아 수영을 조금 하고 나니 배가 고팠다. 물놀이도 역시 젊을 때가 좋은 거지?

옥빛 물이 찰랑이는 계단식 물

2016. 11. 16. 수

어제 오후에 숙소 근처의 강에서 고무보트를 이용한 투빙도 하고 저녁에는 그곳 현지인 종업원들과 함께 살사 댄스파티도 하였다. 살사를 배우지는 않았지만 그들의 춤추는 모습을 보니 몸이 들썩거려 그들의 춤동작을 따라 몸을 흔들고 밤이 이슥하여 방갈로로 돌아왔다. 방갈로 문을 열기 전에 문득 눈에 들어온 보름달에 홉~! 하고 감탄사가 터졌다. 방으로 들어가려다 발길을 멈추고 오래오래 달을 바라보았다. 방으로 들어와 누워도 쉽게 잠은 오지 않았다.

다음날 6시에 기상하여 7시에 플로레스를 향하여 출발하였다. 다시 트럭을 타고 내장까지 흔들리는 꼬부랑 산길을 달려 다시 우리 여행사의 승합차로 바꿔탔다. 일행들은 멀미를 하는 내게 운전사 옆 좌석을 양보해 주었다. 우리의 운전사는 안전을 우선으로 하며 침착하게 운전을 하였고 우리가 원하면 언제나 차를 세워 경치를 감상하게도 하였다. 멈춘 길가의 작은 레스토랑에서 운전사의 점심을 내가 대신 지불하였더니 무척 고마워하였다.

바지선으로 이동하여 플로레스로

　　새벽 3시 알람 소리에 눈을 떴다. 오늘은 이곳 최대의 도시 유적으로 유명한 티칼 유적지로 가는 날이다. 열대우림 지역이라 새벽 일찍 출발하여 선선할 때 유적지를 볼 생각으로 새벽 4시 30분에 출발하여 쭉 뻗은 도로를 달려 6시 이전에 도착하였다. 아직 해가 뜨기 전이었는데 키가 높다란 나무 아래에 둥근 달이 걸려있었다. 키가 큰 나무는 동서양을 막론하고 신성시되는 모양인데 이곳의 나무는 하늘 높이 치솟아 정말 하늘과 인간을 연결해주는 듯하였다.

　　60㎢ 범위의 정글 한가운데 울창한 수목 속의 넓은 티칼 유적지는 고도로 발전한 예술, 건축, 문자, 달력, 천문학 체계로 고대 아메리카 대륙에서 가장 세련된 문화를 이룩하였던 마야인들의 주요 도시 중심지였다고 하였다. 최전성기 때는 왕족과 귀족들이 살았던 인구 수 만명의 활기찬 도시였다고 한다. 중앙의 아크로 폴리스는 상류 계급의 주거지였으며, 주변의 제1 신전부터 제5 신전까지의 피라미드와 왕의 고분이 있으며 많은 유물이 발견되었다.

　　기원전 600년경의 주거 터, 250~900년경의 제사센터, 250~550년경에는 마야 최대 교역의 중심지로 전성기를 이루었으며, 남아크로폴리스에는 피라미드와 신전 광장, 저수지의 유적이 남아있고, 1979년 유네스코 세계 문화유산으로 지정되었다.

티칼 유적지에서

티칼 유적지 탐방을 마친 후 우리는 다시 플로레스로 돌아와 숙소 근처의 대형매장에서 식료품을 사고 남은 돈으로 양말을 샀다. 내일은 다시 멕시코로 가야 하므로 과테말라의 돈을 다 써야 했다. 공산품을 거의 멕시코에서 수입하기 때문에 물가는 비싼 편이었다.

숙소에 돌아와 감자와 고춧가루를 넣고 참치캔으로 찌개를 끓였더니 김치찌개와는 비교가 되지 않았지만, 그런대로 얼큰하고 맛있었다.

오래만에 빨래를 하여 햇볕에 고슬고슬 말리니 어찌나 행복한지? 빨래를 말릴 수 있는 공간과 햇볕이 이렇게 고맙게 여겨질 줄이야. 빨래를 널어놓고 시원하게 문들을 다 열어놓고 낮잠을 즐겼다. 해가 뉘엿뉘엿 넘어갈 무렵 호수를 산책하였다. 좁을 골목으로 올라가 보았는데 가장 높은 곳에는 조그만 교회가 있었다. 교회의 커다란 나무들은 새들의 보금자리인 듯 하루를 마감한 새들이 서로 기쁘게 하루를 보낸 것을 인사하며 노래하는 듯하였다.

삐덴 호수가에서 낚시하는 사람들

멕시코

과테말라에서 마지막 밤을 보내고 다시 멕시코로 향하는 날. 새벽 5시 출발이라 알람을 4시에 맞추었는데 눈을 뜨니 새벽 3시. 한국은 오후 6시라 오래만에 아라와 카톡을 하였다. 아라는 내일 대학원 면접날이라 약간 긴장이 되는 모양이었다. 아라는 이제 대학교 4년생으로 대학원 진학을 준비하고 있다. 뒤늦게 얻은 딸이라 더욱 애틋하지만, 아직 내 손길이 필요한 아라를 혼자 두고 이렇게 한 달 넘도록 집을 비우는 나를 보고 친구들은 이기적이라고 하였다. 내가 딸이 없는 동안 쓸쓸하듯이 아라도 분명 내가 없는 동안 허전할 것이다. 이렇게 반대편 나라에서 떠도는 게 여간 미안하지 않았다. 격려의 문자를 보냈더니 "엄마 보고 싶어요."

샤워 후 짐을 챙겨 5시에 승합차에 탑승하여 멕시코 국경으로 향하였다. 모지리는 잠을 차 안에서 자려고 하였지만, 정신이 점점 더 투명해지고 어둠 속을 달리는 창가에 얼굴을 기대고 이런저런 생각으로 복잡했다. 국경지대에 도착하니 아직 문이 열리지 않아 기다렸다.

육로를 통하여 멕시코로 입국하는 곳이라 검색이 엄하여 우리는 긴장하였다. 우리의 짐을 길게 줄 지워 세우게 하고는 경찰견을 몇 번이나 돌게 하였다. 영리하게 생긴 커다란 검은 개가 우리 가방 사이를 뛰어넘는데 무서웠다. 배낭도 열게 하고 속에 있는 물건들 하나하나 철저히 검사하였다. 특히 농산물 반입이 어렵다고 하여 우리는 길가에서 남은 과일을 다 먹었다.

멕시코 국경을 통과하니 도로의 수준이 과테말라와는 확연히 달랐다. 내 옆에 앉은 멕시코 현지 가이드 율리우스와 영어와 스페인어로 대화를 하였다. 도로 사정이 좋지 않은 곳은 과테말라 도로라고 농담도 하는 율리우스는 아내와 아들의 사진을 스마트폰으로 보여 주면서 자랑을 하기도 하였다.

오후 늦게야 멕시코 국경도시 팔랑케에 도착하여 숙소에 짐을 풀고 잠깐 눈을 붙인 우리 4조는 우선 팔랑캐 시를 한바퀴 돌아보았다. 어느덧 해는 서쪽으로 기울여 그다지 더위는 느껴지지 않았다. 큰 도로를 따라서 상가가 형성되어 있고 무척 활기찬 도시로 보였다.

팔랑케는 과테말라와 국경지대로 마야 유적지를 찾아오는 관광객들로 번창한 멕시코의 남부 치아파스주 정글 지대에 위치한 도시였다. 우리가 이 도시를 찾은 것도 마야문명의 유적을 찾기 위함이었는데 내일 갈 예정인 팔랑케 유적지는 이 마을의 이름을 딴 것이라고 하였다. 지난번 남겨 놓았던 멕시코 돈이 모자라 다시 150$로 환전을 하였다.

팔랑케로 가는 이정표가 있는 곳까지 걸어갔더니 여자 원주민의 두상을 연상시키는 하얀 조각상이 도로 로터리에 세워져 있었다. 그 조각상 둘레에는 마야의 문자인 듯한 글자가 새겨져 있었다. 팔랑케 유적지는 오후 4시까지 입장해야 했다. 길을 되짚어 다시 소칼로로 향하는 길은 뒷골목 길을 택하였다. 하루를 마감하는 시간이라 저녁밥 짓는 소리가 달그락 들리고, 아이의 울음소리, 기침소리, 꽃에 물을 주고, 세상 어느 곳이나 사람 사는 모습은 비슷해 보였다.

팔랑케 유적지 상징하는 조형물 앞에서

2016. 11. 19. 토

새들의 지저귐에 눈을 떴을 때 아직 창밖은 어둠속이었다. 어제 저녁 호텔의 뒤 성당 마당의 나무에 새들이 깃들면서 하루를 마감하며 서로 반갑게 인사하는 지저귐으로 귀를 아프게 하더니, 새벽에는 다시 하느님께 하루를 허락해 주심을 찬송하는 듯하였다. 나도 일어나 하느님께 감사기도를 드리고 아라와 보이스톡으로 통화하였는데, 연결이 좋지 않아 목소리가 들렸다가 멀어졌다 하였다. 어제 대학원 입학 인터뷰하였는데, 벅벅거리면서 제대로 못하였다고 걱정하는 아라에게 주님의 뜻으로 받아들이라고 하였다. 위로의 말을 건네고 전화를 끊고 나니 오히려 내 마음이 착잡하였다.

이런저런 생각으로 뒤척일 때 창밖에서 팡파레가 울리고 소란스러웠다. 호텔 앞 소칼로 광장에 한껏 성장한 마을 사람들이 몰려들고 있었다. 사진기를 들고 나갔더니 오늘이 이 마을의 축제가 열리는 날이라 소칼로 본부석에도 군악대가 모여있고 행사를 준비하고 있었다. 9시부터 퍼레이드가 진행된다고 하여 다시 호텔로 돌아와 아침을 먹고 룸메이트와 함께 행사장으로 나갔더니 어

느새 사람들이 몰려들고 있었다. 팔랑케 근처의 모든 학교와 직장별, 마을별로
퍼레이드가 열리는 듯하였다. 꼬마들이 신사숙녀로 분장한 모습이 정말 깜찍
하고 귀여웠다.

숙녀 신사 복장을 한 축제장의 꼬마들

　9세기에 버려진 고대 마야 도시 팔랑케는 고전기의 마야 성전 중에서 가장
잘 보존된 유적 중 하나로 널리 알려져 있으며, 건축미의 우수성과 예술성은
단연 돋보인다고 하였는데 주변을 둘러싼 마야족의 수도였던 것으로 추측된
다. 유적에 새겨진 글귀 등을 보아 1600년의 역사를 지니고 있다고 밝혀졌다.
5~6세기경 성장의 시기였으나 이웃 도시들의 잦은 침략과 약탈로 쇠퇴의 길
을 걸었던 팔랑케는 1560년대 스페인에 의해 발견되기 전까지 버림받은 곳으
로 광장을 중심으로 신전과 궁전들이 있는데 가장 중요한 것은 약 180년의 팔
랑케의 역사를 기록해 놓은 '비문의 신전'이라고 하였다.
　'비문의 신전'은 약 20m를 넘는 피라미드 모양으로 솟은 건조물의 지하에
왕의 무덤이 발견되었는데, 무덤 안의 시신을 모신 널방이 거의 완전하게 보존
되었으며, 이 널방을 닫은 마지막 천장돌을 지키도록 순장된 6명의 젊은이의
유체가 발견되어 마야인의 세계관을 엿볼 수 있다고 하였다. 잘 보존된 정갈하

고 예술성이 뛰어난 광대한 유적지를 돌아보면서 다시금 마야문명의 우수성을 느낄 수 있었고, 그토록 발달한 마야문명이 사라진 것이 아쉬웠다.

팔랑케 유적지

고대 마야문명을 탐방한 후 공원 안을 각자 편하게 흩어져서 다니기로 하였는데 일행들은 어디로 갔는지 보이지 않았다. 워낙 지역이 넓으니 어디에 있는지 알 수 없어 찾기도 어려웠다.

다행히 룸메이트가 함께 있으니 의지가 되니 두렵지 않았다. 살리다(출구) 방향 표지를 따라 걷는데 거의 사람 흔적이 없었다. 호젓한 숲길에서는 문득 무서운 생각이 들기도 하였지만, 한국의 국립공원 안처럼 맑은 물이 흐르고 간간이 숲사이로 비추는 맑은 햇빛과 숲의 아름다움에 빠져 무서운 생각도 잊을 수 있었다.

팔랑케 공원의 끝에는 박물관이 있어 우리는 그곳에 들어갔다. 주머니가 빈약한 우리에게 가장 반가운 것은 무료입장이었다. 다리도 아프고 배도 고팠지만, 이곳을 빠뜨리고 갈 수는 없지. 영어와 스페인어로 설명이 되어있었지만,

박물관 전시품

둘 다 내게는 벅차 그냥 눈으로만 보면서 그들의 조각기술이 뛰어나다는 것을 느꼈다. 조금 전 둘러본 사원에 새겨진 조각들은 모조품이고 이곳에 진열된 조각과 유물들이 진품이라 조금 더 관심있게 보았다.

나무 아래에 직원들 몇이 보여 버스 정류소가 어디인지 물었다. 박물관에 근무하는 직원이면 버스 정류장 정도의 영어는 소통될 듯하였으나 말이 통하지 않아, 우리는 우선 배낭에서 삶은 계란과 사과로 배고픔부터 해결하고 나무 그늘에 앉아 말이 통할 사람을 기다렸다. 눈짐작으로 어느 방향이 팔랑케 시내로 들어가는 길일까? 갸우뚱하며 입구를 찾아 길을 따라 걸어 가고있을 때 저 만치에서 내려오는 버스를 만나 우리는 손을 들고 "소칼로~!" 하고 외쳤더니, 야호~! 때마침 그 버스는 소칼로로 들어가는 버스였다.

호텔로 돌아와 샤워하고 저녁을 먹으려 다시 소칼로로 나갔더니, 아직 축제의 분위기가 남아 중앙무대에 노래경연을 하고 있었다. 구경꾼들이 모여와 흥청거리는 분위기였지만 우리는 치안이 불안하여 구경꾼 속으로 들어가지 못하고 근처의 식당을 기웃거렸다. 좁은 가게에 우리 일행이 들어서자 여종업원은 메뉴판을 내놓았는데, 어떤 음식인지 알 수 없었다. 아는 이름은 또르띠야와 타코스밖에 없으니 타코스를 종류별로 시켰다. 타코스는 또르띠야 사이에 채소와 고기를 동그랗게 말아서 살사 소스에 찍어 먹는데 즉석에서 구운 고기를 넣어 고소하고 맛있었다.(100페소)

밤 10시 팔랑케를 출발하여 메리다로 향하였다. 유카탄 반도에 위치한 메리다는 팔랑케에서 8시간 소요되는 거리였다. 이제 장거리 밤 버스를 타는 것도 익숙해 출발하자 곧 잠에 떨어졌다. 새벽에 눈을 뜨니 기온이 뚝 떨어진 듯 추웠지만 도착하기만을 기다렸다.

2016. 11. 20. 일

새벽 6시에 메리다 버스 터미널에 도착하여 택시로 갈아타고 호텔 숙소에 도착하여 카운터에 짐을 맡기고 환전도 할 겸 메리다 소칼로로 향하였다. 대부분 아직 문이 닫혀 있었고 이제 막 문을 열기 시작하였는데, 이곳은 상업이 번성한 도시같았다. 소칼로로 향하는 도로변에는 규모가 큰 상점과 백화점이 많았고 왕래하는 시민들도 여유로워 보이고 퍽 활기차 보였다.

환전하기 위해 시내의 호텔을 몇 군데 다녔는데, 이곳에도 오늘 무슨 축제가 열리는지 계속 사람들이 모여들었다. 환전 후 체크인 시간을 기다리는 동안 각각 흩어져 자유롭게 시내를 구경하였는데 기념품 가게에서 멕시코풍의 쟁반을 샀다. 일행들은 오후 1시에 떠날 우슈말 패키지 여행을 준비하기 위해 호텔로 들어가고 나는 혼자서 소칼로에 위치한 성당으로 갔다. 오늘이 일요일이므로 가능하면 미사를 보고 출발하고 싶었다. 성당 입구의 미사시간을 확인하고 다시 한번 더 주변을 구경하였다.

1910. 11. 20. 멕시코 혁명 기념일 축제

1시에 로비에 모여 현지 여행사의 우슈말 페케지 상품을 이용하기로 하였다.

우슈말 유적지는 멕시코 고전기 후기의 대도시 유적이며 가장 아름다운 마야 유적의 하나로 유카탄반도 북부, 메리다시의 남쪽 70킬로 떨어진 곳에 있으며 유네스코 세계문화유산에 등재되어 있다고 하였다. 건축학 측면에서 후기 마야문명의 예술과 건축의 최고 수준을 나타낸다. 750년경에 발전하기 시작한 이 유적의 면적은 10 평방km 이상이며 도시 중심부는 방어 석벽으로 둘러싸여 있는데, 벽에는 기하학적 문양과 비의 신이나 인물상, 남근이나 가옥같은 사실적인 문양들이 그려져 있다. 후기 마야문명의 예술, 건축, 사회 경제 구조를 잘 보여 준다.

'마법의 피라미드'는 높이 35m로 난장이 마법사가 하룻밤 만에 세웠다는 전설을 갖고 있는데, 실제로는 300년의 세월에 걸쳐서 5개의 신전이 세워진 것으로 89개의 계단을 타원형으로 쌓아 올린 것이 특징으로 비를 주관하는 신에게 바쳐진 피라미드를 곡선으로 처리한 신전이다.

호텔에서 미니버스를 타고 1시간 반을 달려 도착한 우슈말 유적지에는 덥고 습한 날씨임에도 탐방객들로 혼잡하였는데, 입구에 세워진 거대한 피라미드를 보는 순간 마야문명에 압도당하였다.

우슈말 유적지

마야 문자가 새겨진 석비와 길이 18Km의 포장둑길, 운동장의 골대 등 그 당시 이렇게 발전된 문명을 지녔던 마야 문명이 새삼 경이롭기만 하였다.

우슈말 유적은 서기 750년경부터 세워진 건축물인데, 그 무렵 우리나라는 통일신라 시대의 전성기로 황금 문화를 꽃피웠던 시기였다. 당시의 천마총, 석굴암과 다보탑과 석가탑이 그 시대의 유물로 전해지지만, 이렇게 거대한 마야 문명의 유물이 전해지는 그들이 새삼 부러웠다. 한나절 무더위 속에서 유적지를 탐방하고 나니 쉬고 싶은 생각이 간절했다. 그런데 우리가 선택한 여행 상품은 저녁식사 후 빛의 축제도 포함되어 있다.

우슈말 유적지는 낮과는 달리 어둠이 덮이기 시작하니 또 다른 분위기였다. 우리가 앉은 돌계단 주변에는 풀벌레 우는 소리가 들리고 공기는 서늘하였다. 하늘을 올려다보니 주먹만한 별들이 금방 쏟아질 듯하여 팔을 높이 올려 손을 저어 보았다. 별들의 축제였다.

발아래 넓은 광장은 어둠에 덮여 금방 고대 마야인들이 나타날 것 같았다. 요란한 음악과 함께 신전의 벽면을 휘감으며 붉고 푸른 빛을 조명하였는데, 기대와는 달리 시시하여 그냥 어서 호텔로 돌아가서 잠이나 자고 싶었다.

단체사진

2016. 11. 21. 월

지난밤 늦게 호텔로 돌아와 눈을 조금 붙인 후 5시 30분에 기상, 7시 아침 식사, 8시 치첸잇짜로 출발. 프리다 칼로의 그림이 사방에 붙어있는 호텔의 넓은 수영장에 발 한번 담글 여유도 없이 출발해야만 하였다.

치첸잇짜는 메리다 동쪽 약 110Km 지점에 있는 마야문명의 대 유적지로 건조한 석회암 지대에 있는 마야문명의 흐름을 이끌었다. 유적은 석회암, 회반죽한 흙, 목재 등으로 되어있으며 멕시코 중앙 고원을 거점으로 한 톨텍 문명의 영향을 강하게 받은 곳이다. 5세기경에 성립된 후 7~8세기 사이에 쇠퇴하였으나, 10세기 전후로 멕시코 중앙 공원 문화의 영향을 받은 치첸족에 의해 재건되었다. 치첸잇짜를 특징짓는 유적인 대피라미드와 카라콜은 당시 가혹한 환경속에서 농경생활을 하였던 마야인들의 고도로 발달된 천문학의 산물임이 밝혀졌다.

현지 가이드의 설명에 귀를 기울이며 넓은 유적지를 탐방하였는데, 사실 테오티오칸, 팔랑케, 우슈말, 티칼 등 많은 유적지를 보았기에 조금씩 특징이 있기는 하였지만 서로 비슷하여 구분하기 어려웠다.

치첸잇짜

치첸이짜 유적을 탐방한 후 도착한 레스토랑은 극장식 레스토랑이었다. 입구에 멕시코 전통의상을 입은 미녀들이 곱게 화장한 얼굴로 미소를 지으며 손님들을 맞이해 주었다. 식사 후 우리는 현지 가이드를 따라서 신전이 있는 유적지로 갔다. '성스러운 샘'이라는 뜻의 세노테는 종교의식을 행한 중요한 장소로 석회암 암반이 함몰되어 마치 싱크홀처럼 지하수가 드러난 천연 샘인데, 깊이 5~40m에 달하며 건조기에는 유일한 수원이 되기도 한다.

치첸잇짜의 세노테는 '잇 킬'이라고 하였는데, 이곳에서 우신에게 사람을 공양하여 많은 인골과 토기, 향로, 귀금속 등이 발견되었다고 하였다. 마야인들은 몽환적인 분위기에서 세노테 '잇킬'을 사후세계로 가는 신성한 길이라고 여기고 사람을 제물로 바쳤다고 하였다. 우리는 세노테 주변의 잘 가꾸어진 정원을 구경하며 차도 마시고 산책을 하면서 시간을 보냈다.

성스러운 연못 세노테

세노테 샘을 본 후 우리는 승합차로 3시간을 달려 칸쿤으로 향하였다. 칸쿤은 세계적인 휴양지로 가장 선호하는 신혼여행지다. 열악한 쿠바로 들어가기 전, 이곳에서 충전을 하고 가기로 하였다. 같은 멕시코 땅이지만 조금 전 떠

나온 메리다와는 한 시간의 시차가 있어, (멕시코의 가장 동쪽 끝) 한 시간 더 앞으로 당겨 4시를 5시로 변경하였다. 창밖으로 보는 칸쿤은 해안선을 따라 유명호텔과 명품 백화점과 유명 상점, 아파트가 즐비하였다. 칸쿤에서 배를 타고 섬으로 들어가기 전 대형매장에 들어가서 먹거리 등을 가득 샀다. 섬은 물가도 비싸고 큰 슈퍼가 없어 짐이 되지만, 우리는 식품들을 지고 들고 머리에 이기까지 하였다.

칸쿤에서 이슬라 무헤르(여자의 섬)까지는 20분 거리인데 시내버스처럼 30분 간격으로 유람선이 운행되고 있었는데 꽤 쾌적하고 좋았다. 무헤르 섬에 도착하니 가드레일에 한국어로 환영한다는 글귀도 보이니 소문대로 이곳은 한국 관광객이 많이 찾는 휴양지임을 실감하였다. 선착장 바로 앞의 카리브해가 환히 내려다보이는 호텔에 숙소를 정하고 늦게 잠자리에 들었다.

무헤레스 섬 선착장

2016. 11. 22. 화

창으로 거침없이 쏟아지는 햇살에 늦도록 잠자리에 누워 있을 수가 없어 살그머니 일어나 혼자서 내려가 보았다. 선착장에 서서 밝아오는 카리브해를 바라보며 공기를 깊이 마셨다. 아침을 먹은 후 각자 자유 시간, 우리는 섬을 한 바퀴 돌기 위해 골프카를 빌려서 타기로 하였는데 국제 면허증이 있어야만 빌릴 수 있었다. 1일 사용료를 내고 우선 호텔 주변의 바닷가를 한 바퀴 돌아보기로 하였는데, 길이 연결되지 않아 다시 되돌아 나와야 했다.

섬 일주를 하고 싶었는데, 해안선을 따라가면 계속 도로가 연결되어 호텔 원지점으로 돌아올 수 있어야 하는데 길이 없었다. 가는 도중 거북 양식장이 있어 다양한 거북이와 성게, 해마도 구경하였다. 해안선 반대편 도로를 달렸던 우리 일행을 마주치고 서로 환호하였다. 책이나 영화를 통하여 카리브해의 아름다움을 많이 보고 읽었지만, 직접 눈으로 바라보는 카리브해의 아름다움을 정말 가슴이 벅찰 정도였다. 아침 햇살에 시시각각으로 변하는 맑고 투명한 바다는 이 세상의 눈으로 보고 느낄 수 있는 모든 푸른 빛을 모아 둔 듯하였다.

모든 파랑을 다 모아 놓은 듯한 무헤레스 섬

하늘은 눈부시고 목덜미를 스치는 바람은 부드럽고 감미로웠다. 맑은 햇빛
에 반사된 바다는 마치 금강석을 뿌려 놓은 듯 반짝였다. 사람이 살지 않는 별
장 앞에 골프카를 멈추고 잠시 쉬어가기로 하였다. 이렇게 멋진 풍광을 바라보
는 위치에 별장을 가진 사람은 누구일까?

우리는 잔디밭에 보자기를 펴고 배낭에 넣어온 맥주를 꺼내서 나눠 마셨
다. 그늘에 앉아 있으니 불어오는 바람에 스물스물 졸음이 밀려왔다. 시시각각
변하는 바닷물을 수정 조각처럼 잘라서 가져가고 싶었다.

직선으로 꽂히는 햇살은 뜨거웠지만, 습도가 없으니 그늘은 서늘했다. 마을
이 가까운 곳에 하얀 페인트칠이 된 조그만 성당이 눈에 들어왔다. 제단 뒤로
푸른 바다가 한눈에 들어오는 성당은 천국으로 가는 계단 같았다. 살랑이는
바람이 들어오는 창가에 과달루페의 성모상이 모셔져 있었다.

숙소로 돌아와 해가 슬핏 기울 무렵 숙소 근처의 해변으로 나가 보았다. 하
얀 물결이 밀려드는 해변을 한참을 걸어 보았다. 비록 가진 것 없어도 느끼고
누릴 수 있는 내 삶이 행복했다.

무헤레스 섬의 작은 교회

쿠바 ⌒

2016. 11. 23. 수

　지난밤 우리는 쿠바에 대한 주의 사항을 듣기 위해 전체 모임을 가졌다. 쿠바는 북한처럼 장막에 쌓인 나라여서 신비감을 가지고 있는 나라이다. 헤밍웨이가 사랑한 나라, 카스트로, 체 게바라 등 공산주의 혁명가의 나라, 살사와 부에나비스타소셜 클럽의 음악으로 알려진 신비스러운 나라였다. 체 게바라의 자서전에서 읽었던 쿠바로 들어간다는 설렘과 기대감에서였을까?

　피곤하여 잠시 졸았던 것일까? 쿠바의 경제 상황이 열악하고 치안이 불안하다는 것 정도만 기억에 남고, 가장 중요한 와이파이가 연결되지 않는다는 것을 인지하지 못하였다.

　2시에 떠나기로 한 쿠바로 향하는 비행기가 3시로 지연되었다. 쿠바 비자를 받는 곳으로 가서 줄을 서서 도장을 받았다. 가는 곳마다 입국세를 내야 하는데 특히 쿠바는 비자 비용이 300$이었다. 드디어 쾅~! 하고 도장을 받고 줄을 서서 기다렸는데 다시 밀려났다. 힘들게 도장을 하나 더 받고 나니 휴~! 하고 안도의 한숨을 내쉬게 되었다. 오늘 중으로 쿠바에 들어가면 다행이라고 하였는데 약속대로 3시에 이륙하였다. 한 시간 남짓의 가까운 거리에 있는데 그렇게 입국하기가 어려웠던 곳이었구나. 창밖을 내다보며 미지의 쿠바에 대한 기대감으로 가슴이 설레었다.

창으로 내려다 본 쿠바

2016. 11. 24. 목

어제저녁, 해가 기운 후에야 국영 호텔인 링컨호텔에 도착하였는데, 웅장한 외관과는 달리 내부는 허접하여 늦게까지 공사를 하고 있었다. 아마도 1800년대 후반기에 지은 건물을 호텔로 개조한 듯하였다. 배정된 방에 들어서는 순간 습하고 퀴퀴한 곰팡이 냄새가 났다. 무엇보다도 샤워실 물이 제대로 나오지 않았고 높다란 천장에 달린 전구는 다 고장 났는지 간신히 매달린 전구 하나가 겨우 흐릿한 빛을 비춰 줬다. 카운트에 내려가 샤워기가 고장 났다고 말하여 직원과 함께 올라왔지만, 그는 대충 만지작거리다가 내일 고쳐주겠다고 하였다.

새벽에 눈을 뜨고 한참을 누워있다가 허리가 아파서 일어나 살며시 창문을 열어 보았더니, (나무로 된 창틀도 비틀어져 잘 열리지 않았다) 아! 나도 모르게 탄성이 쏟아졌다. 그렇게 반짝이는 별들이 밤새 하늘에 떠 있는 줄도 모르고, 방이 냄새난다, 물이 안 나온다. 불이 어둡다 하고 투정만 부렸구나 하는 생각이 들자, 맑게 빛나는 별들에게 미안스럽고 부끄러웠다.

아침을 먹은 후 우리는 먼저 쿠바의 돈으로 환전하기 위해 오피스 거리로 나갔다. 시내의 모습은 어제밤의 어두컴컴한 분위기와는 너무나 다르게 화사한 빛깔이었다.

호텔 창으로 바라본 건물들

Habana는 쿠바의 수도로 공식 이름은 산 크리스토발 데 라 아바나. '아바나' 사랑스러운 이름으로 불린다. 멕시코만에 면한 카리브 지역 최대의 항구도시로 인구 210만 명이다. 1519년에 스페인에 의해 건설된 후 식민지 무역 중계지로 중요시되었다.

음악, 가극 등은 세계적 수준에 달하여 '앤틸리스제도의 파리'라고 불린다. 구시가지는 무역항, 어업기지로서 활기를 띠고 있으나, 좁은 거리의 상점들은 1968년에 완전히 국영화 되었다. 신시가지는 현대적인 건물과 최신설비의 고급 호텔들이 해안가에 줄지어 있다. 연평균 기온은 24.5도. 쾌적한 기후와 맑은 하늘과 공기, 아름다운 아바나의 숲, 아바나 대학, 혁명광장 등 카리브해의 아름다운 경치로 유럽과 미국 등의 관광객들이 찾는 곳이다.

구시가지는 연방 허물어질 듯 방치된 건물들 사이에 남루한 옷을 입은 주민과 어슬렁거리는 개와 버려진 쓰레기 등의 지저분한 이미지였지만, 신시가지는 말쑥한 외양의 건물과 깨끗한 도로와 60년대 영화 속의 올드 카, 우거진 가로수 사이로 달리는 마차 등 또 다른 분위기의 도시였다. 오비스포 거리는 현대적인 건물과 전통 양식의 오래된 건물이 조화를 이루며 공존하는 곳으로 국영 환전소, 여행 안내소, 인터넷 카페 등 여행객들을 위한 시설이 잘 갖추어져 아르마스 광장까지 연결되어 있다. 기념품 가게, 카페, 바 등이 있어 항상 사람들로 북적이는 곳이다.

오비스포 거리

우리가 환전하기 위해 오피스포 거리를 찾았을 때 길게 줄을 늘여 서서 기다리는 행렬을 볼 수 있었는데, 우리도 그 줄의 뒤꽁무니에 서 있으니 뜽뜽한

한 여인이 환전을 할거냐고 다가왔다. 저 멀리 서 있는 경찰의 눈을 피해가며 우리 일행을 데리고 갔다. 길게 줄을 서서 환전을 하는 것보다 더 좋은 값으로 환전을 하였다. 일 인당 300유로씩 환전하여 쿠바의 돈 300세우세로 받았으니 거의 1:1인 모양이다. 그런데 이곳에서는 관광객들은 세우세로 계산하고, 내국인들은 세우페를 사용한다. (1세우세는 24세우페)

오비스포 거리에는 관광객에게 가장 인기있는 암보스 문도스 호텔이 있다. 1923년에 착공하여 1931년에 완공된 건물로 여러 건축양식이 절충되었으며, 미국의 소설가 어니스트 헤밍웨이가 7년간 머문 곳으로 알려져 있다. 나도 그가 즐겼다는 모히또를 한 잔 시켜보았더니 얼음 속의 민트향이 상큼하였다. 차가운 모히또를 들고 헤밍웨이의 사진이 걸린 소파에 앉아 기념사진을 찍었다.

암보스 문도스 호텔 바에서 외국인과 함께

멀쩡하던 하늘에서 갑자기 소나기가 쏟아져 우리는 점심을 먹기 위해 식당을 찾아갔다. 쿠바에 오기 전 랍스타가 싸다는 소문을 들었기에 우리는 랍스타를 먹기로 하였다. 가격을 흥정하여 12세우쎄에 음료수와 후식까지 포함하여 잔뜩 기대하고 기다렸다. 오랜 기다림 끝에 나온 랍스타는 크기가 작아 실망하였는데 맛은 그런대로 좋았다. 팁은 별도.

오피스포 거리 초입에 있는 아이스크림 가게에서 아이스크림을 시켰는데, 놀랍게도 이곳의 아이스크림은 가격이 몹시 싸고 부드럽고 맛있었다. 쿠바는 공산품 가격이 비싸다고 하였는데 거리의 음식은 생각보다 저렴하였다. 조금 더 걸어 내려오니 민예품을 파는 전통시장에는 은세공품, 손으로 그린 그림이 페인트 된 컵과 그릇, 손으로 뜬 원피스와 가디간. 가죽으로 만든 신발과 지갑, 지점토로 만든 동물 인형들. 식탁보와 벽걸이. 모두가 다 사고 싶었지만, 몇 가지만 샀다.

벼룩시장

아바나시의 산 크리스토발 성당은 구 시가지 대성당 광장 북쪽에 있다. 18세기 바로크 양식의 건물로 라틴 아메리카 성당 중 가장 아름답다. 흘러내리는 촛농을 연상시키는 독특한 외형을 가진 건물로, 1748년에 착공을 하여 1777년에 완공한 아바나시의 상징이다.

우리 일행들은 피곤하다면서 아르마스 광장에서 쉬겠다고 하여 혼자서 갔다. 용감한 척 혼자서 다녀오겠다고 하였지만, 막상 뒷골목으로 들어서면 무섭다. 특히 카메라를 조심하라고 하여 보이지 않는 곳에 숨겨서 조심조심 다녔

다. 역사 어린 멋진 건물들도 많아 호기심도 생겼지만 문 앞에서 슬핏 보고 지나쳤다. 골목길을 돌아서자 넓은 광장이 나타났는데 대성당 광장. 성당 안으로 들어가 보았더니 이 성당 수호성인 크리스토발 성인의 성화가 모셔져 있었다. 위층에는 파이프 오르간도 있었다. 멋진 샹드리에가 드리워져 있고 작은 예배소에는 많은 성화도 모셔져 있었다. 어머니의 무릎을 베고 들었던, 크리스토발 성인이 어린 아기를 어깨에 올리고 강을 건너는데 점점 무거워서 걸음을 옮길 수 없었다는 옛이야기가 떠 올랐다.

혁명 박물관은 쿠바의 역동적인 역사를 조명할 수 있는 곳으로 쿠바인들이 자유를 얻기 위한 역사의 흔적들이 38개의 전시관에 보존되어 있다. 독립전쟁 시 사용되었던 무기와 여러가지 역사자료와 사진이 전시되어 있다. 1920년에 완공된 아바나에서 가장 눈에 띄는 건물로 화려하게 장식되어 있다.

걸어서 호텔로 돌아오는 길은 낡은 건물들이 비슷비슷하여 찾기가 어려웠다. 골목에는 하루의 일과를 마치고 부지런히 집으로 돌아가는 직장인들, 골목을 어슬렁거리는 개. 자전거에 야채를 싣고 와서 파는 농부 등. 우리나라의 저녁 모습과 비슷하였다.

호텔로 돌아오니 9층 레스토랑에서 살사 파티가 열리고 있었다. 요란한 음악과 함께 결혼 피로연을 하는 현지인들이 살사춤을 추고 있었다. 주방의 요리사, 서빙을 하는 사람들 모두가 한데 어울려 신나게 춤을 추고 있었다. 우리 일행들도 그들과 함께 경쾌한 살사 음악에 맞춰 춤을 추면서 즐겁게 놀았다.

혁명 기념관

아바나의 밤 문화를 즐기기 위해 지난 밤 8시에 로비에 모인다고 하였지만, 춤도 출 줄 모르고 술도 마시지 못해 혼자 룸에 남아 있기로 하였다. 고장 난 화장실을 고쳐주겠다고 약속하였지만 전혀 수리가 되지 않았고, 룸이 너무 어두워 방 번호를 알려 주었지만, 전기스탠드도 아무런 소식 없었다. 그런데 경제적으로 어렵지만, 사람들은 무척 낙천적으로 사는 듯하였다. 서비스 정신이 부족하고 자신의 말에 대한 책임을 질 줄 모르는 사람들 같다는 생각은 한국적인 생활방식에 너무 젖어서 살았기 때문일지도 모르겠다.

오늘은 오후에 국내선을 타고 쿠바의 남쪽 산티아고 데 쿠바로 가는 날이라 오전에 시간적인 여유가 있어 우리 4조 3명은 모로 성을 구경하기로 하였다. 호텔 근처에서 택시를 잡아 모로성 까지 3명 합하여 7세우세로 흥정하였다. 아바나시에는 영화 속에서 보았던 올드카가 씽씽 잘도 달리고 있었는데 번지르르한 외관과는 달리 차 안은 낡고 에어컨도 전혀 나오지 않았다. 엔진은 주로 한국의 부품으로 교체하여 속도는 전혀 뒤떨어지지 않았다. 기사는 모로 성에서 우리를 기다려 7세우세에 다시 우리를 호텔로 데려다 주겠다고 하였다.

모로성

택시기사에게 아르마스 광장에 내려달라고 하여 어제 제대로 보지 못한 오비스포 거리에 있는 기념관이나 미술관 등을 보기로 하였는데, 스페인어를 모르니 건물 앞에 서 있어도 무엇인지 알 수 없어 답답하였다. 영어 공부라도 제대로 하였으면 그나마 도움이 될텐데 안타까웠다. 그냥 무턱대고 기웃거리다가 입장이 가능한 건물을 발견하면 들어갔다. 푸른빛의 색상이 시원하고 정갈한 느낌을 주는 건물은 무슨 전시관인 듯. 전시실에 들어서니 유니폼을 입은 여직원이 미소를 지으며 반겨 주었다. 그 여직원은 나를 따라 다니며, 스페인어로 설명하였지만 알아들을 수가 있나? 고맙다고 인사를 하며 나오려고 하니 내 카메라로 사진을 찍어 주겠다고 하였다. 이곳저곳 위치를 바꿔가며 여러 장 사진을 찍은 후 나에게 손을 내밀었다. 목적이 있는 친절함이었다니. 손바닥을 펴 보이며 "노 탱고 디네로!" (돈 없어요)하고 나왔다.

전시장에서

쿠바는 서인도 제도에 있는 나라로 북쪽은 플로리다 해협을 사이에 두고 플로리다 반도, 북동쪽은 올드 바하마 해협을 사이에 두고 바하마, 동쪽은 윈드워드 해협을 사이에 두고 아이티, 서쪽은 유카탄 해협을 사이에 두고 유카탄 반도와 마주하는 카리브해 서부의 나라로 외침이 잦았다. 쿠바의 곳곳에 스페인 침략 시대에 지은 요새가 많았는데, 아르마스 광장의 이 요새의 이름을 물었더니 카스티오 레알 페르샤 라고 하였다. 1인당 3세우세의 입장료를 내고 들어가니 1층에는 여러 전시실이 있었다. 주로 식민지 시대의 함선과 무기 등 전쟁 시 사용하였던 유물들이었다.

어제는 입장비가 아까워 들어가지 않았던 요새 안으로 들어간 이유는 아르마스 광장의 담에 걸려있는 전시회 홍보용 환상적인 그림 때문이었다. 요새의 2층 전시장 안에는 샤갈 풍의 신비스러운 그림이 가득 전시되어 있었다. 안내 직원에게 물었더니 쿠바의 화가 예레나 뮬레의 작품이었는데, 정말 샤갈의 그림과 너무 비슷하였다.

예레나 뮬레의 작품

그림 전시를 보고 아르마스 광장에 나오니 거의 11시에 가까운 시간이었다. 오늘 오후 비행기로 아바나에서 750Km 떨어진 쿠바의 제2 도시 산티아고 데 쿠바(쿠바의 성 아곱)로 비행기로 이동하기 위해 12시에 로비에 모이기로 하였으므로 시간적 여유가 조금 남아 있었다. 아바나를 떠나기 전 다시 오비스포 거리를 걸어서 호텔로 가는 도중 어제 먹었던 아이스크림이 다시 먹고 싶었다. 5가지 맛의 아이스크림이 단돈 20세우페여서 내가 쏘기로 하였다. ㅎㅎ

오피스포 거리는 어제와는 다르게 조금은 차분해 보이고 말쑥해 보였다. 대로의 중심에 있는 카피톨리오는 아바나시의 상징적인 건물로 보였다. 바티스타 정권 시절 미국 워싱턴의 국회의사당과 같은 모양으로 지었으며 지금은 정부 부처로 사용되며 일부는 관광객에게 관람을 허용한다. 아바나시의 중심부는 건물들이 잘 보존되어 있었지만, 골목으로 들어가면 건축될 당시의 화려하고 우아한 건물들이 돌보는 손길이 없어 쇠락해가는 모습이 참 안타깝게 여겨졌다.

12시에 로비에 모여 올드카 1대에 5명씩 타고 공항으로 이동하였다. 3시 45분 비행기로 아바나를 떠나 산티아고 데 쿠바에 도착. 호텔의 규모는 작았으나 조명이 밝으니 한결 기분이 좋아졌다.

아바나 예술 궁전

2016. 11. 26. 토

아침 식사하면서 카스트로가 지난밤 사망하였다는 소식을 듣게 되었다. 우리에게는 장기 집권한 독재자로 인식되어온 카스트로가 이곳 쿠바인에게는 자본주의에 맞선 위대한 혁명가이며 민족주의자로 추앙받는 인물인 듯하였다. 호텔 안은 아침 시간이어서인지 별다른 낌새는 없고 시민들 표정도 평온하였다. 관광을 나서기 전 호텔 앞의 작은 공원에 나갔더니 아침 햇살이 투명하였다. 동상을 중심으로 나무와 벤치가 있고 아침을 준비하는 새소리만 요란했다.

이곳 산티아고에서 단체로 버스를 타고 제일 먼저 도착한 곳은 산티아고를 보호하기 위해 건설된 로카 성이었다. 이탈리아 르네상스 군사 기술의 원칙을 바탕으로 만든 거대한 요새라고 하였다. 9세기 말부터 더 이상 사용하지 않았으나 1960년대까지 원형이 변하지 않았다. 1660년대 이탈리아 바우티스타 부자에 의하여 V자형 보루와 포루가 설치되었다. 재건과 확장으로 지금의 모습으로 갖추어졌으며, 1997년 유네스코 문화유산으로 지정되었으며 주변의 아름다운 경관으로 많은 관광객이 찾아온다고 하였다.

로카 성 아래의 풍경

시내버스를 타고 다시 아르마스 광장으로 돌아오는 도중 몇 명은 혁명기념 관에 내려서 탐방을 하고 걸어서 호텔로 가기로 하였다. 콜롬버스의 2차 항해 에서 발견된 이곳은 쿠바에서 가장 오래된 도시이며, 쿠바 혁명의 발원지이자 피델 카스트로가 주로 활동한 곳이라고 하였다.

밝은 색상의 건물이 여러 채 있었는데 3세우세의 입장비를 내고 들어갔다. 전시장에는 혁명 당시의 무기들과 낡은 옷과 사진 등이 전시되어 있었는데 여 러 인물의 사진을 보니 문득 우리나라의 항일 투사들의 모습이 연상되었다. 우리의 독립투사들의 희생으로 독립을 앞당겼듯이, 사진 속의 인물들도 투쟁 을 통한 쿠바 국민의 영웅일 것이다.

기념관 안의 직원들은 동양인인 우리에게 비교적 친절하게 대해 주었다. 사 진 찍는 것도 허락해 주었으며 화장실을 물었더니 닫힌 문을 열어 주었다. 큰 도로의 건물의 게양대에 조기가 걸려있었다. 이제 공식적으로 카스트로의 죽 음을 알리기 시작한 모양이었다.

기념관 안의 수업 시간

호텔로 돌아오는 길에 우리는 시장에 들러서 과일과 야채를 사기로 하였다. 사람들이 야채를 들고 나오는 곳으로 들어갔더니 거의 파장인 듯하였다. 원했던 과일은 없고 바나나와 양파, 고추 등을 사서 들고 왔다. 공산주의 나라이니 개인이 농산물을 사고파는 것은 일부분인 듯하였다. 대부분 배급제로 물건을 사는 듯, 우리가 슈퍼에 들어가서 냉장고에 진열된 고기와 치즈, 우유, 요쿠르트를 사고 싶었지만, 배급 카드가 없어 살 수가 없었다.

낮잠을 자고 일어나니 부슬부슬 비가 내리고 있었다. 룸메이트와 함께 토요일 오후마다 축제가 열린다고 하는 세스페데스 광장으로 나갔다. 부슬부슬 내리는 비를 맞으며 거리를 나서니 왠지 마음도 울적하였다. 음반, 골동품을 파는 에레디아 거리도 조용하였고, 비가 내리는 세스페데스 광장의 축제도 카스트로의 죽음으로 취소되었다고 하였다.

돌로레스 광장이라 불리는 곳에는 항상 살사의 음악이 흐르고, 대낮에도 카페에서 살사 댄스 파티가 열린다고 하였는데 모든 음악이 중지되었다. 세계적인 쿠바의 음악을 즐길 기회를 잃은 도시의 골목은 무성영화의 장면 같았다. 세스페데스 광장의 산티아고 카테드랄은 중미에서 가장 아름답다고 하였다.

중미에서 가장 아름다운 카테드랄

일행들은 호텔로 들어가고 나와 룸메이트는 토요특전미사 시간을 기다리며 돌로레스 광장, 세스페데스 광장, 에레디아 거리를 걸었다. 비가 추적추적 내리니 거리에 나온 시민들의 표정도 어두워 보였다. 카스트로 서거 애도 기간이라 광장의 관공서에도 조기가 걸려있었고, 관광객이 드나드는 호텔만 문을 열어놓았을 뿐 바와 카페에서 술을 팔지 않았고 음악과 살사댄스를 즐기는 바도 문을 닫아 버렸다. 찾아간 까사 델 라 트로바 클럽에서도 쿠바 음악을 들을 수 없었다.

민속문화를 즐길 수 있는 에레디아 거리에 있는 까사 델 라 트로바는 쿠바의 전통 음악인 트로바를 연주하는 홀로, 다큐멘터리 영화 〈부에나비스타 쇼셜 클럽〉에도 등장한 뮤지션을 배출한 곳이다. '부에나비스타 쇼셜 클럽'의 음악은 KBS FM1방송으로 알게 되었는데 쿠바의 리듬과 하모니도 좋았지만, 콤파이 세군도, 이브라임 페레르, 엘리아데스 오초아 등 나이 먹은 노가수들의 애절한 목소리는 얼마나 내 가슴을 파고들었던가? 나는 특히 여성 가수 포르투온도가 부른 '베인떼 아뇨스(20살)'을 좋아하여 이번 기회에 듣고 싶었는데 아쉬웠다.

트로바의 연주로 유명한 까사 델 라 트로바

내일은 쿠바의 중부 뜨리니다드로 이동해야 하므로 주일미사에 참례할 수 없을 것 같아 토요 특전 미사에 참례하기로 하였다. 저녁 5시 가까운 시간에 다시 세스페데스 광장에 있는 대성당으로 올라갔다. 토요 특전미사는 어린이 미사인 듯 부모님과 함께 온 어린 이들이 많았다. . 오늘부터 아기 예수님의 탄생을 기다리는 대림절이 시작되는 모양이었다. 우리 성당에도 대림 환에 촛불을 켜기 시작하겠구나 하는 생각이 들었다. 어쩌면 지금 딸 아라는 성당에서 새벽 미사 반주를 하고 있을지도 모른다는 생각이 들었다.

신부님의 강론을 알아 듣지는 못하였지만 Feliz! Navidad~!(성탄을 축하!)라는 스페인어가 귀에 들어오는 걸 보니, 어린이들에게 대림기간 동안 인내와 절제를 통하여 아기 예수님의 탄생을 준비하고 즐거운 성탄절을 맞이하기를 바란다는 뜻을 강론하시는 것 같았다. 북한에서는 종교의 자유가 인정되지 않아 비공식적으로 미사를 드린다고 하였는데 공산주의 국가인 쿠바에서는 종교가 인정되는 모양이었다.

미사 중

2016. 11. 27. 일

새벽 5시에 닭우는 소리에 눈을 떴다. 새벽형 습관은 지구의 반대편에서도 바뀌지 않는 모양이다. 화장실에 물이 나오지 않았다. 카스트로의 국장 기간 에는 호텔에 물도 나오지 않는가?

오늘 뜨리니다드까지 12시간을 버스로 이동해야 하는데 세수도 못하고 마른 빵으로 아침을 때우고 버스에 올랐다. 직선으로 뻗은 도로를 달리니 푸른 평원이 나타나고 끝없이 펼쳐진 사탕수수밭과 방목하는 소 떼를 바라보니 모든 걱정이 다 날아가 버리는 듯하였다.

쿠바 혁명의 발원지이며 미국과 스페인의 전쟁 당시 격전이 벌어졌던 산티아고 데 쿠바에 전쟁의 기념 조형물이 있어 잠시 내려 사진을 찍었다. 넓은 광장에 창과 칼을 상징하는 철골 구조물들이 혁명을 연상시켰다. 말을 탄 동상의 인물은 건국의 아버지 호세 마르티의 동상인 듯 하였다. 가는 도중 길가의 조그만 성당 앞에서 잠시 주차하였다. 이 성당은 순례자를 위한 성당으로 얼마 전 프란치스코 교황님이 방문한 곳이라는 설명판이 보였다.

혁명과 건국의 아버지 호세 마르티 동상 앞에서

쿠바 상크티스피리투스 주의 고원 도시인 뜨리니다는 도시 전체가 유네스코 세계유산에 등재되어 있는데, 1514년 스페인 식민지 시절 디에고 벨라스케스 데 케야르가 성 트리니티를 기리기 위해 이 도시를 건설하였고, 식민지 시대의 풍경과 건축물이 잘 보존된 도시다. 우리는 아바나에서 제일 아래에 있는 산티아고 데 쿠바로 내려간 후 그곳에서 여러 도시를 거쳐 다시 아바나로 이동하는 우리의 일정에서 뜨리니다드는 12시간의 긴 이동인데 길가에는 변변한 휴게소도 없었다.

1492년 콜럼버스가 제1차 항해 중 쿠바섬을 발견하였을 당시에는 시보네족, 타이노족 등 원주민들이 농경 생활을 하며 평화롭게 살고 있었다. 1514년 스페인에 의해 정복당한 후 식민지체제가 확립되면서 원주민들은 사금 채취와 농장 노동으로 혹사당하고 악성 유행병으로 거의 전멸되었다.

스페인은 16세기 초부터 담배와 사탕수수를 재배하기 위해 아프리카에서 흑인 노예를 쿠바로 들여왔는데 수입된 그 수는 100만 명에 이른다고 하였다. 지금 쿠바 전체 주민의 51%는 흑인과 스페인계 백인 혼혈인 물라토이며 백인 37%, 흑인 11%, 중국인 1%이며 평균 기대수명은 78세로 높은 편이다.

쿠바에 가면 말 근육의 청년들을 거리에서 쉽게 볼 수 있을 거라고 하였는데 이곳 뜨리니다드로 오는 도중 어느 시골 마을에서 우리는 마차를 끄는 청년들이 동양 여자인 우리를 보고 자신의 마차에 타보라고 손짓을 하였다. 도로 곁의 넓은 사탕수수 들판으로 펼쳐진 하늘은 맑고 투명하였으며, 차창으로 바라본 주민들은 표정이 밝고 여유로운 삶을 사는 듯하였다. 어두운 밤에 뜨리니다드에 도착한 우리는 예약된 민박집의 주인을 따라 어두운 골목길을 더듬어 따라 올라갔다. 처음으로 민박을 하였는데, 들어가니 침대의 시트도 깨끗하고 에어컨 성능도 빵빵하였는데 로비의 TV는 한번 씩 두들겨야 볼 수 있었다. 아침에는 세수도 못 하였는데, 시원하게 샤워를 하고 일찍 잠자리에 들었다.

식사 후 아주머니가 우리 방으로 찾아와 필기 도구과 수첩을 가져와 "빠샤 뽀르떼~!"라고 하였는데 무슨 말인지 알아들을 수가 없었다. "디네로(돈)?"하였으나 아니라고 하면서 다시 "빠샤 뽀르테~!" 나중에야 페스포트가 스페인어로 빠샤 포르테 라는 걸 알고 얼마나 웃었는지.

이곳의 민박은 정부에서 엄중하게 관리를 하는 모양이었다. 관광객이 들어오면 공산당에게 모든 걸 다 보고해야 하는 모양이었다. 민박하는 집은 문에 허가 번호와 민박의 표시를 붙이고 공산당의 통제하에 수입의 일정 부분은 세금으로 바치는 듯하였다.

한밤중에 무슨 둔중한 진동음이 들려왔는데 밤새 그 소리가 거슬렸다. 방에는 창문도 없고 에어컨은 있었지만 밤새 틀어 놓고 잘 수는 없어 에어컨을 켰다 껐다 하느라 잠을 설쳤다. 게다가 모기가 밤새 앵앵거리니 이게 무슨 고생인가 한숨이 나왔다. 지난밤 밤새 들렸던 그 진동음은 콤프레샤 소리였다. 다행히 주인아저씨가 아침에 고장난 콤프레샤를 수리하여 곧 물이 나왔다. 아침을 먹은 후 마을을 한 바퀴 돌아보았는데 민박집 뒤 오래된 골목길에는 옛 서부 영화의 장면처럼 말이 끄는 마차가 다녔다. 마을 끝에 교회가 있었는데 허물어진 채 방치되어 무서웠다.

허물어진 교회

지난밤 모기와 진동음으로 잠을 설쳤더니 아침에 머리가 무거웠다. 아침 햇살이 오래된 도시를 비추니 골목이 잠에서 깨어나는 듯하였다. 맑고 투명한 햇살이 무거웠던 머리를 산뜻하고 가볍게 만들어 주었다. 아침 식사 후 우리는 올드카를 대절하여 안꼰비치로 갔다.

안꼰비치는 트리니다드 시내에서 차로 20여 분 거리에 있는 해변으로 그림처럼 이쁜 카리브해를 즐길 수 있는 이곳은 강한 햇살과 옥색 물빛이 아름다워 여행객은 물론 현지인들도 많이 찾는 조용한 해변이라고 하였다. 스노클링을 하면 맑은 바다속의 산호초와 예쁜 물고기를 볼 수 있는 곳이다.

아침의 해변은 조용하고 넓은 잎이 달린 나무는 바람에 살랑살랑 흔들렸다. 햇빛이 너무 강하여 치렁치렁하게 옷으로 가리고 물속으로 들어갔다. 물속이 어찌나 투명한지 마치 맑은 유리알 같았고 현실감이 들지 않았다. 햇살이 물 위에 어룽지는 모습이 보석 같았다. 해변에서 모두 동심으로 가는 듯 타고르의 시 속에서처럼 우리는 깔깔 웃었다. 해변 레스토랑에서 해산물 요리와 치킨을 먹고 다시 택시로 숙소로 돌아왔다.

카리브해 안꼰비치에서

숙소로 돌아와 낮잠을 한숨 자고 3시에 마요르 광장으로 나갔다. '뜨리니다
드의 모든 길은 마요르 광장으로 통한다'는 말처럼 이곳은 뜨리니다드의 심장
부에 위치하였는데, 19세기에 살았던 부르넷 백작과 같은 귀족들이 거대한 부
를 축적하고 살았던 곳이다. 자갈돌이 박힌 거리에는 건축박물관, 역사박물관,
낭만주의 박물관 등이 있어, 낭만주의 시대의 유물을 전시하고 있으며 맨션과
많은 궁전이 밀집되어 있다. 궁전과 파스텔 색상의 건물들이 동화 속 마을처럼
조화롭게 어우러져 19세기의 모습을 보기 위해 관광객들의 발걸음이 이어진
다고 하였다.

  밝은 햇살이 부서지는 골목을 나서니 눈을 뜨기 어려울 정도로 햇빛이 강
하였다. 발바닥의 자갈돌 감촉을 즐기며 골목을 돌아서니 밝은 크림색 건물이
나타났다. 건물의 계단에는 관광객들이 앉아 광장을 내려다보며 쉬고 있었다.
그 앞의 분홍빛 부겐베리아가 만개한 집은 여행자들이 즐겨 찾는 카페였다.

  붉은 돔형 지붕이 있는 골목으로 들어가는 입구에는 며칠 전 사망한 카스
트로의 참배객들이 줄을 길게 늘여서 있었다.

부겐베리아가 이쁜 찻집

　어제 오후 마요르 광장을 돌고 몇 개의 수예품을 사서 숙소로 돌아가려고 골목을 올라왔지만 길을 잃어버려 한참을 헤매고 겨우 찾아 들어왔더니, 동네 아주머니들이 여러 명 부엌에서 부산하게 저녁 식사 준비를 하고 있었다. 그동안 쿠바에 가면 먹으리라고 기대하였던 랍스타 요리를 준비하고 있었다. 우리 일행들은 시내에서 언덕으로 오르는 길목의 민박집에 팀별로 분산하여 묵었는데, 그 중 우리 민박집이 가장 큰 곳인듯 이 집에 우리 일행들이 다 모였다. 모처럼 포도주도 곁들여 15명이 모두 모여 밝은 분위기 속에서 만찬을 즐겼다.

　새벽 5시에 눈을 뜨고 샤워도 하고 아침 준비를 하였다. 오늘은 자유 일정이어서 나는 옆집에 사는 팀들과 함께 어제 가 보지 못한 신시가지로 가기로 했다. 오늘도 쏟아지는 햇빛이 강하여 골목의 그늘 밑을 골라서 걸어 내려갔다.

　학교 등교하는 모습, 아내의 배웅을 받으며 일터로 나가는 가장의 모습 등. 마을 주민들의 하루가 시작되는 골목의 풍경은 우리와 비슷하였다. 관광객의 짐을 잔뜩 실은 마차를 끄는 말의 모습이 안타까워 걸음을 멈추고 마차 뒤에서 힘을 모아 밀어주었더니 어린 마부는 손을 들어 고마워하였다. 골목에는 집에서 기르는 애완용 새장을 들고나와 한담을 나누는 여인들, 아침 일찍 직접 기른 채소를 자전거에 싣고 다니면서 파는 농부들, 부서진 골목을 고치는 인부들, 물건을 사는 사람들, 지붕 위에서 일하는 남자 등 하루의 일과를 시작하는 마을 사람들의 모습이 퍽 정겨웠다.

　신시가지에는 활기가 넘치고 현대화된 가게도 많았다. 지나가는 마차를 세워 바다에까지 가고 싶다고 하였더니 말이 통하지 않았다. 근처의 남자들이 동양 여자인 우리를 도와주려고 하였다. 역시 말이 통하지 않았지만 따스한 이곳 사람들의 인정을 느낄 수 있었다. 바다로 나가는 것을 포기하고 소년이 모는 마차를 세워 10 세우세로 마을을 구경하였다.

뜨리니다드는 쿠바 상크티스피리투스 주에 있는 고원도시이다. 1988년 도시 외곽의 로스 잉혜니오스 계곡(인디애나의 계곡)과 함께 도시 전체가 유네스코 세계문화유산에 등재되어 있는 아름다운 도시로, 스페인 식민지 시대의 풍경과 건축물이 잘 보존되어 있다.

1514년 스페인 식민시절 성 트리니티를 기리기 위해 이 도시를 건설했다. 18세기 후반부터 19세기 후반까지 세계 설탕 생산의 중심지였으므로 설탕 무역이 주요 산업이었던 시절의 유산이 많이 남아있다. 쿠바 혁명 후 도시의 명성이 시들해져 100년간 잊혀진 도시로 남아 있었다.

공교롭게도 우리가 쿠바에 도착한 이틀 후 카스트로의 사망으로 일체 음주와 가무가 금지되어 도시는 마치 무성영화 속의 도시로 변하였다. 기대하였던 쿠바의 살사춤을 즐기고 연주를 들을 수 없음에 몹시 안타까웠지만, 옛도시를 그냥 민예품 가게를 기웃거리며 한가로운 시간을 보내는 것도 좋았다. 마요르 광장 성당은 큰 규모는 아니지만 많은 성상과 성화가 걸려 있었다. 기도하는 장소이기보다 관광객들이 찾는 곳으로 변한 듯하였다. 성당 주변의 전시장으로 들어가 보았는데 다양한 그림들이 전시되고 있었다.

뜨리니다드 성당

태양이 너무 강하여 숙소에서 4시에 나왔더니 시간이 빠듯하였다. 마요르 광장 주변의 역사박물관은 5시에 문을 닫는다고 하였다. 내일이면 또 다른 곳으로 이동해야 하므로 미룰 수 없어 입구의 직원에게 짧은 시간이라도 좋으니 입장을 시켜달라고 부탁하여 들어갈 수 있었다.

(입장비가 2세우세였는데 1인당 1세우세로 할인받아 들어갔다) 벌써 4시 40분. 관람할 시간은 겨우 20분이었으니 발걸음이 바빴다. 1층의 전시장은 그냥 넘어가기로 하고 맨 윗 층의 전망대로 향하였다. 나무 계단은 두 사람이 지나갈 수 없을 정도로 비좁고 삐걱거렸다. 한참을 돌고 돌아 전망대에 오르니 시야가 탁 트이니 가슴도 시원하였다.

골목길에는 여전히 카스트로를 참배하는 행렬이 길게 이어지고 있었다. 그곳에서 카메라를 맨 예쁘장한 아가씨를 만났는데 한국인이냐고 물었더니, 그녀는 특파원 사진기자로 파나마에 거주하는 일본인이라고 하였다. 다음에 한국에 올 기회가 있으면 내가 안내하겠다고 말하고 헤어졌다.

파나마에 거주하는 일본 여기자. 스즈끼 유미에

이제는 익숙해진 골목길을 걸어 숙소로 향한 골목길을 오르는데 저 멀리 허물어진 건물이 눈에 뜨여 그곳으로 가 보기로 하였다. 언덕을 오를수록 집들은 손을 보지 못하고 방치된 듯 허술해 보였고, 길가에 나와 앉은 사람들의 모습이 어쩐지 두려워 마음이 졸아들었다. 저물어가는 골목길의 흙바닥에 앉아 이야기를 나누는 주민들을 의식하며 남의 영역을 침범한 듯하여 조심조심 언덕을 오르는데 여인들이 우리 앞에 손을 내밀며 비누나 볼펜을 달라고 하였지만, 아무것도 없었다.

우리는 아름다운 석양을 바라보면 경건한 마음이 든다. 저 태양처럼 긴 하루를 열심히 살았는가 하고 뒤를 돌아보게 하고 저 석양처럼 내 인생도 아름답게 물들었으면 하는 바램을 갖게 한다. 오늘 하루를 허락해 주신 그분께 감사의 기도를 드리고 싶은 마음을 갖게 한다. 저마다 숙연한 마음으로 석양을 바라본 후 다시 언덕을 올랐다. 허물어져가는 교회 앞에서 손으로 뜨개질을 하는 여인이 물건을 사라고 하였다. 허물어진 교회는 각목으로 받침만 해 놓은 채 그냥 방치되고 있었다. 안타까운 마음이 들었다.

뜨리니다드의 노을

　새벽 3시에 눈을 떠서 알 수 없는 둔중한 진동음에 잠 못 이루고 뒤척였다. 나이가 듦에 따라 둔해졌지만 때로는 내가 예민하다는 생각이 들었다. 룸메이트는 전혀 불편을 못 느끼고 잠을 잘 자고 있는데 나는 왜 불편한지. 여행의 막바지인데 어서 집으로 돌아가고 싶다는 생각이 문득 들었다. 쿠바의 중북부에 위치한 산타 클라라로 이동하는 도중 식민지 시절 사탕수수밭의 노동자들을 감시하였던 감시탑에서 잠시 내렸다.

　드넓은 들판에 높이 세워진 회색빛 둥근 탑은 어디서나 잘 보였다. 감시탑으로 올라가기 위해 줄을 섰는데 2세우세의 입장비를 내야만 하였다. 차례를 기다려 뱅글뱅글 나선형의 나무 계단을 올랐는데 몹시 힘들었다. 먼저 올라간 사람들이 내려오면 난간에서 잠시 멈추어서 기다렸는데 멀리 넓은 사탕수수밭 사이로 불어오는 바람이 시원하게 느껴졌다. 사탕수수밭 노예로 끌려온 노동자들은 혹독한 노동을 견디지 못하여 가끔 탈출하였는데, 이 감시탑은 탈출하는 노동자를 감시하였던 슬픈 역사의 현장인데 탑의 모양이 아름답게 보이니 아이러니했다.

민예품 가게 뒤로 우뚝 솟은 사탕수수밭 감시탑

뜨리니다드에서 2시간을 달려 도착한 산타 클라라는 수도 아바나에서 동쪽으로 290Km 떨어진 지점으로 쿠바 중북부 해안 항구도시다. 쿠바나칸족 인디오가 살고 있었으나 해적의 습격을 피해 이주해 온 에스파냐인에 의해 건설되었고, 그 후 식민지의 행정중심지가 되었다.

사탕수수, 잎담배 재배지역의 중심도시로, 제당, 담배가공 등 공업이 성하다. 광업도 발달하였으며 쿠바의 도로와 철도의 교통의 중심지이기도 하다. 1967년 볼리비아 정부군에 의해 총살당한 쿠바의 영웅 체 게바라의 시신이 이곳 산타 클라라의 '체 게바라 기념관'에 안치되어 있는 곳으로 유명하다.

데스크의 아저씨와 함께

호텔에 도착하였더니 아직 체크인 시각이 안되어 로비에서 기다렸다. 로비에는 이곳 관광 여행사가 있었는데, 데스크의 남자 직원이 손짓하면서 앉아도 좋다고 하였다. 체크인 시간을 기다리면서 스페인어로 짧은 대화를 하였는데, 그 남자는 "무이 비엔~!" 칭찬해 주면서 어디서 왔느냐고 물었다. "요 소이 꼬레아나." 하였더니 "무초 구스또~!"하면서 서로 인사를 하였다.

드디어 체크인을 받고 룸으로 들어갔더니 생각보다 좁고 낡은 방이었다.

오늘은 우리 일행들이 함께 산타 클라라 시내를 구경하기로 하였다. 공원들이 수작업으로 담배를 만드는 담배공장이 있다고 하여 가보았다. 일반 관광객들의 출입은 금지되어 방범창 창틀 사이로 살짝 보았는데, 남녀의 공원들이 서로 잡담을 나누면서 담배를 미는 작업을 볼 수 있었다.

거리의 집들은 대부분 도색이 오래되어 낡았고 수리하는 모습도 보였다. 전쟁 영화에서 보았던 독일 나치군의 오토바이가 시내를 달리고 있었다. 교통수단으로는 마차를 이용하는 듯 거리를 달리는 마차도 많았다. 우리도 2대의 마차에 나눠 타고 시내를 구경하기로 하였다.

전망대 앞에서 내려 한참을 계단을 올라가 체 게바라의 얼굴이 각인된 둥근 탑이 있는 전망대에서 아득하게 넓게 펼쳐진 시내를 내려다보았다.

우리를 기다리고 있던 마차를 타고 체 게바라 기념관을 갔지만, 카스트로의 유해가 이곳에 안치될 예정이므로 개방이 되지 않았다. 근처의 철도 박물관으로 갔더니 입장료를 내야 한다고 하여 야외에 설치된 전시품들을 보고, 도시의 모습을 구경하면서 걸어서 호텔로 돌아왔다.

체 게바라 기념관. 카스트로 영정이 걸려 있음

우리가 머문 호텔 앞은 아르마스 광장이었는데 대부분의 도시와 마찬가지로 도시의 중심지로 중요한 건물이 아르마스 광장을 중심으로 모여있었다. 호텔이 낡고 답답하여 일행들은 곧장 방으로 들어가지 않고 아르마스 광장의 벤치에 앉아 쉬었는데 이곳 현지인들도 휴식을 취하고 있었다. 이곳은 흑인보다 스페인계 백인이 더 눈에 많이 띄었으며 말 근육 남성보다 이쁜 여성들이 더 많았고 세계 어느 나라에서처럼 이곳에서도 광장에서 스마트폰을 들여다보는 모습은 비슷하였다.

룸메이트는 광장에서 좀 더 바람을 쏘이고 들어오겠다고 하여 혼자 방으로 들어와 침대에 누웠지만 잠은 오지 않아 창으로 내다보니, 골목 저 멀리 하얀 교회의 첨탑이 보여 그곳까지 가 보았다. 걸어가면서 이곳 사람들의 사는 모습을 볼 수 있을 것 같았다.

잡담을 즐기는 노인, 하루의 일과를 마치고 집으로 돌아가는 사람들, 빈터에서 축구를 즐기는 아이들, 우리의 60~70년대의 골목 모습을 보는 듯 정감이 가는 풍경이었다. 혼자라서 약간 두렵기는 하였지만, 골목 구경을 하며 교회까지 걸어가 보았다. 성체 조배를 하고 밖으로 나오니 동네 축구를 즐기던 아이들이 나를 보고 손을 흔들었다.

축구를 즐기던 아이들

광장에서 들은 소식에 의하면 카스트로의 영구차가 전국 순회를 하는데, 이 곳 체 게바라의 영묘가 있는 기념관에서 오늘 밤 1박을 한다고 하였다. 우리도 역사적인 현장에 참석하고 싶어 저녁을 먹고 호텔을 나섰더니 빗방울이 떨어 져 일행들은 떠나고 나는 호텔로 돌아왔다. 혼자서 누워 TV 채널을 돌려 보았 지만 모두 카스트로에 대한 내용뿐.

새벽 4시, 슬픈 음악이 들려 눈을 떴다, 어디서 나는 소리일까? 일어나 밖을 내다보았더니 호텔 뒤 송신탑 확성기에서 나는 소리였다. 지금 시계가 몇 시인 데 이렇게 큰 소리를 슬픈 음악을 틀어놓는 것일까. 짜증스러운 마음으로 누 워있었는데 밖에서 웅성거리는 소리가 들렸다. 창으로 내다보니 어둠 속에 마 을 사람들이 광장으로 모여들고 있었다.

아. 번쩍 머리를 스치고 지나가는 생각. 카스트로의 영구차 행렬이 이곳 광 장에서 영결식을 하는구나 하는 생각이 들었다. 광장으로 나가 보았더니, 어 느새 시민들이 광장 주변으로 모여들고 있었다. 한참을 더 기다려 나타난 카 스트로의 영구차는 생각보다 검소하였다. 하얀 국화가 장식된 영구차를 환호 하는 시민들의 모습을 보니 뭉클하였다.

카스트로의 장례행렬

어느덧 여행을 떠나온 지 한 달이 가까워 12월이 되었다. 11월 초 늦가을 온통 단풍으로 물든 한국은 어느새 초겨울을 맞이하여 서울은 반짝 추위로 우리 아라가 감기는 들지 않을까 걱정이었다. 서울은 갑자기 추워졌다는 문자를 보낸 아라가 그리웠고, 미안스러웠다.

오래만에 호텔에서 푸짐한 식사를 하고 9시에 전세 버스로 이동하였다. 어제 문이 닫혀 보지 못하였던 체 게바라의 영묘와 기념관으로 향했다. 기대하고 갔으나 오늘도 역시 기념관은 개방되지 않았다. 광장에 우뚝 선 기념관과 동상만 보고 돌아섰는데 내 마음도 우울하였다.

(지난밤 이곳에 도착한 카스트로 영구차는 이곳에서 하룻밤을 묵었다.)

체 게바라는 1928년 6월 14일 아르헨티나 로사리오에서 출생하였다. 본명은 에르네스토 라파엘 게바라 데 라 세르나. 문학을 사랑한 어머니의 영향으로 많은 책을 접하며 성장하였다. 스포츠와 여행을 좋아한 의과대학생 체 게바라는 친구 알베르토와 함께 오토바이를 타고 남미 일주를 여행하며 고대유적과 문명에 심취하였다. 1955년 멕시코에 머무는 동안 만난 쿠바의 지도자 피델 카스트로와의 인연으로 쿠바 혁명군을 조직하여 혁명가의 길로 들어서게 되었다.

체 게바라 기념관 앞의 동상

산타 클라라를 출발하여 버스로 3시간을 이동하여 도착한 곳은 카리브해의 가장 큰 휴양지 중의 하나인 바라데로 해안 도시. 히카코스 반도에 위치하며 아바나에서 동쪽으로 약 140Km 떨어진 국제적인 휴양지로 인구 27000여 명의 작은 도시이다. 플로리다 해협과 접하며 해변의 길이가 20Km, 수심이 얕아서 수영하기에 좋아 쿠바 최고의 휴양지라고 하였다. 해안을 따라 새하얀 백사장과 바닥이 보일 정도로 투명한 바닷물에 40종의 산호와 다양한 물고기가 서식하는 자연의 보고라고 하였다.

연방 비가 내릴 듯 무겁게 내려 덮이었던 구름이 서서히 물러나고 햇빛 속으로 넓은 들판이 펼쳐졌는데 대부분 사탕수수밭이었다. 차가 많이 흔들려 멀미가 날 듯하였으나 다행히 휴게소가 나타나 그곳에 쿠바 최초의 기차를 보며 휴식을 취하고 나니 한결 나아졌다.

우리가 머문 호텔은 리조트형 호텔로 로비에서 손목에 링을 채워 줬는데 그 종이 팔찌로 수영장과 음료, 해변의 비치 파라솔도 이용 가능하였다. 강한 햇살이 쏟아지는 해변으로 나갔더니 넓은 모래밭에 누군가가 모래로 만들어 놓은 여인이 엎드려 누웠는데, 뚱뚱하고 못생긴 모습이 나와 비슷하다는 생각이 들어 곁에 누워 보았다.

뚱뚱한 체형의 나를 닮은 모래 조각상

새벽에 모기에게 물려서 잠을 깨고 모기약을 바르고 누웠으나 잠이 오지 않아 스페인어 책을 꺼내어 공부한 것을 다시 복습하였다. 이제 조금 단어들이 익숙해지고 귀가 열릴 듯하니 돌아가야 했다.

아침 식사 후 동네 구경을 나갔다. 호텔 주변의 집들은 개인 소유가 가능한지 손질이 잘 되어있었다. 울타리 너머로 바라보니 강아지들이 담장 너머로 재롱을 부렸다. 한국 사람은 처음 본다는 아저씨는 개의 원산지가 중국이라고 하였다.

또 다른 집에는 할아버지 혼자 마당에 의자를 내놓고 쉬고 계셨는데, 우리를 보고 들어오라고 손짓하여 들어가 보았더니 집안이 깨끗하였다. 할아버지 혼자 사시는지 다른 사람은 보이지 않아, 외로운 분이구나 하는 생각이 들어 의자에 앉아 손짓발짓으로 이야기 나누었다.

마지막으로 맑은 물을 한 번 더 보고 가고 싶어 해변으로 나가는 길에, 앞서 가는 두 여인이 한국에서 온 듯하여 말을 붙였더니 중국인이었다. 같은 동양인이라 친근감이 들어 함께 사진도 찍고 헤어졌다. 아침 해변은 어제와는 또 다른 분위기여서 하얀 모래 위를 한참을 걸었다.

할아버지의 집 현관앞에서

바라데로 해변을 걸은 후 호텔로 돌아와 샤워를 하고 한 숨 더 잤다.

점심 식사 후 짐을 챙겨 다시 2시간을 달려 아바나 링컨호텔에 도착. 사실 호텔이 너무 낙후되어 다시는 오고 싶지 않은 호텔이었는데 이미 예약이 되어 있어 울며 겨자먹기로 다시 투숙해야만 하였다. 3시 30분에 도착하였는데도 체크인이 되지 않아 짐을 맡기고 벽화마을까지 걸어서 가기로 하였는데 가는 도중 리어커에서 과일도 샀다. 거리의 집들은 대부분 낡았는데, 자세히 보니 모두 신축하였을 당시에는 상당히 멋진 건물들이었는데 관리가 되지 않고 방치된 듯하여 안타까웠다.

아직 일할 시간인데도 남자들이 일거리가 부족한지 노는 사람이 많았다. 저런 노동력을 활용하여 집들을 보수하면 좋을텐데 하는 생각이 들었다. 개인 소유가 아니면 그냥 허물어져도 내 것이 아니라는 생각에서 그러는가? 돈이 없어 그러는가? 생각하려니 머리가 복잡하였다.

낡았지만 색상이 아름다운 건물들

우리나라에도 요즘 자주 볼 수 있는 벽화마을인 까야혼데 함멜. 100m 남짓 되는 거리를 쿠바의 예술가 '살바도르 곤잘레스'가 다양한 벽화를 그려 놓아 많은 외국인들이 찾는 곳이라고 하였다. 색상이 강렬한 그림들이 많아 예쁘다는 생각보다는 이색적이었다. 골목의 그림은 한 사람의 작품은 아닌 듯 풍이 다른 그림도 있었다.

어린 왕자의 그림은 눈에 익은 그림이라서인지 정감이 갔지만, 대부분의 그림들은 거칠고 생경한 느낌을 주는 듯하여 무서웠다. 깡통, 타이어, 욕조 등 폐품을 이용한 설치 예술품들도 많았다.

벽화마을에 찾아온 엄마의 손을 잡고 찾아온 현지인 어린이들과 이곳 마을 어린이들이 어울려 노는 모습이 벽화보다 더 눈이 갔다. 귀여운 어린이들 곁에 가서 사탕도 주고 함께 사진도 찍었다. 마을 저 멀리 높은 첨탑이 보여 물었더니 오래된 교회라고 하였다.

함멜 벽화마을에서

벽화 마을을 구경한 후 일행과 헤어진 후 골목에서 보았던 저 멀리 둥근 탑이 있는 건물까지 가보고 싶은 마음이 들었다. 거리의 젊은 남자들이 서성대는 골목을 카메라를 들고 다니기는 무서웠다.

걸어서 도착한 성당은 큰 도로변에 있었는데 전체적인 모습을 찍으려면 도로를 건너서 찍어야 하는데 도로를 건너기가 무서워서 포기하였다. 안으로 들어서니 조명이 없이 창으로 들어오는 채광으로 어두컴컴하였다. 신자들도 없고 관리가 잘 되지 않는듯 하였다.

어둠에 눈이 익자 어둠 속에 성화와 성상들이 눈에 들어오기 시작하였다. 과달루페의 성모 발현 그림, 파티마의 성모 발현 그림 등의 그림과 보랏빛 천 위에 환하게 드러난 예수의 십자가상 등 성상이 있었다. 아름다운 스테인드글라스 아래에 놀랍게도 파이프 오르간도 있었다.

호텔까지 되돌아오는 길은 아까보다 훨씬 더 사람들이 많았다. 집으로 돌아오는 학생과 고단한 하루를 마치고 귀가하는 직장인, 찬거리를 사 들고 오는 주부, 친구들과 어울려 노는 조무래기 아이들. 우리들의 저녁과 비슷하다는 생각이 들자 나도 집으로 돌아가고 싶었다.

하루의 일상이 끝나고 귀가하는 사람들

저녁 식사 후 로비에 모여 올드카 택시를 타고 혁명광장으로 갔다. 혁명광장은 쿠바의 시인이자 독립운동가 호세 마르티를 추모하는 109m 높이의 기념탑이 우뚝 솟아 있으며 그 앞의 좌상의 동상이 호세 마르티인데 밤에 보니 마치 앉아 있는 성모자상처럼 보였다.

1959년 쿠바의 혁명이 성공한 뒤 수많은 기념식과 퍼레이드를 하였던 이 광장은 2만 평의 넓은 광장으로 카스트로도 이곳에서 많은 연설을 하였던 곳이다. 광장 맞은편의 정부청사에 어둠 속에 빛나는 두 얼굴은 쿠바의 영웅, 시엔

혁명 광장에서

푸에고스와 체 게바라의 얼굴이 기념탑을 찾아온 우리를 반겨 주었다.

낮과는 달리 밤에는 서늘한 해양풍이 불어 광장에 서 있으려니 추웠다. 혁명광장에서 카스트로의 영결식은 하지 않은지 조용하였다. 우리는 어둠 속의 넓은 광장을 이리저리 뛰어다니며 전광판의 얼굴을 배경으로 기념 사진을 찍고 우리를 기다리고 있는 택시로 돌아왔다.

2016. 12. 3. 토

아침 7시에 식사를 하고 8시에 고물 택시로 비날레스로 출발하였다. 우리나라 짚차 크기의 이 고물 택시는 1947년 산이라고 하였다. 에어컨은 커녕 차바닥이 구멍이 숭숭하여 어쩌면 발이 빠질 것 같았다. 엔진은 교체하였는지 지나가는 차들보다 속도를 내면서 씽씽 달렸다.

좁고 낡은 차에 12명이 몸을 구겨가면서 긴 시간을 이동하니 힘들었다. 열어놓은 창으로 쿠바의 뜨거운 태양빛이 사정없이 들어왔고, 좌석은 조금만 움직여도 앞으로 쏟아질 것 같아 잠시도 방심할 수 없었다. 그래도 눈으로 들어오는 전원풍경은 아름다웠다.

들판에는 옥수수와 사탕수수가 청정히 자라고 있었으며 맑은 하늘의 하얀 구름도 얼마나 이쁜지 하늘만 쳐다보고 누워있어도 좋을 것 같았다.

2시간이면 도착할 거리를 이곳의 도로 사정이 좋지 않아 4시간이 걸렸다.

비날레스의 신비스러운 자연 풍광이 보이는 곳의 전망대에서 잠시 쉬었다. 동글동글 점점이 솟아오른 산 모양은 중국의 계림이 연상되는 곳이었다.

비날레스 계곡은 아바나에서 150Km 떨어진 거리에 위치한 '삐나르 델 리오'에 있는 관광명소로, 천연동굴과 마치 중국의 계림의 산세를 닮은 둥그스름한 산과 거대한 벽화로 유명한 곳이라고 하였다. 벽화는 기대와는 달리 너무 조잡한 느낌이 들어 그냥 통과하기로 하였다.

유네스코 보호구역이기도 한 비날레스 계곡은 고요한 녹색의 풍경 속에 봉긋 솟아오른 산들은 바닷속의 석회암 지대가 솟아올라 형성되었다. 쿠바의 시인이자 소설가인 '레이나 마리아 로드리게스'는 "아바나에서 150Km 떨어진 곳이지만 몇백 년은 떨어진 곳'이라고 노래했다.

계곡으로 들어가기 전 우리는 붉은 밭에서 담배 잎이 자라는 모습과 담배 잎으로 시거를 만드는 과정, 직접 말은 잎담배를 피워 보기도 하였다.

전망대에서 바라본 계곡

계곡 안 팔랑케 동굴은 식민지 시절 노예들이 도망쳐 나와 산 곳이었다. 도망쳐 나온 노예들의 그 좁은 동굴에서 생활하였던 흔적이 남아있었다. 동굴을 나와 입구로 걸어가는 길가에 바나나 꿀을 파는 농부가 있었고, 자신의 농장으로 데려가 담배 건조장을 보여 주는 친절한 농부도 있었다.

노예들이 살았던 팔랑케 동굴

비날레스 계곡의 마지막 탐방은 근처의 인디오 동굴 탐방이었다. 택시에서 내려 원시 자연림속의 오두막이 있는 정원으로 발을 내딛는 순간, 어디에서 괴성을 지르며 나타난 원시인의 모습에 깜짝 놀라 비명을 질렀다. 이곳에서 관광객을 상대로 원시 인디오 풍속을 공연하는 사람인 듯. 내 비명에 그 남자도 머쓱한 표정을 지었고 나는 한동안 가슴을 진정시켜야 했다. 이곳에서 동굴탐험을 하고 보트를 타고 밖으로 나온다고 하였다.

동굴탐험은 언제나 호기심을 일으킨다. 땅 위의 세상과는 다른 저승 같다는 생각도 들고 우리가 죽으면 어쩌면 이런 동굴을 지나 저 세상으로 가는게 아닐까? 생각이 든다.

아바나까지 2시간의 거리이지만 우리의 고물 택시는 거의 4시간이 걸렸다.

낙천적인 택시 운전사는 점심도 굶었지만, 열심히 달렸다. 휴게소에서 비스킷 등 간식을 사서 차 안에서 운전사에게 주었더니 사양하지 않고 잘도 먹었다. 창밖으로 보이는 사탕수수밭의 모습을 사진으로 찍고 싶다고 부탁하여 줌으로 당겨 사진을 찍고 돌아서니 서녁 하늘 구름 사이로 빛이 내렸다. 쿠바에서의 마지막 날을 이렇게 멋진 빛내림으로 마감을 하는 것 같았다.

보트를 타고 동굴 탐험

아침 8시에 출발한 우리는 어둠이 내리기 시작한 시각에 아바나에 도착하였다. 점심도 굶은 우리는 쿠바에서의 마지막 만찬을 랍스타를 먹기로 하고 지난번 아바나의 오비스포 거리에 있던 랍스타 레스토랑을 찾아가기로 하였다.

화장한 여자의 얼굴은 밤에 보아야 더 아름답다고 하였는데, 불빛에 보는 아바나시의 모습도 낮과는 달리 정말 아름다웠다. 특히 빠르게 센트랄 앞의 잉그라테라 호텔은 외부를 비추는 불빛으로 신데렐라 동화 속의 화려하게 빛나는 크리스탈로 지은 궁전 같았다.

낯익은 레스토랑에 들어가서 버터구이 랍스타와 모히또와 디저트를 주문하였다. 첫날에는 악사들이 기타를 치며 노래를 하였는데 국상 기간이라 모두 중지되었다. 중앙광장을 벗어나면 도시 전체가 어둠 속이라 길에서 몇 번이나 물어 호텔 도착.

쿠바가 하루바삐 경제난에서 벗어나 골목마다 환한 모습이 되길 바랬다.

크리스탈로 지은 궁전같은 호텔

2016. 12. 4. 일

아바나에서 마지막 밤을 보내고 이제 다시 인터넷이 되는 문명 세계로 돌아간다는 기쁨에서인지 새벽 일찍 눈을 떴다. 그동안 인터넷 연결이 되지 않으니 한국의 정치 상황은 어떤지 알 수도 없었다. 서울 광화문에는 여전히 어제도 토요 촛불집회가 열렸다는 소식만 들었다.

10시 비행기로 칸쿤으로 가야 하므로 아침 일찍 짐을 꾸려 로비에 맡기고 식당으로 올라가 간단하게 아침 식사를 하고 택시로 호세 마르티 공항으로 향하였다. 카스트로의 장례식이 있는 날이므로 혹시 무슨 일이 있으면 어쩌나 걱정이 되었다.

공항 가는 길에 철길 건널목을 지나게 되었는데 때마침 긴 화물열차가 지나갔다. 건널목에서 기다리니 화물열차는 느릿느릿 건널목을 통과하여 불안하였다. 다행히 공항에 도착하였으나 아무런 설명도 없이 칸쿤으로 가는 비행기는 2시간이나 연기되었다.

드디어 출국 심사를 마치고 검색대를 통과하니 안도의 한숨이 나왔다. 남은 돈으로 선물을 사고 게이트 앞으로 가니 또 게이트 번호가 바뀌었다. 하염없이 기다린 후 드디어 1시, 쿠바의 땅을 벗어나 하늘로 올랐다.

아바나를 뒤로 하고 칸쿤으로

 멕시코

칸쿤까지의 비행시간은 겨우 1시간으로 2시에 칸쿤의 공항에 도착하였다. 지난번 쿠바로 들어가기 전 한 번 왔던 곳이라 조금 눈에 익은 도시였다. 해변을 끼고 달리는 도로에는 세계적인 브랜드의 호텔이 즐비하였다. 달리는 창밖으로 낯익은 호텔과 명품 상점들을 보니 괜스레 기분이 좋았다. 나도 모르는 사이에 자본과 문명의 때가 덕지덕지 낀 나를 발견하였다.

그동안 여행으로 지친 심신을 이곳 칸쿤에서 휴식을 취할 생각으로 인솔자는 해변의 멋진 리조트를 예약하여, 넓직한 룸으로 들어오니 바로 눈앞에 하얀 모래 해변과 카리브해의 파란 바다가 펼쳐져 있었다. 창에 서서 내려다보니 멀리서 하얀 거품을 문 파도가 밀려 들어왔다.

2016. 12. 5. 월

문명 세계로 돌아오니 넓은 침대와 쾌적한 환경이 너무 좋았다. 무엇보다도 카톡으로 아라와 대화를 할 수 있으니 어찌나 좋은지, 오래만에 걸려온 내 전화를 받고 아라는 반가움으로 환호성을 질렀다. "나도 어서 집으로 돌아가 아라와 지내고 싶어, 사랑해 내 딸. 잘 자."

칸쿤의 해변에서

　창밖에는 바람이 심한지 발코니에 널어둔 빨래가 마구 흔들렸다. 창가에서 바라보니 해변으로 거센 파도가 줄지어 밀려오는게 보였다.

　친구들과 카톡도 하고 사진도 정리하고 푹씬한 침대에서 뒹굴었다. 아침 식사는 오래만에 내가 좋아하는 아메리칸 스타일이어서 실컷 즐겼다. 식당에서 연결된 바다로 나갔더니 바람이 심하여 수영하는 사람은 없었다. 신혼여행지로 가장 선호하는 칸쿤 해변에 왔으나 어제 잠시 바닷물에 몸을 담궜을 뿐, 물에 들어가기가 귀찮았다. 호텔에서 쉬기 보다 하루 더 일찍 집으로 돌아가고 싶을 뿐이었다. 그동안 일만 하여 노는 문화가 몸에 익지 않은 탓일까? 나에게 주어진 시간과 멋진 카리브해가 눈앞에 펼쳐져 있었지만, 룸에서 뒹굴다가 일행들과 함께 버스를 타고 쇼핑가로 나가 보았다. 쇼핑가는 이곳이 멕시코가 아닌 소비문화의 도시 미국에 온 듯하였다.

칸쿤 쇼핑가 앞의 조형물

새벽 3시에 알람소리에 일어나 아라와 통화를 한 후 공항으로 나갈 준비를 하였다. 새벽 4시에 로비에서 일행들과 만나 아직 어둠에 묻힌 도로를 달려 공항에 도착했다.

카운터에서 항상 매고 다녔던 배낭이 거추장스럽다는 생각이 들었다. 배낭 안에 2개의 사진기와 밧데리가 들었다는 생각은 전혀 하지 못하고 큰 캐리어와 함께 수화물로 보내고 홀가분하게 비행기를 타고 싶었다. 짐을 부치고 나서 가벼운 몸으로 면세점을 기웃거리니 좋았다.

멕시코의 돈에는 화가 프리다 칼로와 디에고의 초상화가 그려져 있었다. 아껴둔 돈을 기념으로 집에 가져가야지 생각했다. 그러나 면세품 가게에 진열된 작은 병의 꿀이 사고 싶어 3병에 600페소를 주고 샀다. 면세품 가게에서 꽁꽁 잘 포장을 해 주었으므로 전혀 걱정도 하지 않았다.

멕시코의 화폐

칸쿤 공항을 7시 30분에 출항한 비행기는 10시에 달라스에 사뿐히 착륙했다. 모짜르트의 음악을 들으면서 오니 달라스 공항까지 금방 오는 듯하였다.

달라스 공항에서 기내 방송 안내에 따라 자동 입국 심사대를 통과하려고 하였지만, 일행 중 자동 입국 심사대를 통과한 사람은 2명뿐이었고, 나머지는 길고 긴 줄의 뒤에 서서 느긋한 직원들의 심사를 기다려야만 하였다. 인천으로 가는 비행기 환승 시간은 얼마 남지 않았는데 심사는 느리기만 하였다. 심사대에서 칸쿤의 면세품 가게에서 산 꿀이 클레임을 받았다. 유리병에 든 액체의 용량이 너무 크므로 그냥 통과할 수 없다고 하였다. 말이 잘 통하지 않았으나 면세품 영수증을 보이며 사정을 해 보았더니 다시 심사대로 나가서 밖에서 박스에 넣은 후 들어오라고 하였다. 곧 비행기 이륙시간이어서 아깝지만 포기하고 심사대를 통과하여 게이트까지 뛰어서 가야만 하였다.

늦게야 비행기에 탑승하고 나니 곧 문이 닫히고 공항을 이륙하였다. 나쁜 운은 겹친다더니 가운데 좌석이었다. 가운데 좌석에 꼭 끼여 앉으니, 내가 통조림 캔 속의 고기 같았다. 한참을 지난 것 같은데 겨우 2시간이 지났을 뿐. 영화를 보고 눈이 피로하여 잠을 청하였는데 문득 스치고 지나가는 생각. 아~! 맞다. 배낭 속의 내 사진기 밧데리를 생각하지 못하였구나. 그동안 찍은 귀중한 사진들이 다 망가지면 어쩌지 불안하였다. 제발 사진기의 파일은 손상되지 않았으면 하는 마음으로 기도하였다. 마음이 불안하니 더욱 비행시간이 길게만 느껴졌다.

드디어 12월 7일 오후 4시 30분 정확하게 인천 공항에 착륙하였다. 아라와 아들에게 무사 귀국을 알리고 짐을 찾아 배낭을 열어보았다. 공항 검색대에 걸려 사진기를 빼버리지 않았을까 걱정했는데 무사히 배낭 속에 있으니 얼마나 다행인가 가슴을 쓸어내렸다.

이렇게 35일간 멕시코, 과테말라, 쿠바의 길고 긴 여행은 끝났다. 시차 적응이 어려워 당분간 아무곳도 나가고 싶지 않을 만큼 피로하였다. 설렘으로 집을 떠났지만, 말과 정서가 통하는 내 나라가 역시 최고였다. 낡은 집이지만 무사히 귀가할 수 있게 해 주신 하느님. 감사합니다.